Franz Branntweins fünfter Fall

Sabine Schumacher

Der Tod wird dich finden

Kriminalroman

Impressum

Bibliografische Information der Deutschen
Nationalbibliothek:
Die Deutsche Nationalbibliothek verzeichnet diese
Publikation in der Deutschen Nationalbibliografie;
detaillierte bibliografische Daten sind im Internet über
http://dnb.dnb.de abrufbar.

© 2024 Sabine Schumacher
facebook.com/psychokrimi

Verlag: BoD · Books on Demand GmbH,
In de Tarpen 42, 22848 Norderstedt
Druck: Libri Plureos GmbH, Friedensallee 273,
22763 Hamburg

Titelfoto: iStock.com/wirestock

ISBN: 978-3-7693-1601-8

„Das Spiel zeigt den Charakter."
(Deutsches Sprichwort)

PROLOG

Er wollte weg, einfach nur weg. Weg von den verlogenen Spießern in Smoking und Abendkleid. Weg von deren blasiertem Lächeln, mit dem jede Falte, jedes überflüssige Pfund und jeder einzelne durch Abwesenheit glänzende Partner genaustens registriert wurden. Weg von der heuchlerischen Scheinheiligkeit, die sie hinter klirrenden Champagnerkelchen verbargen. Später, im intimen Kreis, würden sie über jede noch so kleine vermeintliche Schwäche oder Unzulänglichkeit der Anderen lästern um das eigene Ego zu streicheln. Das war immer so. Seine eigene Familie, Gastgeber des Abends, bildete da keine Ausnahme.

Aber Weglaufen kam natürlich nicht in Frage. Er konnte nicht einfach verschwinden. Noch nicht. Schließlich war er, Luca Alexander von Bornstein, die Hauptattraktion! Ihm zu Ehren waren alle gekommen. Zahllose Verwandte und Bekannte, um ihn in der Welt der Erwachsenen willkommen zu heißen. Traditionsgetreu mit drei Jahren Verspätung.

Luca feierte heute seinen einundzwanzigsten Geburtstag, was bedeutete, dass er offiziell Teilhaber der von Bornstein'schen Privatbank wurde und einen Platz im Vorstand innehatte. Unabhängig davon, ob er das selber wollte und auch unabhängig davon, dass er noch nicht einmal das BWL-Studium abgeschlossen hatte. Denn auch sein Vater war in diesem Alter in die Bank gekommen, ebenso wie Lucas Großvater und dessen Vater vor ihm. Die von Bornsteins hielten nicht viel von Veränderungen.

Die Rede seines alten Herrn, von der jeder noch so banale Witz euphorisch beklatscht und jeder Verweis auf die lange Familientradition mit respektvollem Gemurmel bedacht wurde, schien kein Ende zu nehmen. Luca konnte kaum erwarten, dass ihm die vorbereiteten Dokumente offiziell zur Unterschrift vorlegt werden würden. Gleich danach wollte er sich aus dem Staub machen. Möglichst unauffällig, das hatte er seinen Eltern versprechen müssen.

Mit Thomas und Adrian, ebenfalls *Söhne aus gutem Hause*, wie seine Mutter es nennen würde, war Luca seit Kindheitstagen befreundet. Die drei hatten sich im Internat kennengelernt, zusammen die Pubertät durchlebt und auch gemeinsam ihre ersten sexuellen Erfahrungen in einem Schweizer Bordell gesammelt. Enttäuschende Erfahrungen, wie sie sich anschließend eingestehen mussten.

Auf der langweiligen Feier glänzten die beiden Freunde durch Abwesenheit, aber sie hatten ein Geburtstagsevent für ihn vorbereitet. Eine Überraschung, die sich Luca um keinen Preis entgehen lassen wollte. Ihre kryptischen Anspielungen versprachen eine spannende und aufregende Nacht. Feste Schuhe sollte er anziehen und eine Taschenlampe mitbringen, die mehr Lumen hatte als das iPhone.

Das Geburtstagskind stoppte einen der vorbeieilenden Mietkellner des Cateringservice' und tauschte sein leeres Glas gegen ein volles. Es war schon das fünfte an diesem Abend. Zusammen mit dem Kokain, das er vorhin konsumiert hatte, half ihm der Champagner dabei, seine innere Unruhe im Zaum zu halten.

Lucas Großmutter schritt würdevoll auf ihn zu. Sie hielt sich kerzengerade, war aber wie immer schwer auf den schwarzen Stock aus Ebenholz gestützt, dessen Knauf mit einer Nachbildung des Kopfes ihres ersten Rennpferds verziert war; die anspruchsvolle Arbeit eines Silberschmieds, von deren Erlös ein Dorf im Jemen vermutlich ein Jahr lang überleben könnte, wie der Enkel dachte.

So wie seine Eltern und Großeltern wollte er nie werden, nur auf Prestige und Einfluss bedacht und darüber vergessen zu leben. Ihm selbst würde das nicht passieren.

Er starrte auf die einzelnen grauen Borsten, die aus dem Kinn der alten Dame sprossen. Sie war vollendet frisiert, dezent geschminkt und trug ein schwarzes Kleid von Jenny Packham, dessen Pailletten mit den großen Brillantohrringen um die Wette funkelten. Luca fragte sich, warum niemand ihren Kinnbart zupfte. Vielleicht traute sich keiner.

„Luca! Gib deiner Großmutter einen Kuss!"

Widerwillig beugte er sich hinab und drückte artig seine Lippen auf die welke Wange, die spitzen Haare geflissentlich umgehend. Das schwere, süßliche Parfüm ließ ihn die Luft anhalten.

Er hob den Blick und sah seine Schwester Anne an einer der beiden hohen Flügeltüren zur Parkanlage lehnen, die heute weit geöffnet waren. Sie grinste und machte eine Geste, als würde sie sich mit dem Finger die Kehle durchschneiden. Luca verhinderte im letzten Moment, seiner Großmutter uncharmant ins Ohr zu prusten.

Mit ihren gerade mal sechzehn Jahren war Anne das Nesthäkchen im Haus. Luca mochte seine Schwester, auch wenn sie in letzter Zeit Allüren entwickelte, die ihm nicht gefielen. Es gab Tage, da wich sie kaum von seiner Seite, wollte überall mit dabei sein und einfach alles wissen. Das nervte! Manchmal musste er fast schon Gewalt anwenden um sie aus seinen Zimmern zu bugsieren. Heute hatte sie ihn wieder heimlich belauscht – auch das eine mehr als lästige Marotte, die langsam zur Gewohnheit wurde. Dabei hatte sie, zu seinem großen Ärger, einige Details aus dem Telefonat mit seinen Freunden aufgeschnappt.

„Aber ich werde sterben vor Langeweile!", hatte sie anschließend gestöhnt und ihn flehend angesehen. „Die ganze Verwandtschaft, die hier sein wird ... Ich ertrage das nicht! Du musst mich einfach mitnehmen!"

„Nein. Unter keinen Umständen. Schlag dir das aus deinem süßen Köpfchen." So vage sich Thomas und Adrian auch ausgedrückt hatten – es war klar, dass es sich bei der Überraschung um eine Art des Vergnügens handeln würde, bei dem er Anne nicht gebrauchen konnte.

„Du denkst immer nur an dich!", warf sie ihm vor. „Und das Schlimme ist: Du kommst damit durch."

Der eisige Blick, den sie ihm nach seiner unerbittlichen Absage zugeworfen hatte, ließ ihn sogar noch in der Erinnerung frösteln, doch er war hart geblieben.

„Gut", hatte sie schließlich gezischt. „Ganz wie du meinst. Aber das wirst du bereuen. Ich weiß mehr, als du ahnst."

Zum Glück schien sich Anne mittlerweile beruhigt zu haben. Luca zwinkerte zurück und grinste ebenfalls.

Applaus brandete auf. Die Rede war beendet. Luca hakte seine Großmutter galant unter und führte sie durch die Grüppchen der Gäste zu einem der Stühle in der ersten Reihe, die im Nebensalon für den eigentlichen großen Akt der Vertragsunterzeichnung vor einem Podium aufgestellt worden waren.

Die Zeremonie verlief schnell und reibungslos. Luca nahm mit bedeutungsvoller Geste den goldenen Füller der von Bornsteins entgegen – angeblich hatte er seinem Ururgroßvater gehört und wurde von einer Generation zur anderen vererbt – und setzte schwungvoll seinen Namen unter das notariell beurkundete Dokument, das ihn zum Multimillionär machte. Bescheiden lächelnd verbeugte er sich vor den Anwesenden, sprach ein paar Worte des Dankes und lud zum Buffet ein, das im hell erleuchteten Gartenpavillon aufgebaut war.

Während die Gästeschar schwatzend den Raum verließ, nutzte Luca die Gelegenheit zum Rückzug. Sein Geburtstagspräsent hatte er schon heute Mittag erhalten, und er freute sich darauf, es endlich auszuprobieren. Schnell lief er die Treppe hoch. Von dem langen Flur gingen etliche Türen ab. Auch die zu seinen Räumlichkeiten. Ein Salon mit Schreibtisch, ein Schlafzimmer mit angeschlossenem Bad und ein begehbarer Kleiderschrank.

Der Smoking landete samt Hemd und Fliege achtlos auf dem Boden. Flink schlüpfte Luca in Jeans und T-Shirt, die handgefertigten Lederslipper aus Italien ersetzte er durch robuste Sneaker.

Schon früher am Abend hatte er die Taschenlampe aus der Abstellkammer gemopst, jetzt steckte der Bankerbe vorsichtshalber noch einen Wollpullover und eine Packung Kondome zu ihr in den Rucksack; schließlich wusste er nicht, was ihn erwartete. Zumindest nicht im Detail. Aber es würde ein Männerausflug werden, so viel stand fest. Luca spürte ein erwartungsvolles Pochen zwischen den Beinen.

Schnell noch eine Line gezogen, das restliche Kokain in die Hosentasche gestopft, und er war bereit zum Aufbruch. Vorsichtig lauschte Luca an der geöffneten Zimmertür auf Hinweise, dass sein Verschwinden bereits bemerkt worden war. Nichts. Vermutlich drängelten sich alle am Buffet im Garten. Schließlich war das Essen umsonst. Leise kichernd huschte er die Treppe hinunter.

Das Geburtstagsgeschenk seiner Eltern parkte draußen in der Auffahrt. Ein roter Porsche Panamera 4 Platinum Edition, die Alten hatten sich nicht lumpen lassen. Luca warf den Rucksack auf den Beifahrersitz und ließ den Motor aufheulen. „So viel zum unauffälligen Abgang", dachte er und lachte laut, als der Kies beim Beschleunigen zu beiden Seiten spritze. Noch hatte er kein rechtes Gefühl für die dreihundertdreißig Pferdestärken unter der Haube.

Anne, die sich hinter einem Busch versteckt hatte, sah ihrem Bruder mit zusammengekniffenen Augen nach, wie er mit abgeblendeten Scheinwerfern die baumgesäumte Zufahrt entlang jagte. Nur kurz leuchteten die Bremslichter am Ende der Allee auf, bevor das Auto mit hohem Tempo die Kurve schnitt und ihren bohrenden Blicken entschwand.

EINS

Wenn er geahnt hätte, was ihn erwartete, wäre Wilhelm Schachinger, von allen nur Willi genannt, heute wohl lieber mit seiner Schwester an einen See geradelt, als in den Wald zu gehen.

Der Rentner war früh aufgebrochen, nun aber schon seit Stunden unterwegs. Auf einer kleinen Lichtung hielt er inne, um drei Kohlweißlinge zu beobachten, die behäbig zwischen den gefiederten Blättern eines Frauenfarns umher taumelten. Vereinzelte, schräg durch die Kronen der Bäume fallende Sonnenstrahlen wirkten wie Bühnenscheinwerfer, die die kleinen Tänzer gekonnt in Szene setzten.

Willi genoss das friedliche Bild und nutzte die Gelegenheit, sich den Schweiß von der Stirn zu wischen. Im geflochtenen Weidenkorb auf seinem Rücken befanden sich rund fünf Kilogramm Blaubeeren. Keine schlechte Ausbeute. Er wollte Marmelade kochen. Mit einem Schuss Rum und einer Prise Zimt. Sein Geheimrezept. Er verschenkte die süße Leckerei zu Weihnachten gerne an Freunde und Bekannte, und auch das eigene Vorratsregal sollte mit vier neuen Gläsern bestückt werden. Willi stopfte das karierte Stofftuch zurück in die Hosentasche und zog stattdessen eine Flasche aus der dafür vorgesehenen Lasche des Bauchgurts, den er um die Hüfte geschlungen hatte. Frisch lief das Wasser seine Kehle hinunter. Willi war ein wenig unschlüssig, ob die gesammelte Menge Beeren ausreichen würde. Nach einigem Hin und Her beschloss er, den Korb noch um etwa ein weiteres Kilo zu bereichern. Den

Parkplatz, auf dem er seinen Wagen abgestellt hatte, konnte er ebenso gut in einem großen Bogen erreichen.

Die Hauptwege des Perlacher Forstes im Südosten Münchens waren in einem Rautenmuster angelegt worden, allerdings nicht analog zur Autobahn, was die Orientierung schwierig machte. Zudem verliefen viele kleinere Pfade kreuz und quer durch den Wald. Immer wieder mal erschienen in der Lokalpresse hämisch anmutende Artikel über Touristen, die sich angeblich in dem knapp dreizehneinhalb Quadratkilometer großen Waldgebiet verirrt hatten, aber Willi kannte sich aus. Um zu den üppigsten Heidelbeergehölzen zu gelangen, musste er die üblichen Pfade verlassen und querfeldein gehen. Seit die Forstwirtschaft damit begonnen hatte, tote Bäume nicht mehr abzutransportieren, sondern einfach im Wald verrotten zu lassen, war das zwar schwieriger geworden, aber nicht unmöglich. Für seine 73 Jahre war er noch recht rüstig. Er musste eben gut aufpassen, wohin er seine Schritte setzte. Und ab und zu ein wenig kraxeln oder sich ducken.

So wie jetzt.

Zwei einstmals beeindruckend mächtige, einander gegenüberstehende Baumstämme waren abgebrochen und hatten sich auf ungefähr eineinhalb Metern Höhe in den Astgabelungen des jeweils anderen verkeilt. Moose und Flechten überzogen die Rinden, machten den Weg frei für Bakterien und Pilze, die das Holz zersetzen würden. Zu beiden Seiten wucherten wilde Brombeerhecken, auch Brennnesseln waren zu sehen. Es war still in diesem Abschnitt des Waldes. Still und einsam. Weit weg vom Publikumsmagnet *Perlacher*

Mugl, wie der Aussichtsberg genannt wurde, oder dem bekannten Hirschbrunnen.

Willi wurde langsamer. Den Sonnenstrahlen gelang es kaum noch, die Kronen der gedrängt stehenden Laub- und Nadelbäume zu durchdringen. Das eigentlich natürliche Hindernis vor ihm wirkte auf ihn wie ein düsteres Tor zur Schattenwelt.

Unvermittelt schauderte er.

„Jetzt mach' dich nicht lächerlich!", schimpfte der Rentner mit sich selbst. „Schattenwelt! Soweit kommt's noch!" Trotz der harschen Worte setzte er nur zögernd einen Fuß vor den anderen, bewusst bemüht, das Gefühl einer nahenden Bedrohung ebenso zu ignorieren wie die aufgestellten Härchen an seinen Unterarmen. Er versuchte den Kopf einzuziehen und gleichzeitig nach oben zu schielen, als würden die sterbenden Bäume jeden Moment bersten und ihn unter sich begraben können. Modriger Fäulnisgeruch stieg ihm die Nase.

Nur drei Schritte, dann hätte er es geschafft.

Eins, zwei ... Erleichtert richtete er sich auf.

Zu hastig, zu früh.

Der Deckel des Weidenkorbs prallte hart gegen einen der umgestürzten Stämme und riss Willi unvermittelt nach hinten. Er verlor das Gleichgewicht und knallte, wild mit den Armen rudernd, unsanft auf den Rücken. Zum Glück stieß er sich nicht den Hinterkopf, doch der Sturz aufs robuste Korbgeflecht presste ihm die Atemluft aus den Lungen. Er ächzte laut. Wie ein umgeworfener Käfer blieb er liegen, die Augen geschlossen.

Der weiche Waldboden hatte den Fall abgemildert. Willi war schnell klar, dass er Glück im Unglück gehabt hatte: Es schien nichts gebrochen zu sein. Nur über dem Steißbein und zwischen den Schulterblättern spürte er einen pochenden Schmerz. Dafür war ihm der Schreck in die Glieder gefahren.

Mit zitternden Fingern nestelte er blind an den Riemen. Er wollte zunächst den Korb loswerden, bevor er sich aufzusetzen versuchte. Fünf Kilo mehr oder weniger spielten für Willis Bauchmuskulatur eine durchaus gewichtige Rolle. Sich ungeschickt windend schlüpfte er aus den Trägern und öffnete endlich wieder die Augen.

Er drehte den Kopf nach rechts und links, versuchte einen Blick auf den Waldboden zu erhaschen, ehe er seine Hände hinein grub, um sich hoch zu stemmen. In eine Schnecke oder eine Ameisenstraße zu fassen wäre das letzte, was er jetzt gebrauchen konnte. Doch es gelang ihm nicht. Der Winkel war zu ungünstig.

Gerade als er sich seufzend eingestand, dass er das Risiko einer unangenehmen Berührung eben würde eingehen müssen, erregte etwas anderes sein Interesse. Nur wenige Meter von ihm entfernt hoben sich zwei weiße Flecken vom diffusen Grün und Braun des Waldes ab.

Willi runzelte die Stirn. Seine Sehkraft war nicht mehr so gut wie früher. „Schuhsohlen?" Mühsam rappelte er sich in eine sitzende Position auf. Er blinzelte mehrmals und schluckte hart. Dann begann er zu schreien.

ZWEI

Eine knappe Stunde später hielt ein uniformierter Polizist eilfertig das blau-weiße Absperrband in die Höhe, um Kriminalhauptkommissar Franz Branntwein mit seinem laut Hersteller nelkengrünen Mercedes W124, Baujahr 1993, passieren zu lassen.

Das Fahrzeug war ein Erbstück seines Freundes und ehemaligen Vorgesetzten Günter Haller, der viel zu früh eines gewaltsamen Todes gestorben war. Für Branntwein völlig überraschend hatte ihm Hallers geschiedene Frau – und Erbin – nach der Beisetzung den Fahrzeugbrief und die Schlüssel des frisch gewarteten Gerade-So-Oldtimers in die Hand gedrückt. Obwohl mit dem Auto auch Erinnerungen verbunden waren, die er lieber vergessen hätte, hatte der Kommissar das Geschenk dankbar angenommen. Seit der Zwangsverschrottung seines geliebten Golfs war er ohne eigenen fahrbaren Untersatz gewesen.

Ein Umstand, der vor allem seine Assistentin Susanne Nowak manchmal an den Rand des Wahnsinns getrieben hatte. Niemand wusste besser als ihr Chef, wann sie zu schalten, blinken, bremsen oder Gas zu geben hatte, und es gelang ihm als Beifahrer nicht, dieses Wissen für sich zu behalten.

Jetzt rumpelte Branntwein noch ein paar Meter den unbefestigten Forstweg entlang und stellte den Daimler dann hinter dem weißen Sprinter der Spurensicherung ab. Die promovierten Rechtsmedizinerin Elisabeth Schneider hatte ihr Elektroauto ein Stück weiter im

Schatten neben einem Krankenwagen geparkt, dessen Hecktüren weit offenstanden.

„Das wird wohl der Zeuge sein, der da auf der Trage liegt", mutmaßte die Kriminalassistentin und löste den Sicherheitsgurt. „Sollen wir mit ihm anfangen oder zuerst nach der Leiche sehen?"

„Am besten bringen wir die Befragung gleich hinter uns, dann kann der Sanka endlich losfahren und Conni hat auch noch ein bisschen mehr Zeit." Gemeint war Conrad Fleischmann, der Leiter der Spurensicherung, der sie sowieso erst in die Nähe der Leiche lassen würde, nachdem dort jede Fichtennadel zweimal umgedreht worden war.

„Wilhelm Schachinger, dreiundsiebzig Jahre alt, Rentner, verwitwet, hier aus München", las Susi auf dem Weg zum Krankenwagen vor. Die Informationen hatte ihr der Kollege Joachim Mayer inzwischen aus dem Kommissariat aufs Smartphone geschickt.

„Vorstrafen?"

„Hat Mausi keine erwähnt." Susi verwendete den Spitznamen des IT-Experten und Mannes für die Recherche. Er verdankte ihn seiner innigen Liebe zum Computer und dessen Zubehör, die er einmal zu oft auf einer Weihnachtsfeier in betrunkenem Zustand lauthals kundgetan hatte.

„Wird auch Zeit, dass ihr aufkreuzt", wurden die Ermittler von einem der beiden Sanitäter empfangen, nachdem sie ihre Ausweise in die Luft gehalten hatten.

„Is' scho recht", antwortete Branntwein, schenkte aber weder dem mürrischen Jüngling noch dessen rotwangigem Pickelgesicht weitere Beachtung. Susi folgte ihrem Chef wortlos in den Rettungswagen. Aus einer

Infusion tropfte Kochsalzlösung in die Vene des Witwers, am anderen Arm hing eine Blutdruckmanschette. Es roch nach medizinischem Alkohol und Schweiß. Bei ihrem Eintreten hob der Zeuge den Kopf. Er war ein wenig blass, machte insgesamt aber einen gefassten Eindruck.

„Grüß Gott Herr Schachinger, mein Name ist Franz Branntwein, und das ist Susanne Nowak."

„Grüß Gott. Sind Sie wirklich von der Polizei?" Schachingers Blick wanderte kritisch von Branntweins ausgetretenen Turnschuhen nach oben und blieb kurz am Aufdruck des schwarzen T-Shirts hängen, der unter der Jeansjacke hervorblitze. „Optimismus heißt rückwärts Sumsi mit Po", las er den Text unter der Comicdarstellung einer Biene laut vor. „Also zu meiner Zeit hätte es das nicht gegeben."

„Waren Sie denn auch bei der Truppe?", fragte Susi freundlich, während sie sich bemühte, mit ihrer riesigen, selbstgebatikten Umhängetasche nicht gegen den Infusionsschlauch zu stoßen.

„Nein." Schachinger räusperte sich. „Ich war Zahnarzt."

„Ein Mann der Krone also", spaßte Branntwein, wurde aber gleich wieder ernst. „So, Herr Schachinger, dann erzählen Sie mal. Dieser Bereich liegt ziemlich weit ab vom Schuss. Was haben Sie hier gemacht?"

„Ich hab' Blaubeeren gepflückt. – Aber nur für den Eigenbedarf", fügte er schnell hinzu. „Das darf man doch, oder? Ich meine, das ist nicht gegen das Gesetz."

„Äh ... Weißt du das, Susi?"

„Ja, es gibt das sogenannte *Recht auf Aneignung von Waldpflanzen*. Die Menge ist nicht klar definiert, aber in den meisten Regionen gilt bei Beeren ein Kilogramm pro Kopf, bei Pilzen um die zweihundertfünfzig Gramm."

„Da haben Sie's", wandte sich Branntwein zufrieden an Schachinger. „Aber wir sind ja auch nicht von der Beerenpolizei, sondern von der Mordkommission. Machen Sie sich da mal keine Gedanken."

„Hier im Korb sind mindestens fünf Kilo", mischte sich der Sanitäter von draußen ein.

Schachinger wurde noch ein wenig blasser. „Ich wollte Marmelade kochen", stammelte er.

„Wie gesagt, Herr Schachinger, das interessiert uns nicht. Erzählen Sie doch mal, wie Sie die Leiche gefunden haben."

„Ja, also ... Ich hab' mich bücken müssen, weil zwei Bäume umgefallen waren. Außen rum ging nicht, weil da überall Brombeerranken und Brennnesseln wuchsen. Und irgendwie bin ich dann mit dem Korb oben hängengeblieben und gestolpert."

„Sie sind gestürzt?", hakte Susi nach.

„Genau. Auf den Rücken. Und da hab' ich sie gesehen."

„Sie?", fragte Branntwein erstaunt. „Es sind mehrere?" Er wandte den Kopf. Susi schaute ebenso alarmiert wie er.

„Die Schuhsohlen," konkretisierte der Zeuge.

„Ach so."

Schachingers Stimme senkte sich zu einem Flüstern. „Aber ansonsten war er splitterfasernackt. Splitterfaser, sage ich Ihnen!"

„Ja, das haben wir schon gehört", wiegelte Branntwein ab. „Ist Ihnen sonst noch etwas aufgefallen?

Waren beispielsweise weitere Menschen in der Nähe? Oder haben Sie ein Auto bemerkt, das weggefahren ist?"

„Nein. Gar nichts. Wir waren völlig allein, der Tote und ich."

„Haben Sie ihn angefasst? Vielleicht, um den Puls zu fühlen?"

Willi Schachinger keuchte entsetzt. „Gott bewahre!"

„Fotos gemacht?"

„Womit denn?" Er fummelte mühsam ein Handy aus dem Bauchgurt. „Das ist nur zum Telefonieren und für SMS. Weder Internet noch Kamera. Mein Enkel sagt, dass ich es wohl wegwerfen muss, wenn der Akku mal nicht mehr funktioniert."

„Oder dem Museum spenden", rutschte es Susi heraus. „Ähm ... Sind Sie öfter in diesem Gebiet unterwegs, Herr Schachinger?", fragte sie dann.

„Na ja, so zwei-dreimal im Jahr. Im Sommer wegen der Beeren und im Herbst dann halt zwecks der Schwammerl."

„Und war es da auch immer so einsam wie heute?"

Der Rentner nickte. „Mhm. Darum komme ich ja hierher. Ist eine gute Gegend. Da findet man wenigstens noch was. Im Forstenrieder Park gibt's auch ein paar ergiebige Stellen. Vor allem für Pfifferlinge."

„Wirklich?" Branntwein beugte sich interessiert vor. „Wo denn genau?"

„Sie müssen diese Frage nicht beantworten, Herr Schachinger", beeilte sich Susi zu sagen und warf ihrem Chef einen strengen Blick zu.

Der zog die Mundwinkel nach unten. „Dann halt nicht." Er wandte sich zum Gehen. „Gute Besserung wünsche ich, Herr Schachinger. Bitte melden Sie sich, falls Ihnen noch etwas einfallen sollte."

Susi kramte eine Visitenkarte aus dem Seitenfach ihrer Tasche. „Und geben Sie uns Bescheid, wenn Sie verreisen möchten."

Willi Schachinger nickte und steckte die Karte in die Brusttasche seines Hemdes. Er sah sich verstohlen um und krümmte dann wiederholt den Zeigefinger. Die junge Kriminalassistentin verstand und beugte sich zu ihm hinunter. „Ich bekomme jetzt aber wirklich keinen Ärger wegen der Beeren, oder?", fragte der Rentner leise. „Sie können sich gerne ein paar mitnehmen, wenn Sie mögen."

„Vielen Dank, das tue ich! Aber machen Sie sich keine Sorgen, alles gut. Auf Wiedersehen, Herr Schachinger." Sie drückte dem Mann kurz die Hand und hüpfte aus dem Wagen. „Ich komme gleich!", rief sie ihrem Chef zu, der sich von einem Polizisten den Weg zum Fundort der Leiche zeigen ließ. „Muss nur noch kurz was einpacken!" Sie fingerte eine kleine Tupperdose aus der Umhängetasche.

Branntwein wartete schon auf sie. „Was hast du denn da gemacht?", fragte er.

Susi zeigte ihm ihre Beute. „Eine größere Dose hab' ich leider nicht einstecken."

„Du bist eh die einzige Frau, die ich kenne, die so einen Haufen Zeug mit sich rumschleppt", antwortete Branntwein, weil er es nicht besser wusste. Er leckte sich die Lippen. Die Heidelbeeren rochen herrlich frisch und saftig. „Meine Mutter – Gott hab' sie selig – hat sonntags manchmal Blaubeerpfannkuchen gebacken", schwelgte der Hauptkommissar in kulinarischen

Kindheitserinnerungen, stibitzte eine der süßen Früchte und steckte sie sich ungewaschen in den Mund. „Da geht's lang", sagte er dann und zeigte in den Wald hinein. „Ungefähr sechshundert Meter. Nach vierhundert Metern, bei der vom Blitz getroffenen Ulme, sollen wir uns leicht rechts halten, und dann immer der Nase nach. Angeblich gar nicht zu verfehlen."

„Du nimmst mich auf den Arm", sagte Susi und beeilte sich, ihm zu folgen.

„Stimmt", grinste Branntwein, „Es ist eine Eiche. Hier wachsen keine Ulmen."

Leichter Wind war aufgekommen. Das Flatterband, mit dem die Mitarbeiter der Spurensicherung den Fundort der Leiche abgesperrt hatten, machte seinem Namen alle Ehre. Die Anzahl der in den Waldboden gerammten gelben Fähnchen hingegen war kärglich, wie Kriminalhauptkommissar Franz Branntwein innerlich seufzend bemerkte. Auch wenn wenige Markierungen nicht zwingend bedeuten mussten, dass es kaum Hinweise gab, denen nachgegangen werden konnte.

„Servus Conni", rief er dem Leiter der Kriminaltechnik über das Rauschen in den Wipfeln hinweg zu und blieb brav vor dem Absperrband stehen. Selbst wenn es keine Spuren geben sollte, die seine Assistentin Susanne Nowak und er hätten zertrampeln können, würde Conrad Fleischmann anderenfalls auf ihn losgehen wie eine Harpyie aus der griechischen Mythologie auf die Feinde des Zeus'; Frauenkopf hin oder her. Branntwein hatte da so seine Erfahrungen.

„Hallo Susi! Servus Franz!" Fleischmann, der – ebenso wie seine Mitarbeiter – einen weißen Schutzoverall trug, hob grüßend die Hand. Er stand bei den beiden umgefallenen Bäumen, dem *Schattentor*, wie Wilhelm Schachinger es im Geiste genannt hatte, und fotografierte die Abdrücke, die der Rentner hier mit Schuhen, Korb und Körper hinterlassen hatte. „Ihr könnt rübergehen. Aber in gerader Linie, wenn ich bitten darf. In einem Radius von zwei Metern um den Baum herum könnt ihr euch frei bewegen." Die beiden Ermittler mussten nicht fragen, welchen der vielen Bäume Conrad Fleischmann genau meinte. „Ich komm' dann auch gleich, muss euch eh was zeigen", fügte er rufend hinzu.

Der Mann saß mit dem Rücken an den Stamm gelehnt auf dem Waldboden und war, bis auf ein Paar weiße Sneaker, unbekleidet. Er hielt den Kopf gesenkt. Der Oberkörper hing nach vorne, schwarze Haare fielen ihm in die Stirn. Jemand hatte seine Handgelenke mit Klettmanschetten, an deren Ösen eine großgliedrige Stahlkette befestigt war, hinter dem Baum mit einem Karabiner aneinandergefesselt. Neben ihm kniete eine Frau um die Fünfzig, auch sie war in einen Overall der KTU gehüllt.

„Servus Sissi", begrüßte Franz Branntwein die Rechtsmedizinerin Elisabeth Schneider mit österreichischem Dialekt. Nach einem gemeinsamen Kinobesuch und anschließendem späten Abendessen beim Lieblings-Italiener hatten sie die letzte Nacht zusammen in Schneiders Wohnung verbracht und sich erst heute Morgen voneinander verabschiedet.

„Servus Franz", antwortete sie auf die gleiche Weise. Zunächst war der Pseudo-Akzent nur ein Running-Gag gewesen, um ihrem Spitznamen „Kaiserpaar" gerecht zu werden, den ihnen die Kollegen am Anfang ihrer Beziehung vor knapp sechs Monaten aufgrund ihrer Vornamen verpasst hatten. Mittlerweile war ihnen das Begrüßungsritual zur Gewohnheit geworden. Schneider stand auf, um Branntwein schnell einen Kuss auf die Wange zu geben. „Hallo Susi", wandte sie sich dann lächelnd an die junge Kriminalassistentin.

„Grüß dich, Elisabeth. – Ganz schön düster hier."
Die Jüngere hob den Kopf gen Himmel, der zwischen

den sich wiegenden Baumspitzen nur sporadisch hervorblitzte.

„Ja, finde ich auch. Achtzig Meter in die eine oder in die andere Richtung, und der Wald wirkt gleich wieder viel freundlicher. – Conni ist ziemlich sauer, weil die SpuSi die ganze Ausrüstung 'quer durch die Pampa' schleppen musste", sagte sie augenzwinkernd und zeigte auf die akkubetriebenen Scheinwerfer. „Das war ein Zitat."

„Wissen wir denn schon, wer der Tote war?", fragte Branntwein und umrundete vorsichtig den Baum.

„Nein." Schneider schüttelte den Kopf. „Wie ihr seht, hatte er keine Papiere bei sich."

„Hm. Ein Anhänger der Freikörperkultur?"

Susi zückte ihr Smartphone. „Könntest du mal ...?", bat sie. Die Rechtsmedizinerin hob das Kinn des Unbekannten an, damit die Kriminalassistentin ein Foto seines Gesichts machen konnte. „Ich schicke das gleich mal an Mausi", sagte Susi. „Vielleicht gibt es eine passende Vermisstenmeldung. – Was denkst du, wie lange er hier schon sitzt? Er sieht ziemlich ... hm ... frisch aus."

Elisabeth Schneider nickte. „Stimmt. Den Todeszeitpunkt würde ich auf die frühen Morgenstunden legen, die Leichenstarre ist noch nicht voll ausgeprägt. Aber wenn mich mein erster Eindruck nicht täuscht, war er mehrere Tage lang an den Baum gekettet."

„Mehrere Tage?!", rief Branntwein erstaunt. Er beugte sich vor und schnüffelte. „Was stinkt hier eigentlich so?"

„Riecht, als hätte er in so einem Billig-Aftershave vom Discounter gebadet", fand Susi.

„Der kleine Prinz", feixte Fleischmann, der gerade in Hörweite vorüberging.

Susi wirkte verärgert. „Soll das etwa eine Anspielung auf den erigierten Penis sein? Das ist doch nicht ungewöhnlich, zumal er sitzend gestorben ist! – Wirklich, Conni, das ist sogar für deine Verhältnisse ..."

„Nein, nein", versicherte Fleischmann schnell und wurde tatsächlich ein wenig rot. „Das war ein Wortwitz! Es gibt da einen After Shave Balsam, der so heißt. Also fast. Wenn du den einmal gerochen hast, vergisst du ihn nie wieder. Die Eigenmarke eines Discounters." Fleischmann räusperte sich und stiefelte weiter.

„Scheint ja ein krasses Zeug zu sein." Branntwein grunzte beeindruckt.

„Jedenfalls hat es erfolgreich die Tiere davon abgehalten, ihn bei lebendigem Leib anzuknabbern", sagte Schneider ohne jeden Anflug von Sarkasmus. „Die Frage ist jedoch eher, wonach es *nicht* riecht", ergänzte sie und kniete sich erneut neben die Leiche. „Nach Urin und Kot nämlich." Sie nahm ein Instrument aus ihrem Arztkoffer, das die Ermittler an eine Art Mini-Spaten erinnerte, und stach zwischen den Oberschenkeln des Opfers geschickt ein circa fünf mal drei Zentimeter großes Stück Moosteppich aus der Erde, das sie in eine Beweismitteltüte steckte. „Ich muss das natürlich noch durch die Obduktion morgen bestätigen, aber einer ersten Einschätzung nach würde ich vermuten, dass unser John Doe hier verdurstet ist."

„Morgen?", echote Branntwein.

„Verdurstet?", rief Susi.

Schneider nickte. „Ja. Beides. Heute schaffe ich es nicht mehr. Bei mir staut sich die Arbeit. Zwei Verkehrstote, ganz in der Nähe. Liegen schon seit Samstagnacht im Kühlfach." Sie hob erneut den Kopf der Leiche an und zeigte mit ihrem behandschuhten Finger auf Blutspuren an Lippen und Kinn. „Seht ihr das? Er hat sich auf die Zunge gebissen. Vermutlich hatte er Krämpfe." Sie ließ den Kopf behutsam hinabsinken. „Ich werde jetzt die Kette lösen", sagte sie und stand auf. – „Seid ihr mit den Aufnahmen hier fertig? Ich will ihn losmachen!" Die gerufene Frage war an Conrad Fleischmann gerichtet. Der Kriminaltechniker hob den Daumen und kam wieder näher, um der Rechtsmedizinerin zur Hand zu gehen.

Schneider öffnete den Karabiner und tütete ihn ein, während Fleischmann mögliche Spuren an den Enden der Stahlketten sicherte, indem er Zugbeutel darüber streifte. Mit einigem Kraftaufwand drehte Elisabeth Schneider die Arme des jungen Mannes so, dass die Armbeugen zu sehen waren. „Dachte ich mir", murmelte sie und sah auf. „Einstichstellen. Passt zu den Salzablagerungen auf der Haut." Susi hatte sich schon gefragt, was die hellen weißen Linien zu bedeuten hatten, mit denen der Körper des Toten überzogen war. „Er war auf Entzug. Das damit einhergehende starke Schwitzen hat den Flüssigkeitsverlust noch erhöht. Die Nieren haben nach und nach ihre Produktion eingestellt, es kam zu einem Kaliumüberschuss, und das Herz hat aufgehört zu schlagen." Schneider drückte die Haut auf seinem Handrücken zusammen. Die Falte blieb stehen. „Aber, wie gesagt, das muss die Leichenschau bestätigen. Drei Tage hat er hier gesessen, würde ich sagen, im Schatten unter den Bäumen vielleicht vier."

„Hast du Tattoos oder Piercings entdeckt?", fragte Branntwein.

„Nein, keine besonderen Merkmale, soweit ich das bis jetzt beurteilen kann."

Susi tippte die Hinweise für Mausi ins Smartphone und schickte sie zusammen mit dem Foto des Toten an den Kollegen im Büro. „Was ist mit seinen Schultern passiert?", wollte sie dann wissen und steckte das Handy weg.

Schneider seufzte. „Beide ausgekugelt. Vermutlich, als er sich befreien wollte. Vielleicht auch während der Krämpfe, die mit dem körperlichen Entzug einhergegangen sein müssen." Sie schüttelte traurig den Kopf. „Der arme Kerl hat sehr gelitten."

„Du bist also sicher, dass er noch am Leben war, als er an den Baum gekettet wurde", vergewisserte sich Branntwein.

„Ja. Absolut sicher."

„Und er war bei Bewusstsein?"

„Ob er sich selbst hingesetzt hat oder betäubt abgelegt wurde, kann ich vor einer toxikologischen Untersuchung nicht mit Sicherheit sagen. Aber irgendwann hat er begonnen, sich gegen seine Fesseln zu wehren, das siehst du an den Furchen, die seine Schuhe auf dem Waldboden hinterlassen haben. Die tiefen Abschürfungen am Rücken sind ebenfalls eindeutig, genau wie die Striemen an den Handgelenken und die Wunde am Hinterkopf, die er sich selbst beigebracht hat, indem er immer wieder mit dem Schädel gegen den Stamm geschlagen und gedrückt hat. Aber keine Hinweise auf gewaltvolle Fremdeinwirkung. Bis jetzt zumindest", schränkte sie obligatorisch ein.

Conrad Fleischmann zeigte in den Forst hinein. „Ungefähr noch mal zweihundert Meter weiter ist ein kleiner Hohlweg, kaum mehr als ein breiter Pfad, aber der Boden dort ist furztrocken. Wir konnten keine Reifenspuren sicherstellen – falls jemals welche da waren."

„Schuhabdrücke?" Branntwein ging zu den Füßen des Leichnams und blickte auf die Sohlen der Sneaker. Bis auf ein paar Fichtennadeln, die sich im Profil verfangen hatten, und Moosfetzen an den Hacken, die wohl vom Scharren während der Befreiungsversuche herrührten, waren sie sauber.

„Abdrücke ist zu viel gesagt", zerstörte Fleischmann dann auch die vage Hoffnung des Kommissars, „aber ich bin ziemlich sicher, dass sie mindestens zu zweit gewesen sein müssen."

„Allein hätte er sich ja auch schlecht in dieser Position an den Baum ketten können", bemerkte Susi trocken.

„Ja, ja. – Oder seine Kleidung verschwinden lassen. Kommt mal mit, ich wollte euch doch noch was zeigen." Fleischmann ging voraus. Nach rund fünfzehn Metern blieb er stehen und deutete auf ein paar umgeknickte Farnbüschel neben einem verrottenden Baumstumpf. „Ich glaube, hier hat er sich ausgezogen."

„Könnte das nicht auch von einem Tier plattgedrückt worden sein? Einem Wildschwein vielleicht?", fragte Susi.

„Nur, wenn die Sau gerne shoppen geht." Fleischmann zog mit triumphierendem Grinsen eine Beweismitteltüte aus der Hosentasche seines Overalls. Die Ermittler erkannten den Fetzen einer Plastiktüte mit dem Teil des Logos eines bekannten Modehauses.

„Noble Marke – im Gegensatz zum Aftershave und den Turnschuhen. Hing hier an dem Stumpf. Offensichtlich abgerissen."

„Im Wald liegt doch haufenweise Müll rum. Das beweist gar nichts", murrte Branntwein.

„Eben nicht", widersprach der Leiter der Spurensicherung. „Keine Taschentücher des wildpinkelnden Weibsvolks, keine Bierflaschen oder Kronkorken – nicht einmal Hundehaufen. Meine Leute haben vom Marterpfahl bis zur hohlen Gasse nur drei Zigarettenkippen gefunden und die waren allesamt schon älter. Dieses Stück Plastik hingegen", er hob die Beweismitteltüte in die Höhe, „liegt hier noch keine Woche."

„Du hast recht, es ist einsam hier. Seit wir da sind ist auch noch niemand vorbeigekommen", bemerkte Susi.

Fleischmann nickte gewichtig. „Dieser Abschnitt scheint ein echter Geheimtipp zu sein, wenn du mal jemanden unbemerkt nackt an einen Baum ketten und verrecken lassen willst." Er streckte den Rücken durch. „Ich muss dann wieder ... Die Geier vom Bestattungsinstitut werden gleich da sein und ich möchte Elisabeth dabei helfen, die Leiche zu strecken. Nicht, dass die ihnen wieder fast aus dem Sarg purzelt."

„Ja, geh' nur", antwortete Branntwein abwesend. „Was glaubst du, wem das hier alles gehört?", wandte er sich nachdenklich an seine Assistentin. „Ist das Privatbesitz?"

„Nein. Der Perlacher Forst gehört zusammen mit dem Grünwalder Forst und dem Forstenrieder Park zu den Bayerischen Staatsforsten", antwortete Susi. „Genauer gesagt zur *Betriebsklasse Süd* des Forstbetriebes München." Ihrem Chef blieb der Mund offenstehen.

„Schau' nicht so ungläubig, ich hab's genudelt", lachte Susi. „Aber bei den Forstbetrieben ist erst morgen früh wieder jemand zu erreichen. Von neun bis zwölf."

„Mist! – Dann fahren wir jetzt ins Büro zurück, vielleicht ..."

„Franz?! Susi?! Kommt ihr mal bitte?" Elisabeth Schneider winkte ihnen zu. „Das habe ich gerade entdeckt", sagte sie, als die Ermittler herantraten. Sie zeigte auf ein kleines Tattoo, das auf der Haut über dem Steißbein des unbekannten Toten prangte. Es handelte sich um zwei parallel verlaufende Kreise, von denen jeweils schräg rechts ein Pfeil abging. Sogenannte *Marssymbole*, denen das männliche Geschlecht zugewiesen wird. An der runden Basis überlappten sich die beiden Zeichen und bildeten eine Schnittmenge.

„Na, das scheint mir ja der passende Fall für Ihre Abteilung zu sein", bemerkte einer der beiden Leichenträger spöttisch.

Branntwein riss verwundert den Kopf nach oben. Es war das erste Mal, dass einer der Angestellten des Bestattungsinstituts, mit dem der Freistaat bei unklaren Todesfällen zusammenarbeitete, das Wort an ihn richtete, seit er sie einmal mit den Aasfressern aus den Lucky Luke-Comics verglichen hatte. Natürlich nur Gangart und Körperhaltung betreffend, aber sie waren trotzdem beleidigt gewesen. „Wie meinen Sie das?", fragte er und kniff misstrauisch die Augen zusammen.

Susi zupfte am Ärmel seiner Jeansjacke. „Lass' gut sein Chef, das bringt doch nichts."

Branntwein schüttelte ihre Hand ab. „Ich will das aber wissen", sagte er, ohne sein Gegenüber aus den Augen zu lassen.

„Nun, wie soll ich das schon meinen?" Der Leichenträger hob das Kinn und zog die Mundwinkel nach unten. „Es wird eben einiges gemunkelt."

„Aha! Gemunkelt also! Es wird *einiges gemunkelt!* – Es gibt aber keinen Grund zum Munkeln! Und soll ich Ihnen auch sagen warum nicht?" Branntweins Stimme war lauter geworden. Er machte einen Schritt auf den Anderen zu. Elisabeth Schneider und Susi hielten die Luft an, Conrad Fleischmann verschränkte die Arme und folgte dem Disput mit gespanntem Interesse. „Weil es kein Geheimnis ist, dass zwei meiner Leute homosexuell sind! Weil nichts *Munkelhaftes* daran ist, wenn zwei der besten Oberkommissare der Münchner Kriminalpolizei beschlossen haben, gemeinsam durchs Leben zu gehen! Und soll ich Ihnen noch etwas sagen?" Der Sargträger bemühte sich um einen möglichst arroganten Gesichtsausdruck, doch der hüpfende Adamsapfel verriet seine Anspannung. Branntwein fuchtelte mit dem Finger vor seiner Nase herum. „Daniel Baumann und Georg Hinterhuber werden sich einen Rauhaardackel zulegen, wenn sie in Pension gehen!", rief Branntwein triumphierend und reckte einen Zeigefinger in die Höhe. „Das ist zwar noch um die dreißig Jahre hin, aber sie werden eine Familie gründen, und zwar völlig egal, was so verklemmte Spießer wie Sie dazu sagen!" Er atmete tief durch. „Und jetzt schauen Sie zu, dass Sie Land gewinnen, Sie homophober ..."

„Ähm, Chef ...? Die müssen erst noch die Leiche einpacken", machte ihn Susi aufmerksam.

„Wir sind hier eh fertig!" Branntwein bückte sich und gab Elisabeth Schneider einen flüchtigen Schmatz auf die Wange. „Tschüss Sissi, wir hören uns später. Servus, Conni, habe die Ehre!" Immer noch wütend stapfte er davon. Susi beeilte sich, ihm zu folgen. Dass ihre ausladende Umhängetasche dabei gegen den Unterleib des dunkel gekleideten Anzugträgers stieß, war reiner Zufall.

VIER

Die Kaffeemaschine zischte. Ein Geräusch, dem Kriminalhauptkommissar Franz Branntwein auf einer Liste seiner persönlichen Lieblingstöne Platz drei einräumen würde, nur übertroffen vom zufriedenen Babyglucksen seiner Tochter Antonia, mittlerweile erwachsen und Medizinstudentin an der LMU, und dem Live-Mitschnitt eines Konzerts des Saxofonisten Coleman Hawkins aus dem Jahr 1962.

Er warf seine Jeansjacke auf den Boden vor der Garderobe hinter der Tür und durchquerte das Amtszimmer im Polizeipräsidium in der Ettstraße zielstrebig in Richtung Sideboard.

„Dir auch einen schönen Tag", murmelte Joachim Mayer.

Susi, die die drei anwesenden Kollegen mit einem fröhlichen *Hallo* begrüßt und sich dann eine Dose Cola aus dem Kühlschrank geholt hatte, nahm ihren Chef in Schutz: „Lass' ihn, Mausi, er hat sich heute schon genug ärgern müssen."

„Ach?! Fahrradfahrer im Kreisverkehr oder Gehbehinderter am Zebrastreifen?"

Gegen ihren Willen musste Susi lachen. „Keins von beidem. – Aber das soll er euch selbst erzählen, wenn er möchte."

Vier Augenpaare richteten sich auf Branntweins Rücken. Der Kommissar rührte gedankenverloren in seinem Thermobecher. Wie immer hatte er viel Milch und Zucker in den Kaffee gegeben. Von der Unterhaltung schien er nichts mitbekommen zu haben, stattdessen starrte er auf die Raufasertapete, an der das

Plakat mit den meistgesuchten Verbrechern angepinnt war. „Letzte Woche war so ein Krimi im Fernsehen", sagte er plötzlich zu niemand bestimmtem. „Da hat das Bild des Täters die ganze Zeit an der Wand gehangen, aber es ist keinem aufgefallen, obwohl es ein Fahndungsfoto gab. – Das könnte uns auch passieren, oder? Wann habt ihr denn das Ding hier zum letzten Mal angeschaut? Also so *richtig* angeschaut, meine ich." Er drehte sich um.

„Äh ..." Mausi kratzte sich am Kopf.

„Das ist eben einfach da, nicht wahr?", sagte Kriminaloberkommissar Daniel Baumann und blickte etwas ratlos zu seinem ranggleichen Kollegen und Freund, Georg Hinterhuber, der ihm am Schreibtisch gegenübersaß.

„Sowieso", stimmte Schorsch ihm zu.

„Eben. Da habt ihr's! Jeder sieht's, aber keiner schaut hin." Branntwein drehte sich um.

Das Büro war relativ beengt. Sie teilten sich zu fünft drei Doppelschreibtische. Daniel mit Schorsch, Branntwein mit Susi und Mausi mit jeder Menge Hard- und Software. Auf einem Rolltisch bei den Aktenschränken stand ein Multifunktionsdrucker, der auch scannen, faxen und mailen konnte. Auf letzteres war Mausi besonders stolz. Nicht jede staatliche Einrichtung verfügte über so ein modernes Gerät. Seit ihnen die Verwaltung im Namen des Polizeipräsidenten einen zwei Meter langen und fünfzig Zentimeter breiten Bürogarten als Raumteiler aufgezwungen hatte, wirkte das Amtszimmer gleich viel freundlicher. Und noch kleiner. Außerdem stieß alle naselang jemand dagegen und verschüttete dabei fluchend sein Heißgetränk. Sogar mit Deckel auf dem Thermobecher. Susanne Nowak und Daniel Baumann bestückten die Hydrokultur regelmäßig mit neuen Saisonblühern, die dann zwischen den beeindruckend robusten Yuccapalmen verdorrten. Hinter der grünen Oase standen das Sideboard mit der Kaffeemaschine, ein Kühlschrank sowie der Konferenztisch mit acht Stühlen, über dem ein großer Flachbildschirm an der Wand hing, auf den Mausi von seinem Rechner aus zugreifen konnte.

Branntwein zog einen der Stühle heran und setzte sich. Das Zeichen für sein Team, es ihm gleichzutun.

Susi stellte noch rasch die Tupperdose mit den mittlerweile gewaschenen Blaubeeren auf den Tisch. „Bitte bedient euch. Frisch aus dem Wald."

Die Kollegen griffen beherzt zu.

„Die Johannisbeeren meiner Mutter schmecken besser, nicht wahr?", sagte Daniel.

Niemand beachtete ihn.

„Also", begann Branntwein, „wir haben eine weiße männliche Leiche, fünfundzwanzig bis dreißig Jahre alt, Name und Herkunft unbekannt, vermutlich wenige Stunden vor unserem Eintreffen verdurstet."

„Verdurstet!?", rief Daniel ungläubig.

Schorsch ging den Fall pragmatisch an: „Sind wir da überhaupt zuständig?"

Branntwein bedeutete Mausi, den Flatscreen zu aktivieren. „Das sind die Bilder, die uns die SpuSi geschickt hat."

„Na gut", räumte Schorsch ein, als die Slideshow eine Aufnahme der Stahlkette zeigte, mit der das Opfer an den Baum gefesselt worden war. „Wir sind zuständig."

Branntwein und Susi kommentierten und ergänzten die Fotos mit den ihnen bekannten Fakten.

„Klick mal auf Pause, Mausi", bat Daniel beim zweiten Durchlauf. „Das sind doch Einstichstellen, nicht wahr?"

„Ja." Branntwein nickte. „Wir müssen davon ausgehen, dass der Tote drogenabhängig war, auch wenn das toxikologische Gutachten natürlich noch aussteht."

„Außerdem war er wahrscheinlich homosexuell", fügte Susi eine weitere Information hinzu.

„Schwul? Wie kommst du drauf?", fragte Mausi. „Ähm, es ist doch okay, wenn ich *schwul* sage, oder?"

„Sowieso", antwortete Schorsch.

„Solange es sich auf die sexuelle Orientierung bezieht, ist dagegen nichts einzuwenden, nicht wahr?", fand auch Daniel.

„Er hatte so eine Tätowierung am Steiß." Susi malte das Symbol auf einen Block. „Die Fotos davon schickt uns Elisabeth später."

„Als erstes müssen wir herausfinden, wer er war", ergriff der Hauptkommissar wieder das Wort. „Vermisstenmeldung liegt keine vor, nehme ich an?"

Mausi schüttelte den Kopf. „Keine, die passt."

„Dann warten wir noch das Ergebnis der Fingerabdrücke ab, und falls da ebenfalls nichts rauskommen sollte, muss er in die Zeitung."

Susi hob die Hand. Eine Angewohnheit aus der Schulzeit. „Soll ich mit der Presseabteilung sprechen?"

„Um Himmelswillen!", wehrte Branntwein entsetzt ab. „Auf keinen Fall! Eine Pressekonferenz ist das letzte, wonach mir der Sinn steht. Wir halten das schön klein in Form eines Exklusivaufrufs in der BLIND-Zeitung."

„Wahrscheinlich ist er sowieso in unserer Datenbank", beruhigte Mausi seinen Vorgesetzten. „Verstoß gegen das Betäubungsmittelgesetz, oder so."

„Mir ist immer noch nicht ganz klar, mit welcher Art von Verbrechen wir es hier zu tun haben", sagte Daniel. „Beziehungsweise, ob überhaupt ein Verbrechen vorliegt", konkretisierte er. „Es könnte sich auch um einen Unfall mit Todesfolge handeln, nicht wahr?"

„Der Kerl war gefesselt", erinnerte Schorsch.

„Das weiß ich doch! Vielleicht hat er es ja so gewollt."

„Sprichst du jetzt von irgend so einem Sado-Maso-Bondage-Schmarrn, oder was?"

„Zum Beispiel", antwortete Daniel. „Immerhin war er bis auf die Schuhe unbekleidet. Bestimmt ist dir aufgefallen, dass er frisch rasiert gewesen sein muss, als er in den Wald gegangen ist. Wie schnell verdurstet man? Innerhalb von fünf, sechs Tagen?"

„Elisabeth tippt auf drei bis vier, weil er aufgrund des Entzugs offensichtlich stark geschwitzt hat", korrigierte Branntwein.

„Na bitte!" Daniel lehnte sich zurück. „Im Gesicht, an der Brust, im Genitalbereich ... überall nur Stoppeln."

„Ich mag gar nicht daran denken, was hier los gewesen wäre, wenn ich zugegeben hätte, so genau hingeschaut zu haben", murmelte Schorsch.

„Und stark parfümiert war er auch", merkte Susi an.

„Wenn ich euch recht verstehe denkt ihr, dass er sich extra fein gemacht hat, aber es kann doch genauso gut sein, dass das alles zu seiner täglichen Routine gehörte, die Rasiererei und so." Mausi war nicht überzeugt.

„Hm. Eine weitere Möglichkeit für einen Unfall wäre, dass es sich um das Aufnahmeritual einer Studentenverbindung gehandelt hat", überlegte Branntwein. „Da gehen ja krasse Geschichten durch die Medien, erinnert ihr euch? – Geschlechtsverkehr mit Tieren, lebendige Goldfische essen, über Stunden in Eiswasser liegen, mit brennenden Kerzen im Mund nächtelang auf Bierkisten sitzen, halbnackt mit Tierpenissen in der Unterhose durch die Niederlande trampen, Stierblut trinken ..." Er zog angeekelt die Mundwinkel nach unten. „Auch wenn er für einen Studenten ein bisschen zu alt wirkt."

Susi schob die Unterlippe vor und zuckte mit den Schultern. „Studieren kannst du auch mit Ende achtzig noch, wenn du Lust hast."

„Oder es war ein kalter Entzug, der schiefgelaufen ist", spekulierte Daniel weiter.

„Du meinst, den hat jemand an den Baum gefesselt, damit er dort entgiftet?" Branntwein kratzte sich am Hals. „Kann ich mir nicht vorstellen."

„Gibt es eine Sekte oder eine Gemeinschaft, von der so etwas bekannt ist? Dass sie ihre Mitglieder zur Abhärtung einfach mal im Wald aussetzen, meine ich?", überlegte Susi.

Mausi grinste. „Da fallen mir spontan nur die Pfadfinder ein."

„Depp", kommentierte Branntwein und grinste ebenfalls. Er stand auf und schenkte sich eine zweite Tasse Kaffee ein.

„Wieso wurde Mister Unbekannt eigentlich erst jetzt gefunden?" Daniel trommelte mit den Fingern auf die Tischplatte. „Es ist doch sehr merkwürdig, dass er mehrere Tage und Nächte lang unbemerkt geblieben ist, nicht wahr? Vielleicht hat sich derjenige, der ihn dort zurückgelassen hat, einfach nur verspekuliert und angenommen, dass er schon lebend gefunden werden wird."

„In diesem Teil des Waldes nicht", antwortete Susi. „Da kommt anscheinend so gut wie nie einer vorbei. Außerdem: Warum sollte jemand so etwas tun?"

„Um dem Opfer eine Lektion zu erteilen? Oder um ihn zu foltern?"

„Aber das mache ich doch lieber im stillen Kämmerlein und nicht auf eine Art und Weise, die in jedem Fall irgendwann die Öffentlichkeit auf den Plan ruft", widersprach die Kriminalassistentin.

„Gibt's denn Hinweise darauf, dass er nicht freiwillig in den Wald gegangen ist?" Mausi zeigte zum Standbild auf dem Bildschirm. „Er kann ja auch mit einer Waffe bedroht worden sein, als er sich da neben dem Baumstumpf ausgezogen hat."

„Nein, die gibt es nicht", antwortete Branntwein. „Aber ich bedrohe dich gleich mit der Waffe Daniel, wenn du nicht mit der Trommelei aufhörst." Er kehrte mit seinem Becher an den Tisch zurück.

„Dass die Stahlkette nur mit einem Karabiner gesichert war, deutet darauf hin, dass das Opfer leicht hätte befreit werden können, vielleicht sogar befreit werden sollte, da stimme ich Daniel zu", sagte Mausi.

„Möglicherweise kann uns der Förster morgen weiterhelfen." Susi wischte mit dem Finger einen Tropfen

Kondenswasser von der Coladose und schleckte ihn ab. „Könnte ja sein, dass der schon öfter nackte Menschen im Perlacher Forst gefunden und das nur nie zur Anzeige gebracht hat. Und dann natürlich die Ergebnisse der Obduktion und die Fingerabdrücke. Die des Opfers und hoffentlich auch welche an den Handfesseln, der Kette und auf dem Stückchen Plastiktüte."

„Gut. Dann wollen wir uns mal auf die Suche machen. Bleiben wir vorerst im Kreis München. Ich übernehme die Sekten, Susi die Studentenverbindungen, Daniel die BDSM-Szene, Schorsch die Tätowierer. Mausi, du suchst bitte nach alten Fällen, die irgendeine Ähnlichkeit zu diesem hier aufweisen." Branntweins Handy vibrierte und spielte zeitgleich die ersten Töne der Fußballhymne *Weiß-Blau TSV*. „Okay, wartet mal", sagte er, nachdem er die Textnachricht gelesen hatte, die ihm Conrad Fleischmann geschickt hatte. „Conni hat die Fingerabdrücke unserer Leiche schon mal durch die Datenbank gejagt: Nichts."

„Wirklich keine Beschaffungskriminalität? Und auch kein Drogendelikt?", wunderte sich Mausi.

„Nein. Jedenfalls ist er nie erwischt worden. – Zefix! Jetzt muss jemand mit der Schmierfink wegen des Zeitungsaufrufs sprechen." Er hob langsam den Kopf, merkte aber schnell, dass er sich den Hundeblick hätte sparen können.

Susi säuberte mit einer Büroklammer ihre Fingernägel, Schorsch rieb sich die Augen, als wäre gerade das Sandmännchen vorbeigekommen, Mausi fummelte angelegentlich an den Batterien der Fernbedienung für den Flachbildschirm und Daniel schien etwas auf den Boden gefallen zu sein: Er kroch unterm Tisch herum.

„Na toll! Vielen Dank auch", grummelte der Hauptkommissar und seufzte. „Dafür übernimmst du aber zusätzlich die Sektenrecherche, Susi."

„Sehr, sehr gerne, Chef", versicherte die Assistentin erleichtert und huschte an ihren Schreibtisch.

FÜNF

Der blinkende Cursor auf dem ansonsten weißen, weil leeren Textdokument wirkte hypnotisierend. Ihn reglos zu fixieren, schien keine gute Idee zu sein. Aber eine andere hatte sie nicht, das war ja das Problem. Ihr Kontaktmann bei der Rettungsleitstelle sonnte sich auf Mallorca und die Münchner Politiker vermutlich auf den Bahamas. Parlamentsferien.

Blink, blink, blink ...

Klara Buchfink gab ein knurrendes Geräusch von sich, schlug mit der flachen Hand auf die Schreibtischplatte und sprang auf. Mit drei großen Schritten war sie am Fenster. Ihre High-Heels lagen neben dem Papiereimer auf dem Boden, wo sie die Journalistin vorhin wütend abgestreift hatte. Sie musste sich etwas einfallen lassen. Und zwar schnell. In einer Stunde war Redaktionsschluss und sie hatte – außer einem immer wieder aufblitzenden Cursor – nichts zu bieten.

Ihren Vorschlag, die Lokalseite der morgigen Ausgabe in Ermangelung von Alternativen mit einer Bildergalerie der Münchner Freibäder zu füllen, hatte Armin Kreutzer rundweg abgelehnt: „Sommerloch ist eine Ortsgemeinde im Landkreis Bad Kreuznach", hatte der Chefredakteur klargestellt, „kein Vorwand für mangelhafte Leistung."

Buchfink schnaubte. Er hatte leicht reden! Wenn sie sich jetzt etwas aus den Fingern saugte, wäre es auch nicht recht; diese Erfahrung hatte sie schon des Öfteren machen müssen. Sie setzte sich zurück an den Schreibtisch. Also doch wieder ein Bericht über sommerliche Trendfrisuren bei Zwergkaninchen? Der Kleintierzüchterverein plante für nächste Woche eine Ausstellung, da würde das passen. Sie müsste nur die Pressemitteilung ein wenig aufpeppen und ein paar Fotos vom letzten Jahr heraussuchen.

Blink, blink, blink ...

Die Reporterin seufzte. Manchmal fand sie ihre Arbeit unfassbar ermüdend. Sie rief die Website der Züchtervereinigung auf und schickte nebenher ein Stoßgebet gen Himmel, dass innerhalb der nächsten dreißig Minuten wenigstens noch eine Polizeimeldung über einen Unfall mit hohem Sachschaden oder – besser – einigen Schwerverletzten eintrudeln würde, als das Telefon läutete.

„BLIND-Zeitung. Klara Buchfink", meldete sie sich kurz angebunden.

„Ja, Grüß Gott, Frau Schm ... äh ... Buchfink. Franz Branntwein hier. So schwer es mir auch fällt, ich muss Sie um einen Gefallen bitten."

„Herr Branntwein! Das ist aber mal eine Überraschung!", rief sie eifrig. „Um was für einen Gefallen handelt es sich denn?"

„Um einen Aufruf an die Bevölkerung. Am besten morgen schon. Wir brauchen Hilfe bei der Identifizierung einer Leiche."

Die Reporterin war mit einem Schlag hellwach. Sie legte den Kopf in den Nacken und kniff die Augen zusammen. „Danke", flüsterte sie inbrünstig.

„Wie bitte?", tönte es aus dem Hörer. „Ich habe Sie nicht richtig verstanden."

Buchfink drückte die Lautsprechertaste, legte den Hörer ab und hielt die Fingerspitzen startklar über ihrer Tastatur. „Ich habe gesagt: Morgen schon? Das wird aber eng. Die Seite ist eigentlich schon fertiggestellt."

Branntwein räusperte sich. „Ich kann's ja auch beim *Tagblatt* probieren, vielleicht haben die noch ..."

„Nein, nein! Bitte, erzählen Sie! Wenn mich die Mordkommission anruft, nehme ich mir gerne die Zeit."

Der Kommissar stutzte. „Alles in Ordnung mit Ihnen?"

„Aber ja, natürlich! Was sollte denn nicht in Ordnung sein?"

„Sie sind so freundlich."

Klara Buchfink schluckte zweimal. „Na, dann schießen Sie mal los. Oder sollte ich das zu einem Polizeibeamten lieber nicht sagen?" Sie kicherte gekünstelt.

„Langsam mache ich mir wirklich Sorgen, aber na gut. – Haben Sie was zum Schreiben?" Branntwein wartete die Antwort nicht ab, sondern diktierte folgenden Text: „Wer kennt diesen Mann? Fünfundzwanzig bis dreißig Jahre alt, einen Meter zweiundachtzig groß, dreiundsiebzig Kilo schwer, dunkelbraune, fast schwarze Haare, vermutlich Mitteleuropäer. – Haben Sie das?"

„Selbstverständlich. Ich beherrsche das Zehn-Finger-System, Herr Branntwein."

„Ah, langsam werden Sie wieder die Alte. – Also weiter: Besonderes Kennzeichen: Der Mann trägt über dem Steißbein eine Tätowierung des doppelten Marssymbols. Letzter bekannter Aufenthaltsort: Perlacher Forst. Sachdienliche Hinweise zur Identität des Mannes bitte an das Polizeipräsidium München – und so weiter

und so fort, die Kontaktdaten haben Sie ja. Die Rechtsmedizin schickt Ihnen gleich noch eine E-Mail mit
Fotos von Gesicht und Tattoo."

„Wie wurde er umgebracht?"

„Kein Kommentar."

„Aber er wurde im Perlacher Forst gefunden?"

„Kein Kommentar."

„Wann genau?"

„Am frühen Nachmittag."

Die Reporterin lachte. Branntwein schwieg. Er biss
sich gerade auf die Faust und konnte nicht sprechen.

„Ich habe die Fotos bekommen", ließ sich Buchfink
wieder vernehmen. „Sieht eigentlich gar nicht aus wie
eine Leiche."

„Es wäre mir auch sehr recht, wenn Sie dieses Detail
nicht erwähnen würden", warf Branntwein hoffnungsvoll ein.

„Ha! Sie machen wohl Witze! – Gibt es sonst noch etwas, das ich aus Ihnen herauskitzeln könnte, Herr
Kommissar? Zum Beispiel, wer ihn gefunden oder was
er da im Wald gemacht hat?"

Tut, tut, tut.

Branntwein hatte die Verbindung beendet.

Klara Buchfink legte ebenfalls den Hörer auf und
leckte sich die Lippen. „Dann wollen wir das Ganze
mal ein bisschen modifizieren", dachte sie lächelnd
und öffnete ein zweites Dokument. Ihre Finger schweb-
ten nur für wenige Sekunden über der Tastatur, dann
begann sie zu tippen. Diesmal blieb dem Cursor keine
Zeit zu blinken.

Der Hauptkommissar hatte den Hörer mit Schwung auf die Gabel geworfen.

„So schlimm?", fragte Susanne Nowak Anteil nehmend.

„Nicht schlimmer als erwartet. Aber ich habe mich von ihr übertölpeln lassen und verraten, dass die Leiche im Perlacher Forst gefunden wurde – Kreizkruzifix!"

„Das ist uns doch allen schon mal passiert", tröstete Susi.

„Was ihre Vernehmungstaktik angeht, könnte die Schmierfink glatt bei der Kripo anfangen", pflichtete Mausi bei.

„Das macht die Sache zwar auch nicht besser, aber danke. – Gibt's bei euch schon was Neues?", erkundigte sich Branntwein und griff nach seinem Thermobecher.

Der IT-Spezialist sah auf. „Die Suche nach Menschen, die in deutschen Wäldern eines unnatürlichen Todes gestorben sind, läuft noch. Bis jetzt habe ich zwei Selbstmörder, einen Jagdunfall, drei Abstürze von höhergelegenen Fußwegen, die mit geplatzten Schädeln oder gebrochenen Halswirbeln geendet haben, und eine tödliche Stichverletzung in Folge einer Wette unter zwei Jugendlichen, die Messerwerfen geübt hatten."

„Alle bekleidet, nehme ich an?"

„Der eine Selbstmörder hat sich nackt erhängt. Wollte wohl keine versauten Klamotten hinterlassen."

„Wie rücksichtsvoll. – Und bei euch?", wandte sich Branntwein seinen anderen Mitarbeitern zu.

Schorsch antwortete als erster: „Ich habe mit drei Tätowierern gesprochen. Sie sagen übereinstimmend, dass Tattoos dieser Art keine Seltenheit sind. An einen bestimmten Kunden, der es an genau dieser Stelle haben wollte, können sie sich aber nicht erinnern."

„Wie viele Studios gibt es insgesamt in München?", wollte Branntwein wissen.

„Über vierzig."

„Na dann ..." Er nickte auffordernd in Richtung Telefon.

„Ja, ja." Schorsch verschränkte die Arme. „Einfacher wär's halt, wenn wir den Namen des Kunden wüssten."

„Aber den sollst du auf die Art doch herausfinden, nicht wahr?", sagte Daniel.

„Magst du mich jetzt nerven, oder was?", fragte Schorsch.

Susi hob den Finger. „Studentenverbindungen gibt es sogar über achtzig! Und zwar schlagende, nicht schlagende und fakultativ schlagende. Soweit ich das bis jetzt überblicke, sind zwei der Verbindungen Frauenbunde, ein paar sind gemischt und der Rest unterliegt dem Patriarchat."

„Hm. Womöglich sollten wir tatsächlich erst mal die Reaktionen auf den Zeitungsaufruf abwarten, bevor wir unsere Zeit damit verschwenden ein Sandkorn im Kaffeesatz zu suchen, das vielleicht gar nicht da ist", räumte Branntwein ein. „Hätte nicht gedacht, dass es so viele sind. Zu meiner Zeit ..."

„Und falls unser Toter wirklich Opfer eines ausgeuferten Aufnahmeritus' geworden ist, gäbe es wohl kaum jemanden, der es am Telefon so einfach zugeben würde, nicht wahr?", fiel ihm Daniel ins Wort. „Mausi, du musst übrigens unbedingt meinen Browserverlauf löschen. Ich bekomme sonst noch Ärger mit der Sitte."

„Drück' einfach gleichzeitig die Tasten Steuerung, Umschalten und Entfernen, das sollte reichen für den Hausgebrauch."

„Danke, das probiere ich gleich aus. Es ist einfach ungeheuerlich, über welche Praktiken man im Internet stolpert, wenn man nach *BDSM im Freien* und *homosexuell* sucht. Und die Bilder und Videos erst!"

„Die richtig harten Sachen findest du nur im Darknet", widersprach der Computerexperte.

„Ich versichere dir, Mausi: Mir hat es gereicht, nicht wahr? – Aber möglich wäre es schon, dass dieses Anketten im Wald, noch dazu nackt, einen sexuellen Hintergrund hatte. Ich bin auf mehrere Rollenspiele gestoßen, bei denen sich der vermeintliche Retter wahlweise als brutaler Vergewaltiger oder sinnlicher Held entpuppte." Der gebürtige Schleswig-Holsteiner nestelte an einem Knopf seines Hemdes. „Allerdings beantwortet diese Theorie nicht die Frage, wie es dazu kommen konnte, dass er verdurstet ist, nicht wahr?"

„Stimmt." Branntwein stand auf und legte Daniel eine Hand auf die Schulter. „Tut mir leid, wenn dir die Recherche unangenehm war. Ich hätte nicht ausgerechnet dich damit beauftragen sollen."

„Was meinst du damit, *nicht ausgerechnet dich*? Hältst du mich etwa für prüde?", brauste Daniel auf.

Branntwein wich einen Schritt zurück. „Nein, ich ... äh ..."

„Ich habe recht, nicht wahr? Du hältst mich für prüde! – Schorsch, sage unserem Chef bitte, dass ich keineswegs prüde bin! Ich bin sogar eher unprüde, würde ich meinen, nicht wahr? Na los! Erzähle es ihm! Erzähle ihm, was wir ..."

„Ein Wort, Schorsch, und ich kann für nix garantieren", unterbrach Branntwein hastig.

Schorsch grinste. „Sowieso."

„Und was die Sekten angeht", ergriff Susi laut das Wort, „habe ich eine interne Anfrage an die Kollegen von der Abteilung *Verhaltensorientierte Prävention und Opferschutz* geschickt. Die sitzen hier im Haus, Kommissariat einhundertfünf. Ansprechpartner ist Herr Kastner, er sollte uns bei der Frage weiterhelfen können. Die sind aber schon weg, ich hab' nur eine automatische Abwesenheitsnotiz zurückbekommen."

„Gut gemacht", lobte Branntwein und warf einen Blick auf die Uhr. „Ich kann mich gar nicht erinnern, wann wir am Tag eines Leichenfundes mal pünktlich Feierabend gemacht haben. Ich glaube beinahe, das ist eine Premiere." Er setzte sich an seinen Schreibtisch, gab dem Rechner den Befehl zum Herunterfahren und schaltete den Monitor aus. „Es ist sogar eine doppelte Premiere für mich", dachte er traurig. „Die erste Ermittlung in einem verdächtigen Todesfall ohne Günter an meiner Seite."

SECHS

Hunderte schwitzende Leiber zuckten rhythmisch zum wummernden Beat, der aus den Lautsprechern rund um die als Schwimmbecken designte Tanzfläche hämmerte. Wahlweise halbnackt oder in hautenges Latex gehüllt, die Hände in die Luft gereckt, die Augen größtenteils geschlossen, gaben sich die Tänzer mit schier ekstatischer Begeisterung dem Rave hin, während sie von mindestens doppelt so vielen Zuschauern von Barhockern, stilisierten Sprungbrettern und Liegestühlen aus begafft wurden. Das rasend schnelle Stakkato der Stroboskope ließ die Körper für Sekundenbruchteile aus verschiedenen Winkeln aufblitzen, was dem Ganzen einen fast unwirklichen Reiz verlieh. Und manchmal epileptische Anfälle auslöste.

Auch an diesem Mittwochabend war das *Pool* nahezu ausgelastet. Ein Grund dafür war, dass viele Gäste am nächsten Tag nicht arbeiten mussten. Sie waren Söhne und Töchter reicher Eltern, manche von ihnen hätten nicht einmal sagen können, welcher Wochentag heute war. Zum anderen kam niemand, der hipp sein wollte, um einen Besuch im derzeit angesagtesten Klub Münchens herum; aber wer nicht auf der Gästeliste stand, oder gleich in Begleitung eines – mindestens – D-Promis an die hellblau gefliesten Türen mit den Bullaugen trat, hatte am Wochenende keine Chance auf Einlass. Trotz einer Gesamtkapazität von dreitausend Personen.

Gerade war *Lazy-Longdrink-Hour*, sechzig Minuten, in denen die vierzig Mitarbeiter des *Pool* alles andere als faul herumstehen konnten. An fünf mehrere Meter langen, nierenförmig geschwungenen Bars unterstützten sie im Akkord den Durst der Feiernden nach Leben, Lust und Spaß mit der doppelten Menge an Alkohol, die sie sonst in die mit Eis gefüllten Gläser aus bruchsicherem Polycarbonat füllten.

Von einem erfrischenden Drink konnten die Go-Go-Tänzerinnen und -Tänzer in den Haikäfigen, die frei von der Hallendecke zu schweben schienen, nur träumen. In kühnen Verrenkungen heizten sie die Menge zu immer noch euphorischerem Hüpfen, Stampfen und Headbangen an, um vor allem deren Schweißdrüsen – und damit das Bedürfnis nach dem nächsten Drink – zu animieren, der mehr kostete, als die über fünfzig Toilettenschüsseln herrschende Reinigungskraft des Klubs in der Stunde verdiente. Dafür bekamen die Go-Gos von der Chefetage auf Wunsch andere Dopingmittel zum Sonderpreis zur Verfügung gestellt: Ecstasy, Speed, Kokain ... Die Liste der Drogen war lang.

Noch höhere Umsätze wurden jedoch in den hinteren Räumlichkeiten des *Pool* gemacht. Hier gingen Rauschgifte in Form von Tabletten, Liquids und Pulvern kiloweise über die Theke, die eigentlich gar keine Theke war, sondern der Schreibtisch des Chefs.

Dominik Bauer besaß noch drei weitere Klubs in Berlin, Hamburg und Frankfurt, sowie deutschlandweit mehrere Restaurants, um die zwanzig Tattoo-Studios und etliche Im- und Exportläden. Seine *Waschsalons*, wie er gerne sagte. Dominik Bauer hatte Geld, Macht, Einfluss und einen subtilen Sinn für Humor, doch eines besaß er nicht: Empathie. Für ihn gab es immer nur einen Weg: seinen. Das hatte ihm schon als Kind wiederholt Ärger eingebracht und ihn als jungen Mann vor große Herausforderungen gestellt. Warum sollte er fragen, ob andere auch schaukeln möchten? Weshalb war es falsch, Mitschüler zu verprügeln, um an ihr Taschengeld zu kommen? Was machte es für einen Unterschied, ob das Mädchen auf der Party ebenfalls Lust auf Sex hatte? Es reichte doch, wenn er es wollte.

Nach diversen Stationen in Besserungsanstalten und Kinderheimen für Schwererziehbare, sowie – als junger Erwachsener – einem dreimonatigen Aufenthalt in der JVA Stadelheim hatte er die Schnauze voll. Der *Hai* – wie Dominik Bauer damals genannt wurde, weil sein Gesicht kaum jemals Mimik zeigte, überfiel zwei Tankstellen und legte das Geld in Schauspielunterricht an. Es sollte sich zeigen, dass dies die beste Investition seines Lebens gewesen war. Innerlich der Alte geblieben, lernte er, sich nach außen hin charmant, jovial, sogar einfühlsam zu geben, wenn es die Situation erforderte. Nachdem er einmal herausgefunden hatte, dass er einfach das Verhalten der Menschen, die ihm eigentlich egal waren, spiegeln musste, war es ein Leichtes für ihn, in andere Rollen zu schlüpfen. Schon bald hatte er unzählige Gesichter, die er je nach Bedarf einsetzen konnte.

Er besuchte die Abendschule, machte einen Wirtschaftsabschluss, fand Freunde, Geschäftspartner und eine Ehefrau, mit der er zwei Söhne zeugte. Er hatte nie vorgehabt, sie in seine Pläne einzubeziehen, wollte kein Familienunternehmen aufbauen, sondern sich am verdienten Geld und der damit verbundenen Macht erfreuen, solange er konnte. Was nach seinem Tod geschehen würde, interessierte ihn nicht. In Verbrecherkreisen war er nun nicht mehr der *Hai*, sondern der *Dom*.

Für die meisten Menschen blieb Dominik aber Herr Bauer. Sie hielten ihn für einen normalen Unternehmer. Einige vermuteten eine Verbindung ins kriminelle Milieu, doch wie skrupellos, unbarmherzig und kaltblütig er seinen Weg tatsächlich verfolgte, war nur ein paar Handvoll Menschen bekannt, und die wurden regelmäßig ausgetauscht. Wer im Laufe der Zeit zu viel wusste oder durch einen in Dominiks Namen durchgeführten Spezialauftrag auf die Idee hätte kommen können ihn zu erpressen, der wurde entsorgt. Der Dom nutzte hierzu das Tierkrematorium *Caelum*, auf deutsch *Himmel*, das ihm ebenfalls gehörte. Wenn es soweit war, schenkte er dem Betroffenen für den ab sofort beginnenden Ruhestand eine Finca in Spanien, die nicht existierte, und zeigte sich auch finanziell äußerst großzügig. Einzige Bedingung: keinen Kontakt mehr zur Vergangenheit. Ein Versprechen, das den Betroffenen nicht schwerfiel. Wer will nicht einen unbeschwerten Urlaub bis ans Ende seiner Tage genießen - die Positionen im innersten Kreis um den Dom waren nicht zuletzt wegen dieser vermeintlichen Zukunftsaussichten heiß begehrt.

Es gab auf der ganzen Welt nur eine Person, die Dominik Bauer schon vor seiner Metamorphose gekannt, Kontakt zu ihm gehabt und das dauerhaft überlebt hatte: seinen Bruder Timo. Ein Jahr jünger und ein absoluter Waschlappen, wie der Dom nicht müde wurde zu erwähnen, war er die einzige menschliche

Konstante in seinem Leben, nachdem sich ihre Eltern kurz nach Dominiks vierzehntem Geburtstag endgültig von ihrem älteren Sohn losgesagt hatten. Damals hatte er im Werkunterricht einem Mitschüler sämtliche Mittelhandknochen der rechten Hand zertrümmert, weil der ihm den Hammer nicht geben wollte; ein vergleichsweise eher harmloses Delikt. Der Junge kam ins Krankenhaus, Dominik in die Besserungsanstalt. Timo schrieb heimlich Briefe, die der Ältere nicht beantwortete. Auch später ins Gefängnis, nun nicht mehr heimlich, mit ebenso wenig Resonanz. Doch als Dominik entlassen wurde, stand Timo vor dem Tor, nahm den Koffer in die Hand und den Bruder mit zu sich nach Hause. Fortan lebten sie zusammen, und Timo ließ sich durch nichts und niemanden von Dominiks Seite vertreiben. Auch nicht später von dessen Ehefrau Maren, die keine Ahnung hatte, was ihr Mann wirklich trieb; womit die Privatschulen der Kinder, die teuren Urlaube und das luxuriöse Leben tatsächlich finanziert wurden. Und dass sie letztendlich – ebenso wie ihre Sprösslinge – nur ein Teil der Fassade war, hinter der Dominik Bauer sein wahres Ich versteckte. Sie tat Timo leid, und so wurde er Marens bester Freund und den Kindern ein guter Onkel.

Timo bewunderte den Dom, der in zwei völlig verschiedenen Welten lebte. Beneidete ihn für die Stärke und Rücksichtslosigkeit, mit der er durchs Leben pflügte. Nichts und niemand konnte ihn aufhalten oder gar brechen. Er schien unverwundbar zu sein. Im Gegensatz zu Timo selbst, der sich seines verletzlichen, schwachen Wesens nur allzu bewusst war. Er war ein Weichei, das den Starken gab. Ein Hochstapler, ein Betrüger. Für das Privileg unter dem Schutz des Dom ein behütetes Dasein führen zu können, war Timo schon immer zu allem bereit gewesen. Daran hatte sich seit dem Schulhof nichts geändert.

„Was weißt du über diese Waffenlieferung, die angeblich nicht angekommen sein soll?" Der Dom saß – wie immer tadellos gekleidet – hinter seinem wuchtigen Schreibtisch aus Eichenholz, der so gar nicht zum restlichen Ambiente aus Chrom, Stahl und Neonlicht zu passen schien. Sogar sein Einstecktuch war aus dem gleichen Stoff genäht, aus dem auch die Krawatte gefertigt war. Ein paar Klischees mussten erfüllt werden, um in kriminellen Kreisen ernst genommen zu werden, so lautete seine Maxime, und dazu zählten unter anderem elegante Anzüge, dicke Zigarren, fette Autos und leichte Mädchen.

„Carlo hat mich angerufen. Er war alles andere als begeistert." Der Dom war kein Mitglied der Mafia, tätigte aber gerne Geschäfte mit ihr. Solange alles rund lief und sie sich keine Konkurrenz machten, bedeutete die Zusammenarbeit Schutz für beide Seiten. Es war ein blutiger Weg gewesen, die diplomatischen Grenzen abzustecken, doch sobald die Italiener begriffen hatten, dass sich Dominik weder vertreiben noch einschüchtern lassen würde, und dass es ihm nicht um die Alleinherrschaft, sondern ausschließlich ums Geld ging, glätteten sich die Wogen.

„Das ist längst geklärt, Nicki", antwortete Timo. „Nur eine Autopanne, nichts weiter." Er war der Einzige, der den Dom auch außerhalb der bürgerlichen

Parallelwelt mit seinem privaten Kosenamen ansprechen durfte.

„Also hat Carlo das Zeug inzwischen?"

„Längst!"

„Gut. – Der Fahrer ist im *Caelum*, nehme ich an?"

„Wegen eines geplatzten Reifens?"

Der Dom schwieg. Sah ihn nur an.

„Ich kümmre mich darum", versicherte Timo schnell und wischte sich die Hände an der Hose ab.

„Chris war gestern hier und hat die Website ein wenig aufgemotzt", wechselte der Dom das Thema und zeigte auf den Monitor, der vor ihm auf dem Schreibtisch stand. „Komm' her und schau' es dir an."

Timo stemmte sich erleichtert aus dem niedrigen Besucherstuhl hoch, auf dem er gesessen hatte. Die Verantwortung für die korrekte Durchführung der Lieferungen lag bei ihm. Egal, ob er darauf Einfluss hatte oder nicht. Er war froh, dass sein Bruder nicht weiter auf dem Thema herumritt.

Welche Website genau gemeint war, brauchte er nicht zu fragen. Die Rede war sicher von der jüngsten Geschäftsidee seines Bruders, der es als eine Art Hobby betrachtete, stetig neue Methoden des Geldverdienens zu entdecken – am liebsten, indem er sich die Laster seiner Mitmenschen zu Nutze machte. Das schien ihm die einfachste Methode zu sein.

Nicht jeder von Dominiks Einfällen war auch ein Erfolg. Die Onlineplattform mit Wetten auf künftige Todesopfer und Schwerverletzte bekannter Risikostrecken, wie der A4 zwischen Weimar und Eisenach beispielsweise, der B12 zwischen München und Passau oder der A2 beim Kreuz Braunschweig hatte sogar Verluste eingefahren. Nicht, weil kein Interesse an der spielerischen Spekulation über Menschenleben bestanden hatte, sondern weil die Teilnehmer zu treffsicher waren, was Alter, Geschlecht und Fahrzeugtyp der Verunglückten betraf.

Der Dom hatte den Betrieb nach einem Jahr wieder eingestellt, den verantwortlichen Webmaster, Chris, aber nicht in den Himmel geschickt, sondern mit einer neuen Aufgabe betraut. Während die Webseiten der offiziellen Geschäfte für jedermann sichtbar und leicht zu finden waren, versteckten sich die für den Waffen-, Drogen- und Menschenhandel in der Anonymität des Darknet, einer vergleichsweise jungen Schattenwelt, in der sich Chris jedoch bestens auskannte. Obwohl er schon volljährig war und nicht mehr zu Hause lebte.

Timo beugte sich über die Schulter seines Bruders, um bessere Sicht zu haben. Es gab einen kurzen Trailer, dann blieb das Video stehen und es erschien ein Feld zur Login-Abfrage, in das der Dom sein zwanzigstelliges Passwort eingab. Das Bild zerstob in Pixel, bis nur noch eine schwarz hinterlegte Seite mit verschiedenen Verlinkungen auf dem Monitor zu sehen war. Dominik Bauer wählte den Reiter *Beute*. Eine neue, ebenfalls schwarze Seite öffnete sich. Jetzt erkannte Timo, was sein Bruder mit *modifiziert* gemeint hatte. Und er war alles andere als glücklich darüber.

Schrille, kreischende Töne hallten durch die unterirdischen Gänge, prallten, vom Echo zigfach verstärkt, von den Fliesen ab und gipfelten in einem Ohren zerreißenden Höhepunkt der Schaurigkeit, bei dem selbst der hartgesottensten Grundschullehrerin die Kreide aus den Händen fallen und die Haare zu Berge stehen würden.

Elisabeth Schneider beschloss, ihren Sektions- und Präparationsassistenten, Bruno Martinez, gleich nach seinem Eintreffen zu bitten, vom Hausmeister ein wenig Schmieröl zu besorgen. Das linke hintere Rad der Leichenpritsche quietschte nicht nur fürchterlich, es setzte sich auch immer wieder fest. Dem jungen Uruguayer machte es sicher nichts aus, schnell selbst Hand anzulegen, wenn seine Schicht begann.

Noch war Schneider an diesem Donnerstagmorgen allein in den kühlen Räumen. Auch die Studenten würden erst später kommen. Sie musste ein paarmal rangieren, mit aller Kraft dagegenhalten und feste drücken, bis die Edelstahlplatte mit dem gestern aufgefundenen Leichnam genau an die Stirnseite des Obduktionstisches passte und dort einrastete. Mit Hilfe von Drehzylindern konnte diese nun ohne viel Muskelkraft mitsamt dem Körper in den dafür vorgesehen Teil des Tisches geschoben und eingeklinkt werden.

Die Rechtsmedizinerin kutschierte den leeren Unterbau der Pritsche ruckelnd beiseite und schaltete die große OP-Lampe ein, die an einem soliden Schwenkarm von der Decke hing. Ihr Surren vermischte sich mit dem der Neonröhren. Zwei Rollcontainer, auf denen Tabletts mit medizinischen Instrumenten lagen, standen bereit. Da Schneider die Blutproben bereits gestern ins Labor geschickt hatte, konnte sie direkt mit der äußeren Leichenschau beginnen. Die Röntgenaufnahmen würde sie dann vor der eigentlichen Obduktion gemeinsam mit ihrem Assistenten anfertigen.

Sie zog dem Toten die Turnschuhe aus und tütete sie für die Kriminaltechnik ein. Socken trug das Opfer keine. Ihr fiel eine Anekdote ein, die sie während des Studiums aufgeschnappt hatte: Zwischen 1920 und 1960 hatte es in gehobenen Schuhgeschäften zu den üblichen Serviceleistungen gezählt, den korrekten Sitz der Füße in den Schuhen mit einem sogenannten *Fluoroskop* zu dokumentieren, das nichts anderes als ein Röntgenstrahlgerät gewesen war; in Deutschland auch unter der Bezeichnung *Pedoskop* bekannt. Bei der Erinnerung an die Erzählung schüttelte sie den Kopf und seufzte. So viele Erfindungen der Menschheit offenbarten ihre Schattenseiten erst Jahrzehnte später; wenn es längst zu spät war, Folgeschäden aufzuhalten oder sich ein Leben ohne sie überhaupt noch vorstellen zu können.

Mit behandschuhten Fingern drückte sie die Zehen des Toten auseinander, fand dort aber weder weitere Einstichstellen noch sonstige Auffälligkeiten. Langsam und präzise arbeitete sie sich von den Füßen aus in Richtung Rumpf vor, inspizierte Abdomen und Thorax und wandte sich dann den oberen Extremitäten zu. John Doe, war zwar recht schlank, aber nicht schmächtig. Seine Fingernägel wiesen keine typischen Symptome einer Mangelerscheinung wie Rillen oder

Wölbungen auf. Teilweise waren sie abgebrochen. Schneider vermutete, dass dies bei seinen verzweifelten Befreiungsversuchen geschehen sein musste und dass es sich bei den Ablagerungen unter den Nägeln vorwiegend um Baumrinde handelte. Sie schabte die Rückstände heraus und gab sie in einen kleinen Beutel, den sie ordentlich beschriftete und für die Untersuchung im Labor beiseite legte. Das Gebiss schien ebenfalls gut gepflegt. Manche Drogen wirkten gefäßverengend, was auch die Durchblutung der Speicheldrüsen verminderte. Der mangelnde Speichelfluss wiederum machte die Zähne anfälliger für säureproduzierende Bakterien und löste typische Zahnfleischveränderungen aus, die bei dem Unbekannten jedoch nur im Ansatz vorhanden waren. Für die Rechtsmedizinerin ein Hinweis darauf, dass er noch nicht lange harte Drogen konsumiert hatte.

„Was ist mit dir passiert?", fragte sie stumm und schob eine Nackenstütze unter die steife Halswirbelsäule.

Sie war gerade dabei, den Kopf zu rasieren, als sich die Schiebetür öffnete und Bruno Martinez hereinkam. Wie Schneider selbst, trug auch ihr Assistent eine lange Kittelschürze über Kasack und Schlupfhose.

„Guten Morgen, Frau Doktor", rief er über das Brummen des Haartrimmers hinweg. „Sie haben schon angefangen?" Er zog Haube, Mundschutz und Handschuhe aus den bereitstehenden Boxen und trat an den Tisch.

„Guten Morgen, Bruno. Ja, aber Sie kommen genau richtig. In fünf Minuten bin ich hier fertig, dann können wir ihn umdrehen. – Vielleicht ... also, wenn es

Ihnen nichts ausmacht, könnten Sie so lange beim Hausmeister nachfragen, ob er ein wenig Schmieröl für uns hat. Dieses Rad macht mich noch wahnsinnig." Sie nickte mit dem Kopf zum Pritschengestell hinüber.

„Als würde man einen defekten Einkaufswagen schieben. Und dann noch dieses schreckliche Geräusch!" Der Assistent tat, als würde er frieren. „Das war mir gestern schon aufgefallen. Und deshalb ..." Er zog ein kleines Fläschchen aus der Kitteltasche und hielt es so, dass seine Chefin es sehen konnte. „Funktioniert perfekt bei hakenden Fahrradketten und wird auch unsere Rolle wieder in die Spur bringen."

„Bruno, Sie sind ein Schatz!"

Der junge Uruguayer grinste fröhlich. „Das höre ich öfter."

ACHT

Als die aufgehende Sonne die über sechs Tonnen schwere DVB-T-Antenne auf der Spitze des Fernsehturms der bayerischen Landeshauptstadt zum Funkeln brachte, klingelte in Franz Branntweins Schlafzimmer gerade der Wecker.

Stöhnend setzte er sich auf. Wie immer brauchte der Kriminalhauptkommissar einige Sekunden, um das Unvermeidliche zu akzeptieren. Der Wecker stand nicht ohne Grund am anderen Ende des Zimmers auf dem Sattel eines Heimtrainers, der dem Anhänger von Churchills Maxime jedoch lediglich als Kleiderständer diente. Wenn er jetzt nicht hinüberging, um das Lärmen abzustellen, würde es sich immer weiter steigern, um letztendlich in einen schrillen Dauerton überzugehen. Ein Geschenk seiner Tochter Antonia, das schon des Öfteren die Nachbarn auf den Plan gerufen hatte. Einmal sogar die Feuerwehr.

Müde blinzelnd stolperte er hinüber und drückte die Stopptaste ein wenig fester als nötig. Nun konnte er hören, dass das junge Pärchen nebenan sowieso schon wach war. Sie stritten lautstark, Branntwein verstand sogar Halbsätze.

„ … wichtig für mich!"

„ … scheißegal! Du bist doch keine Nutte, oder ..."

Der Kommissar hob das T-Shirt, das er gestern getragen hatte, vom Lenker, schnupperte probeweise daran und verzog das Gesicht. Nein, bei allem Optimismus – Sumsi flog zusammen mit den Socken in den Wäschekorb. Die Jeans würde er aber sicher noch mal anziehen können. Er stopfte sie sich unter den Arm, holte im

Vorbeigehen frische Unterwäsche aus der Kommodenschublade und griff im Kleiderschrank nach dem T-Shirt, das zuoberst im Regal lag. Bevor er unter die Dusche stieg, trottete er zunächst noch in die Küche und schaltete die Kaffeemaschine ein, die er am Abend zuvor gefüllt hatte, und hob vor der Wohnungstür die Zeitung auf, die erfreulicherweise bis auf seine Fußmatte im ersten Stock geliefert wurde. Er wollte rasch einen neugierigen Blick auf die Schlagzeile werfen, wurde dann aber erneut von den beiden Streithähnen abgelenkt, die hier draußen noch deutlicher zu hören waren.

„Es geht um meine Zukunft, Dirk! Und das ist nun mal eine geniale Idee!"

„Auf den Strich zu gehen, schon klar! Verdammte Kacke, das ist nicht genial, das ist saudumm!"

„Das mach' ich doch gar nicht! Ich tu' doch nur so, kriegst du das nicht in deinen dämlichen Schädel rein?"

„Wie willst du denn eine Erfahrung in deine Bachelorarbeit einfließen lassen, die du gar nicht wirklich gemacht hast? Ach komm', Jenny, erzähl mir doch nichts!"

„Du könntest mir ja auch einfach mal vertrauen, du blöder Idiot!"

Branntwein begann im zugigen Hausflur des Altbaus zu frösteln. Trotz sommerlicher Temperaturen draußen. Außerdem konnte gegenüber jeden Moment die Tür aufgehen oder ein anderer Nachbar von oben die Stiege herunterkommen und ihn dabei ertappen, wie er nur mit Boxershorts bekleidet im Treppenhaus herumlungerte und seine Mitmenschen belauschte.

Schnell trat er einen Schritt zurück und schloss die Tür. Die Zeitung legte er zusammengeklappt auf den Küchentisch, bevor er endgültig im Badezimmer verschwand.

Als er seine Körperpflege beendet hatte, war bei Jenny und Dirk wieder Ruhe eingekehrt. Vielleicht hatten sie das Haus auch schon verlassen, er wusste es nicht. Eigentlich kannte er die beiden ja kaum. Nach ihrem Einzug vorletztes Jahr hatten sie sich kurz vorgestellt, und auf dem Straßenfest wechselten sie immer ein paar freundliche Worte miteinander. Die pummelige Jenny musste ungefähr in Antonias Alter sein, der hochgewachsene Dirk vermutlich ein paar Jahre älter, Ende zwanzig, würde er schätzen. Warum sich Jenny allerdings prostituieren wollte, war ihm ein Rätsel. Vielleicht wusste Antonia etwas darüber, sie war schon öfter zum Kaffeetrinken in der Nachbarwohnung gewesen.

Wo steckte die überhaupt? Während er das Bettzeug im Schlafzimmer, von Koffeinsucht getrieben, nur andeutungsweise glattstrich und zum Lüften das Fenster öffnete, fiel ihm ein, dass seine Tochter vermutlich gar nicht zu Hause war, sondern die Nacht bei ihrem Freund verbracht hatte.

„Ja, mein Entchen hat einen Freund", sinnierte er und verwendete automatisch den Kosenamen aus Kindheitstagen. Branntwein musste sich die Tatsache immer wieder neu in Erinnerung rufen, wie es schien. Antonia hatte Elias bei ihrer ehemaligen Berufsschulkollegin Christine kennengelernt, einer ökoaffinen Hobby-Bio-Kräuterhexe mit rot gefärbten Haaren und langen Baumwollröcken. Auf einer Art „Frühstücksparty", wie sie es genannt hatte. Das war wohl schon länger her gewesen, aber die beiden hatten sich wieder aus den Augen verloren, bis er ihr vor ein paar Monaten bei einem Konzert aus Versehen auf den Fuß getreten war. So, wie Antonia die Begegnung geschildert hatte, musste es sehr romantisch gewesen sein.

Sie hatte ihrem Vater gestanden, dass sie hatte warten wollen, bis es „etwas Ernstes" war, bevor sie ihm von Elias erzählte. Branntwein wollte sich nicht ausmalen, was das genau bedeutete, aber er schien ein guter Kerl zu sein, der seine Tochter zum Lachen brachte und auf Händen trug. Außerdem war Elias als Physiotherapeut in der Praxis seines Vaters angestellt und würde diese später übernehmen können.

„Jenny ist zwar auch rothaarig, aber nicht so künstlich wie Christine", kreisten seine Gedanken träge wieder zu den Nachbarn zurück, während er den zweiten Strumpf suchte, der ihm irgendwo zwischen Schlafzimmer, Wohnungstür, Küche und Bad abhandengekommen sein musste. Er fand ihn neben dem Küchenstuhl, wo er erst einmal liegenblieb. „Außerdem hat sie viele Sommersprossen. Vielleicht ist sie ein echter Rotschopf, die sollen ja bekanntlich über ein aufbrausendes Temperament verfügen."

Er schenkte sich eine Tasse Kaffee ein, gab reichlich Milch und Zucker dazu und kontrollierte, genussvoll schlürfend, sein Handy. Eine Marotte, die sich der verwitwete Kommissar erst angewöhnt hatte, seit er mit Elisabeth Schneider nach zehn Jahren eine neue Frau an seiner Seite gefunden hatte.

„Guten Morgen, Franz!", las er vom Display ab. „Ich hoffe, du hast auch ohne mich gut geschlafen <3. Sehen wir uns später? Ich werde mich gleich auf den Weg ins Institut machen und mit der Obduktion beginnen. Die Ergebnisse des Tox-Screens müssten eigentlich bald vorliegen. Alles Liebe, Deine Sissi XXX"

Die Nachricht war über eine Stunde alt. Branntwein lächelte verliebt und schickte ebenfalls ein Herzchen durch den Äther. Dann setzte er sich endlich hin, zog seinen zweiten Socken an und klappte die Zeitung auf.

Perlacher Forst verkommt zum Schwulentreff?

(kb) Am gestrigen Mittwoch hat die Polizei in einem der idyllischsten Waldgebiete Münchens einen schrecklichen Fund gemacht: die Leiche eines jungen Mannes. Die Tätowierung an seinem Steiß (siehe kleines Foto rechts) legt die Vermutung nahe, dass es sich bei dem bislang nicht identifizierten Opfer um eine Person aus dem Homosexuellen-Milieu handelt. Die Kriminalpolizei bittet um Ihre Mithilfe. Wer kann Angaben zur Person des Verblichenen machen? Er ist zwischen ...

Es folgten die Personenbeschreibung und ein paar weitere reißerische Spekulationen, die Branntwein nur noch überflog. In einem Kasten neben dem Porträtfoto waren die Telefon- und Faxnummer, E-Mail Adresse und Hausanschrift des Kommissariats in der Ettstraße aufgeführt. Branntwein schnaubte und stand auf, um einen Lappen zu holen. Im Geiste hörte er seine Mutter sagen: „Was Fränzchen nicht lernt, lernt Franz nimmermehr." Leider hatte sie recht gehabt. Gott hab' sie selig.

Während er den vor Schreck über den Tisch geprusteten Kaffee aufwischte, versuchte er sein schlechtes Gewissen damit zu beruhigen, dass die Journalistin diesen fragwürdigen Text auch als Reaktion auf eine Pressekonferenz verfasst hätte. „Außerdem bin ich ja schließlich nicht dafür verantwortlich, was die sich in ihrem kleinen Hirn zusammenspinnt", grummelte er vor sich hin. Allerdings wäre die Medienstimme der BLIND dann nicht die einzige des Tages gewesen. Das immerhin musste er sich zähneknirschend eingestehen.

Er warf den Lappen in die Spüle und schenkte sich einen neuen Kaffee ein, doch die Ruhe war dahin. Nicht einmal der Sportteil konnte ihn aufmuntern, und außerdem klebte die feuchte Zeitung wie einer dieser Fliegenfänger, die in Bauernstuben von der Decke hingen. Da konnte er sich ebenso gut auch gleich auf den Weg ins Büro machen.

NEUN

Die graue Auslegeware auf den Fluren des Polizeipräsidiums München roch auch nach jahrzehntelangem Gebrauch immer noch ein wenig nach den Chemikalien, mit denen sie aus Gründen des Brandschutzes, der Langlebigkeit und der einfacheren Reinigung vom Hersteller behandelt worden war. Franz Branntwein hatte einmal gelesen, dass in Deutschland jedes Jahr rund vierhunderttausend Tonnen Teppichböden zur Entsorgung anfielen, die bis zu neunundfünfzig besorgniserregende Stoffe enthalten konnten, von denen wiederum mindestens siebenunddreißig keinen Beschränkungen oder Verboten unterlagen.

Der Gedanke trug nicht dazu bei, seine Laune zu heben.

Missmutig drückte er die Klinke zum Büro hinunter und warf nach seinem Eintreten die Jeansjacke hinter die Tür. Sein Team war vollzählig versammelt. „Gibt's schon was Neues?", fragte er nach der allgemeinen Begrüßung, und füllte seinen Thermobecher mit frischem Kaffee auf.

„Hm, also in Bezug auf den Zeitungsartikel – du hast ihn doch schon gelesen, nicht wahr?", vergewisserte sich Daniel vorsichtig. Branntwein stieß ein knappes Knurren aus. „ … haben sich bislang nur besorgte und oder verärgerte Bürgerinnen und Bürger gemeldet. Brauchbare Hinweise sind noch keine eingegangen. Wir haben die Vermittlung überredet, dass sie nur die Anrufe weiterleiten, bei denen es konkret um den Fall geht. Also um eine mögliche Identifizierung oder Zeugenaussage, nicht wahr?"

Branntwein rührte in seinem Becher. „Da werden sie nicht gerade begeistert gewesen sein. Am besten stellen wir ihnen aus der Portokasse mal wieder ein Tragerl Weißbier in den Sozialraum. Übernimmst du das, Schorsch?"

„Sowieso."

„Herr Kastner hat auf meine Sektenanfrage geantwortet", ließ Susi ihren Chef wissen. „Erst einmal wurde ich darüber aufgeklärt, dass es nicht mehr Sekte, sondern *neue religiöse und ideologische Gemeinschaft und Psychogruppe* heißt, das würde sich von der Formulierung her neutraler anhören. – Wobei ich persönlich das Wort *Psychogruppe* ... ach egal. Jedenfalls ist er der Meinung, dass – wenn überhaupt – hier in der Gegend nur eine Gemeinschaft dafür in Frage käme. Und zwar die *Nudistische Frauenvolksfront*."

„Die was? Du verarschst mich!", rutschte Branntwein heraus. Entgeistert wandte er sich an die männlichen Kollegen. „Oder etwa nicht?"

Mausi, Daniel und Schorsch grinsten nur.

„Du kannst dein oberbayerisches patriarchalisches Traditionsbewusstsein jetzt gerne ablegen", sagte Susi spitz.

„Hey! Jetzt sei mal nicht ungerecht", empörte sich Branntwein. „Ich hab' bestimmt kein patriarchalisches Traditionsbewusstsein. Meine Mutter, Gott hab' sie selig, hätte mir die Ohren langgezogen. Und außerdem bin ich alleinerziehender Vater einer äußerst selbstbewussten Tochter, falls du das vergessen haben solltest."

Susis Mund verzog sich zu einem Lächeln. „Na gut, vielleicht war ich ein wenig voreilig", räumte sie ein. „Aber warum bist du denn dann so irritiert?"

„Ich mag's halt nicht, wenn alle nackert umeinander springen", antwortete er und fummelte am Clip eines Kugelschreibers.

„Bei der Nudäischen Volksfront", ergänzte Schorsch so ernst er konnte. Drei Sekunden später lagen die beiden ältesten Teammitglieder vor Lachen halb auf ihren Schreibtischen. Susi sah fragend zu Daniel, der als Antwort mit dem Zeigefinger eine kreisende Bewegung an seiner Schläfe vollführte.

„Monty Python", erklärte ihnen Mausi feixend. „Das Leben des Brain. Ein Film von 1979."

„Kenne ich nicht", sagte Susi.

„Ich auch nicht", schloss sich Daniel an. „Mir ist bewusst, dass ich Bildungslücken habe, doch auf manche bin ich auch stolz, nicht wahr?"

„Wie du meinst, aber da habt ihr echt was verpasst!" Branntwein wischte eine Träne aus dem Augenwinkel, räusperte sich und zog sein T-Shirt gerade. „Okay. Wo waren wir? Ah ja. Hast du dem Kastner gesagt, dass unsere Leiche männlich ist?", wandte er sich erneut an die Kriminalassistentin.

„Natürlich, und er hat mir versichert, dass auch vereinzelt Männer aufgenommen werden, wenn sie nachweislich keine sexuellen Absichten hegen und das Matriarchat anerkennen. Zudem soll es sogenannte Anpassungsrituale geben", sie wackelte mit den Augenbrauen und malte Gänsefüßchen in die Luft, „und die wiederum fänden auch gerne mal im Perlacher Forst statt."

Branntwein stieß einen kurzen Pfiff aus. „Das hört sich doch interessant an! Dem müssen wir nachgehen." Er warf Daniel und Schorsch einen bedeutungsvollen Blick zu. „Und mit wir meine ich euch. Susi und ich übernehmen den Förster. Wo hat diese ideologische Psychogemeinschaft denn ihren Sitz?"

„Im Münchner-Kindl-Weg. Sie müssen also nur über die Straße gehen, um in den Wald zu kommen", antwortete Susi.

„Die Recherche im Archiv hat bislang auch keine neuen Fälle mehr ausgespuckt, die Ähnlichkeiten zum aktuellen aufweisen", erstatte Mausi als letzter Bericht. „Angekettete Hunde werden immer wieder am Parkplatz *Perlacher Forst* gefunden, vor allem zur Ferienzeit im Sommer, aber Menschen ..." Der IT-Experte zuckte bedauernd mit den Schultern.

Branntwein grunzte. „Haben wir schon irgendwas von Kriminaltechnik oder Gerichtsmedizin gehört?"

Mausi verneinte.

„Schade, ich hätte gerne ein wenig mehr in der Hand gehabt, bevor wir mit dem Förster sprechen." Branntwein legte den Kopf in den Nacken und trank seinen Becher leer. „Aber es ist, wie's ist. Dann mal los."

Susi griff nach ihrer Umhängetasche, Daniel und Schorsch erhoben sich ebenfalls.

Joachim Mayer würde als Ansprechpartner im Büro zurückbleiben. „Vielleicht können mir Daniel und Schorsch ja ein paar Otternasen oder Lerchenzungen mitbringen", rief er ihnen fröhlich hinterher.

Wie immer war es Schorsch, der den BMW durch die Münchner Straßen lenkte, und wie immer ruhte seine rechte Hand dabei die meiste Zeit auf Daniels Oberschenkel.

Sie überquerten gerade die Wittelsbacherbrücke, eine Zwillingsschwester der Reichenbachbrücke. Die vier Dreigelenkbögen aus Stampfbeton waren mit Muschelkalkstein verkleidet und führten von der Isarvorstadt links des Flusses in die Au und nach Untergiesing auf der rechten Seite. Es hatte schon länger nicht mehr geregnet, der Strom floss träge dahin, an seinen Ufern zeigten sich die Kiesbänke breiter als sonst. Die zahlreichen Badegäste, darunter auch viele Vierbeiner, freuten sich.

Schorsch hob kurz die Hand und salutierte scherzhaft Otto dem Ersten von Wittelsbach, dessen Reiterstandbild 1905 von Georg Wrba erschaffen und als Bestandteil des Brückenpfeilers integriert worden war. Vom Kunstwerk aus führten zwei symmetrische Treppen zu einer Aussichtsplattform unterhalb der Fahrbahn, auf der auch die beiden Oberkommissare schon gestanden und den Ausblick auf die Isarauen genossen hatten.

Das lag mehrere Jahre zurück. Damals war Daniel gerade frisch von Schleswig-Holstein nach Bayern gezogen und der Bereich unterhalb der Brücke noch die Heimat der Münchner Obdachlosen gewesen, was im Laufe der Zeit allerdings campähnliche Zustände erreicht hatte, weshalb die Stadtverwaltung nach mehreren Bränden 2018 gezwungen gewesen war, den Platz dauerhaft zu räumen.

„So ungewöhnlich ist das eigentlich gar nicht mit dem Nacktsein, nicht wahr?", sagte Daniel jetzt. „In meiner Heimat existieren etliche FKK-Campingplätze."

„Sowieso. In Bayern auch. Und in Brandenburg gibt's sogar einen, der heißt *Knattercamping*", antwortete Schorsch.

Daniel kicherte. „Was du alles weißt!"

„Hab' ich irgendwo mal aufgeschnappt."

„Aber im Winter ist das doch bestimmt ungemütlich, nicht wahr?"

„Ja, die Heizrechnung möchte ich nicht bezahlen müssen", lachte Schorsch.

Als die beiden Ermittler ihr Ziel nach gut zwanzigminütiger Fahrt erreicht hatten, entpuppte sich das Anwesen im Münchner-Kindl-Weg als zweistöckiges, auf den ersten Blick völlig normal erscheinendes, freistehendes Gebäude, ähnlich einem sehr großen Einfamilienhaus, von dem nur das obere Stockwerk teilweise vom Gehweg aus einsehbar war. Der für Münchner Verhältnisse offenbar weitläufige Garten war von einer Fargesiahecke umgeben. Diese Bambusart war nicht nur winterhart und immergrün, sondern konnte bis zu sechs Meter hoch werden.

Schorsch parkte den BMW gewohnheitsgemäß direkt vor der Einfahrt. Das massive Eisentor war zwischen zwei Betonpfeilern montiert, auf denen traditionsbewusst arrogant dreinblickende Löwenstatuen saßen. Eine der steinernen Katzen hielt ein bayerisches Wappen zwischen den Pfoten, die andere eine Videokamera, zu der die Ermittler nun aufsahen, während sie darauf warteten, dass ihr Läuten erhört würde. Hinweisschilder auf eine Selbstschussanlage oder bissige Hunde waren ebenso wenig zu sehen wie plakative Fahnen mit geballten Fäusten über nackten Frauenbrüsten.

„Sag mal, Schorsch, es müsste jetzt doch eigentlich Raubkater heißen, nicht wahr? Zumindest für männliche Tiere ist der Begriff Raubkatze gar nicht mehr ..."

„Ja bitte?" Eine freundliche Frauenstimme meldete sich aus dem Lautsprecher des mit *NFVF* beschrifteten Klingeltableaus, das am rechten der beiden Pfeiler angebracht war, und unterbrach Daniels Gender-Philosophien zur konsequenten Umsetzung in der Fauna.

„Kriminalpolizei München. Wir hätten ein paar Fragen. Wenn Sie bitte öffnen würden?", antwortete Schorsch ebenso höflich und hielt seinen Dienstausweis vor die Linse.

„Ja, gut", tönte es seufzend zurück, während sich eine im Tor befindliche Tür mit leisem Summen automatisch öffnete. „Kommen Sie ruhig schon mal herein, ich bin gleich bei Ihnen."

Der erste Eindruck hatte nicht getäuscht. Der Garten war tatsächlich weitläufig. Daniel und Schorsch betraten ein gekiestes Rondell mit einem Durchmesser von circa sechs Metern, das von Wiese umschlossen war. Ordentlich ins Gras eingebettete Platten führten zum Hauseingang und zu den von außen nicht zu erkennen gewesenen Gewächshäusern im hinteren Teil des Grundstücks. Es gab einige Obstbäume, Nutzbeete und eine gemauerte Grillstelle, die Schorsch ein wenig neidisch beäugte. Daneben war eine runde Tafel mit wohl an die zwanzig Stühlen unter einem mit Schnitzereien reich verzierten Holzpavillon aufgebaut, an dessen Dachsparren Kräuter und Blühpflanzen zum Trocknen hingen. Und als wäre das alles der Idylle noch nicht genug, gab es einen kleinen, von einer hölzernen Terrasse umgebenen Zierteich mit Springbrunnen. Hier fläzten entspannt mehrere nackte Frauen unterschiedlichen Alters auf bequem wirkenden Liegestühlen und genossen die Sonne.

„Habe die Ehre", murmelte Schorsch etwas unbeholfen, Daniel lächelte vage in Richtung Springbrunnen und hob grüßend die Hand. Die Damen beachteten die Besucher nicht weiter.

„Grüß Gott!" Die Stimme kam von der Haustür und gehörte zu einer rundlichen Frau um die sechzig. Die grauen Haare waren zu einem lockeren Dutt gesteckt, sie trug einen weißen Seidenkimono, der ihren kleinen Körper großzügig umspielte. „Ich bin Frau Gerda", sagte sie und streckte die Hand aus.

„Daniel Baumann. Das ist mein Kollege, Georg Hinterhuber."

„Sehr erfreut. – Lassen Sie uns doch ein Stück zur Seite treten", schlug Frau Gerda vor und zeigte auf zwei Bänke, die einander gegenüber unter einer Buche standen. Daniel und Schorsch setzten sich mit dem Rücken zum Teich.

„Also, was kann ich für Sie tun?" Ihr Blick war eine Mischung aus Neugierde, Freundlichkeit und Resignation. „Hat sich wieder jemand beschwert?"

„Sie sind hier die – äh – Meisterin?", stellte Schorsch eine Gegenfrage.

Frau Gerda nickte. „Ja, sozusagen. Zumindest gehört mir das hier alles", sie machte eine ausladende Handbewegung, „aber ich würde mich nicht als Meisterin betrachten."

„Sondern?"

„Als Mutter."

„Ach ..." Schorsch wirkte verdutzt. „Sie meinen wie die Mutter Oberin in einem Kloster?"

„So in etwa."

„Die Bezeichnung Volksfront hat aber eher einen politischen, denn einen religiösen Bezug, nicht wahr?", klinkte sich Daniel ein.

Frau Gerda lachte auf. Ein überraschend lautes und ansteckendes Lachen, das mehrere Spatzen schimpfend aus dem Bambus steigen ließ. „Ein Punkt für Sie! – Aber der Name Nudistische Frauenvolksfront stammt noch von der Mutter meiner Mutter. Sie hat die Gemeinschaft Anfang 1946 kurz nach dem Krieg gegründet. Als feststand, dass ihr Ehemann nicht wiederkehren würde. Es war ihr damals wohl passend erschienen, einen möglichst kämpferischen Namen zu wählen." Sie schlug die Beine übereinander und legte einen Arm auf die Lehne der Bank, auf der sie saß. „Ich weiß das hauptsächlich aus Erzählungen meiner Mutter, aber es war wohl seinerzeit nicht einfach, die wenigen Männer, die übriggeblieben waren, davon zu überzeugen, dass sie nicht zwingend gebraucht wurden und schon gar nicht gewollt waren. Wenigstens nicht von der Mutter meiner Mutter und ihren Gefährtinnen."

„Sie führen die Sekte also schon in dritter Generation?"

„Wenn Sie so wollen. Aber bitte sagen Sie nicht Sekte, das Wort ist so negativ besetzt. Wir sind eine Glaubensgemeinschaft."

„Entschuldigung." Daniel zog den Kopf ein und sein Smartphone aus der Hosentasche. „Warum wir hier sind: Kennen Sie diesen Mann?" Er zeigte ihr ein Porträtfoto des Leichnams aus dem Wald.

Frau Gerda nahm sich Zeit mit der Betrachtung. Schließlich wurde der Bildschirm schwarz und sie gab Daniel das Handy zurück. „Nein, tut mir leid. Er wurde ermordet, nehme ich an?"

„Wir wissen es nicht. Wie kommen sie auf die Idee?", fragte Schorsch zurück.

„Nun, Sie sind Zivilbeamte der Kriminalpolizei und zeigen mir das Gesicht eines Toten."

„Erzählen Sie uns doch ein bisschen mehr über Ihre Glaubensgemeinschaft", bat Daniel. „Was genau tun Sie hier?"

Frau Gerda breitete die Arme aus. „Ist das nicht offensichtlich?"

„Das ist es keineswegs, nicht wahr? Aus den polizeilichen Unterlagen geht hervor, dass Sie hier schon öfter Ärger mit den Anwohnern hatten."

„Der Mann stammt aus der Nachbarschaft?", wunderte sich Frau Gerda, die Daniel falsch verstanden hatte. „Das erstaunt mich. Ich habe ihn noch nie hier gesehen."

Die Ermittler ließen sie in dem Glauben. „Beantworten Sie einfach die Frage", bat Schorsch.

Frau Gerda sah von einem zum anderen. Ein amüsiertes Lächeln umspielte ihre Mundwinkel. „Den Blick kenne ich", behauptete sie im Brustton der Überzeugung. „Sie beide platzen vor Neugierde. – Aber wie ich schon angedeutet habe, steckt hinter der Glaubensgemeinschaft nicht mehr als das Offensichtliche. Wir sind Frauen, wir leben unabhängig von Männern, und wir sind gerne nackt. Es gibt nicht viele Orte in Deutschland, an denen diese Kombination im Alltag möglich ist. Es geht um Selbstachtung, um den Respekt der Umwelt und Andersdenkenden gegenüber. Um das Gleichgewicht zwischen Physis und Psyche."

„Und das erreichen Sie dadurch, dass Sie keine Kleidung tragen?", fragte Schorsch verblüfft.

Wieder lachte Frau Gerda laut und herzlich. „Nacktheit hilft dabei, bestimmte Tabus und Grenzen, die uns von der Gesellschaft auferlegt werden, zu durchbrechen", erklärte sie dann. „Aber ebenso wichtig sind uns auch beispielsweise bestimmte Prinzipien der Ernährungs- und Gesundheitslehre, der Tier- und Klimaschutz ... – Um Ihre nächste Frage vorwegzunehmen: Wir sind keine Lesben. Jede von uns hat ihre Erfahrungen mit dem anderen Geschlecht gemacht, die meisten waren schlecht."

„Ihre auch?"

Frau Gerda musterte Schorsch mit plötzlicher Zurückhaltung. „Ich bin hier", sagte sie schließlich diplomatisch.

„Jetzt nehmen S' mir das bitte nicht übel, Frau Gerda, aber wir hatten uns schon gedacht, dass sie Männern nicht grundsätzlich abgeneigt sein können. Irgendwoher müssen die Töchter ja gekommen sein. Wo ist denn Ihr Vater? Und der Vater Ihrer Tochter? Haben die es einfach so hingenommen, dass ihre Kinder hier aufwachsen?"

„Sie haben das nicht richtig verstanden, Herr Hinterhuber. Die Mütter gebären ihre Töchter nicht. Sie wählen sie aus der Gemeinschaft und nehmen sie als ihre Kinder im Geiste an."

„Dann muss die Nachfolge wohl testamentarisch geregelt werden, weil eine Erwachsenenadoption unter diesen Umständen kaum möglich ist, nicht wahr?", sagte Daniel.

„Genauso ist es, Herr Baumann, genauso ist es. Leider, möchte ich hinzufügen. – Aber auch wenn ich mich geschmeichelt fühle, dass Sie sich so für unsere Gemeinschaft interessieren: Ich muss Sie allmählich hinaus komplimentieren und mich auf den nächsten Kurs vorbereiten. Yoga für Seniorinnen."

„Nackig?" Schorsch fuhr sich durch die Haare.

„Selbstverständlich."

„Dann beeilen wir uns lieber. Wo fang' ich an? Äh ... Wie finanziert sich das hier alles?"

„Nun, Haus und Grund sind schuldenfrei. Wir haben eine Onlineplattform für naturalistische Lebensberatung, an der sich einige von uns beteiligen, des Weiteren betreiben wir einen werbegestützten Blog über die Philosophie unserer Gemeinschaft, Sie können dort von Hautschutztipps bis hin zu Kochrezepten einfach alles finden. Zwei von uns arbeiten als freie Künstlerinnen, zwei andere bei einem Callcenter. Dann haben wir noch eine Architektin, eine Verwaltungsfachangestellte, eine Schaffnerin ... Ach! Und Judith, das ist die großgewachsene Schlanke dort hinten, ist Staatsanwältin. Vielleicht kennen Sie sie?"

„Gott bewahre!"

„Und dann gibt es natürlich noch den Treuhandfonds, der uns finanziell absichert, falls etwas Unerwartetes geschieht."

„Und den erbt dann, zusammen mit Haus und Grund, die nächste ausgewählte Tochter, nicht wahr?"

„Wir überschreiben noch zu Lebzeiten. Aber ja, auch testamentarisch ist das natürlich für alle Fälle festgelegt. – Ich müsste dann jetzt wirklich ..."

„Um noch einmal auf das Foto zurückzukommen. Wir haben gehört, dass Sie auch Männer aufnehmen", fiel ihr Schorsch schnell ins Wort.

Frau Gerda zog eine Augenbraue in die Höhe und verschränkte die Arme. „Ja, das tun wir. Aber nur sehr selten und nur für kurze Zeit. Es müssen dazu bestimmte Voraussetzungen erfüllt sein."

„Die da wären?"

„Der Mann muss von einer der hier lebenden Frauen vorgeschlagen werden, kein sexuelles Interesse am weiblichen Geschlecht haben, durch einen anderen Mann in wirkliche, existenzielle Not geraten sein und sich bedingungslos als Gast der Gemeinschaft einfügen."

„Wie vielen Männern helfen Sie da so im Schnitt?"

„Seit ich vor zwanzig Jahren Mutter wurde, waren es vier. Der letzte verließ uns vor ungefähr einem Jahr."

„Vier in zwanzig Jahren!", rief Daniel enttäuscht. „Das hatte sich bei Kastner aber anders angehört, nicht wahr?" Er blickte zu Schorsch. Der verzog den Mund und stieß einen Seufzer aus.

Frau Gerda richtete sich auf. „Kastner? Reinhold Kastner? – Na dann wird mir einiges klar!"

„Was meinen Sie damit?", fragte Schorsch.

„Bestimmt hat er wieder von irgendwelchen Ritualen gefaselt, die wir angeblich durchführen. Dunkle Zeremonien und Teufelsbeschwörungen! Der hat sich ja wegen uns erst in diese Präventionsabteilung versetzen lassen!"

„Na ja, also ganz so ...", begann Schorsch, aber Frau Gerda sprach einfach weiter: „Drehen Sie sich mal um. – Na los, machen Sie schon, nur Mut! – Die Frau mit dem Strohhut, das ist Frau Claudia Winzer, geschiedene Kastner. Seine Exfrau. – Sie können sich jetzt wieder abwenden."

Daniel fasste sich als erster. „Er hat uns darüber informiert, dass Ihre Glaubensgemeinschaft im Perlacher Forst sogenannte Anpassungsrituale durchführen würde", sagte er betont sachlich. „Entspricht das der Wahrheit?"

Ein sanftes Läuten klang durch den Garten. Die Ermittler erkannten in der Melodie das Glockenspiel der Türklingel.

„Ah! Die Seniorinnen sind da", bestätigte Frau Gerda prompt. „Sie kommen immer gemeinsam mit einem Kleinbus direkt vom Betreuten Wohnen." Sie machte Anstalten aufzustehen.

„Wir sind hier noch nicht fertig", bemerkte Schorsch.

„Doch, das sind wir." Frau Gerda stemmte sich hoch. „Was Herr Kastner als Anpassungsrituale bezeichnet, sind gemeinsame nächtliche Spaziergänge durch den Wald. Denn obwohl es in Deutschland nicht verboten ist, nackt zu sein, so greift doch der Tatbestand einer Ordnungswidrigkeit, wenn sich jemand dadurch belästigt fühlt, das ist Ihnen sicher bekannt.

Deshalb gehen wir im Dunkeln in den Forst." Sie drehte sich um, als wäre das letzte Wort gesprochen.

„Einen Moment noch, Frau Gerda", hielt Schorsch sie zurück. „Worin genau besteht dabei die Anpassung?"

Sie schnaubte etwas ungehalten, blieb aber stehen. „Anpassung an das Leben mit der Natur. Wir laufen ebenso über Brennnesselfelder und durch Brombeerhecken wie über spitze Steine, weiche Wiesen oder schneebedeckte Wege. Durch Regen, Sturm und Gewitter. Wie es gerade kommt. – Sie müssen nicht versuchen, das zu verstehen."

Schorsch lächelte. „Tu' ich gar nicht."

Es läutete erneut. Frau Gerda machte sich endgültig auf den Weg zum Tor. Die Ermittler folgten ihr. Nach einer herzlichen Begrüßung wackelten sechs fröhliche ältere Damen, die allesamt lila Haare hatten und nach Rosenpuder dufteten, schnatternd mit ihren unter den Arm geklemmten pinken Yogamatten zu einem Bereich neben einem kleinen Schuppen, wo ein großes Sonnensegel über die Wiese gespannt war. Auf einem Tischchen stand Quellwasser bereit.

„Ich komme gleich nach, ihr Lieben!", rief ihnen Frau Gerda hinterher. „Zieht euch ruhig schon mal aus und fühlt das Gras auf der Haut." Sie gab zwei der Frauen in den Liegestühlen auf der Holzterrasse mit dem Kopf ein Zeichen. Vermutlich sollten sie den Seniorinnen zur Hand gehen.

„Was mir noch eingefallen ist:", sagte Schorsch. „Bei Ihren nächtlichen Spaziergängen ... Sind da eigentlich alle Teilnehmer barfuß?"

„Ja."

„Und ist Ihnen da mal jemand begegnet? Jemand, der Ihnen irgendwie verdächtig vorgekommen ist?"

Frau Gerda war ihre Ungeduld deutlich anzumerken, dennoch nahm sie sich die Zeit, über die Frage nachzudenken. „Direkt begegnet nicht", antwortete sie schließlich, „aber die letzten beiden Male haben wir die Scheinwerfer eines Autos gesehen. Ich nehme an, dass es sich um den Förster gehandelt hat, der vielleicht nachtaktive Tiere zählen musste oder etwas in der Art."

„Wann und wo genau?"

„Wir führen die Anpassungsrituale regelmäßig in der ersten Nacht des Monats von Samstag auf Sonntag durch." Sie schloss kurz die Augen, um sich besser konzentrieren zu können. „Es muss auf der Höhe zwischen Lichtung und Schießplatz gewesen sein", sagte sie dann. „Wie schon erwähnt, wir haben nur die Scheinwerfer gesehen, und vom Schießplatz halten wir uns fern. Dort sind zu viele negative Energien. – Und jetzt entschuldigen Sie mich bitte." Sie wartete eine Antwort gar nicht erst ab, sondern stürmte förmlich auf die wartende Yoga-Gruppe zu. Beim Gehen streifte sie den Kimono über den Kopf und ließ ihn achtlos ins Gras fallen.

Die Ermittler starrten einen Moment verdattert auf das gemütlich gepolsterte Hinterteil, dann wurde ihnen die Kuriosität ihrer Situation bewusst und sie sahen zu, dass sie raus kamen. Im Vorübergehen warf Daniel noch rasch eine Visitenkarte in den Postschlitz.

Zur gleichen Zeit, als Daniels Visitenkarte mit leisem Plopp im Hausbriefkasten der Nudistischen Frauenvolksfront landete, stellten Hauptkommissar Franz Branntwein und seine Assistentin Susanne Nowak den grünen Mercedes auf dem Parkplatz der Forstbetriebe München ab. Ihre Fahrt hatte ungefähr fünfzehn Minuten länger gedauert als die der beiden Oberkommissare zum Münchner-Kindl-Weg. Der Halt an einer Metzgerei mit Imbisstheke und anschließendem Verzehr einer warmen Frühstücks-Leberkässemmel hatte mit weiteren zehn Minuten zu Buche geschlagen.

Der im Münchner Süden gelegene Stadtbezirk Forstenried wirkte noch in vielen Teilen wie das im ausgehenden zwölften Jahrhundert zur Pfarrei erhobene Dorf, das er einst gewesen war. Etliche bäuerliche Anwesen aus dem achtzehnten und neunzehnten Jahrhundert erinnerten an das damals charakteristische Architekturbild, so auch der zweigeschossige Pyramidendachbau, in dem die Forstbetriebe ihren Sitz hatten. Das frei stehende Gebäude im Barockstil war von 1725 – 1726 neben der Heilig Kreuz-Kirche errichtet worden; seine hellgelbe Putzfassade mit Eckrustika und die achtfach unterteilten Fenster mit dunklen Lamellenläden wirkten sehr gepflegt.

Der Parkplatz befand sich seitlich des Hauses und war auch für Kunden des *Wildstadl'* gedacht, einem Spezialitätengeschäft, das während der Jagdsaison zweimal wöchentlich regionales Wildbret und Wurstwaren von Reh, Hirsch und Wildschwein anbot. Ein

Schild verkündete, dass der Laden ab Mitte September wieder geöffnet sein würde.

Die beiden Ermittler gingen zum Vordereingang, wo Susi einen gewaltigen Geweihschädel bemerkte, der an der Außenfront über dem Rundbogenportal befestigt war. Sie wappnete sich innerlich gegen weitere Beweise der Überlegenheit des Menschen den Tieren gegenüber, was den Gebrauch von Schusswaffen betraf, und drückte die schwere Holztür auf.

Im Gebäude war es angenehm kühl. Statt des erwarteten Geruchs nach Staub und Feuchtigkeit, der alten Häusern manchmal anhaftet, roch es nach Sägespänen und Fichtennadeln. Branntwein fragte sich, ob es sich dabei um einen Marketingtrick handelte und irgendwo Behälter versteckt waren, die alle paar Minuten ein Aerosol namens *Waldeslust* versprühten. Er wusste zwar, dass die Bayerischen Staatsforsten jedes Jahr gut fünf Millionen Festmeter Holz vermarkteten, aber er glaubte kaum, dass dies vor Ort geschah.

Susi trat an den Infoschalter. Ihr Ansprechpartner hieß Klaus Janssen, wie sie schon am Vortag herausgefunden hatte. Zudem kannte sie seine Meldeadresse, wusste, welches Auto er fuhr, dass er dreiundfünfzig Jahre alt, kinderlos geschieden und bislang noch nie mit dem Gesetz in Konflikt gekommen war. Nun musste sie nur noch seine Zimmernummer in Erfahrung bringen.

Die Empfangsmitarbeiterin blickte gelangweilt auf: „Da seid's ihr hier falsch. Der Janssen hockt in Sauerlach."

„Wie, in Sauerlach?", echote die Kriminalassistentin alarmiert und warf einen raschen Blick auf ihren Chef, der schon verärgert die Stirn runzelte.

„Ja mei, im dortigen Forstrevier halt."

„Aber der Perlacher Forst gehört doch zu München!", rief Susi mit einem Hauch der Verzweiflung in ihrer Stimme.

„Schon." Die dralle Dame im feschen Dirndl nickte.

Branntwein zog Susi am Arm. „Komm, lass' gut sein. Dann fahren wir eben zum Tor des Bayerischen Oberlandes."

„Des ham S' jetzt aber fei schön g'sagt", lobte die Verwaltungsfachangestellte, „So richtig patriotisch!"

„Stand neulich in der Zeitung", entgegnete Branntwein bescheiden.

Susi zog die Schultern hoch und sah ihren Chef aus großen Augen an. „Tut mir leid."

Branntwein winkte großmütig ab. „Sie haben hier nicht zufällig einen Kaffeeautomaten herumstehen?", fragte er stattdessen hoffnungsvoll in Richtung Tresen.

„Na." Die Bayerin schüttelte den Kopf und wandte sich wieder ihrem Bildschirm zu, über den eine kompliziert aussehende Excel-Tabelle flimmerte.

„Schade. Dann mal auf Wiedersehen. Und einen schönen Tag noch."

„Pfiat's eich."

Im Auto legte Susi als erstes eine CD ein. Conrad Fleischmann hatte das Abspielgerät eingebaut, bevor Ilse Haller Branntwein das Erbstück übergeben hatte. Sie wusste: Nichts beruhigte ihren Chef besser als Saxofonmusik. „Das hab' ich echt verbockt." Sie seufzte. „Nächstes Mal passe ich besser auf."

„Oder du lässt es gleich Mausi machen." Branntwein fädelte sich in den Verkehr ein und gab ordentlich Gas. „Obwohl das wirklich jedem hätte passieren können", fügte er hinzu, als keine Antwort kam.

„Dir nicht", antwortete Susi. Ein kleines verschmitztes Lächeln umspielte ihre Mundwinkel.

„Doch, mir auch."

„Dann musst du dich noch mal umziehen", tönte es fröhlich vom Beifahrersitz. *„Seitdem ich perfekt bin, hält sich meine Arroganz in Grenzen."*

„Oh! Stimmt ja!" Sie lachten gemeinsam über den Spruch, der auf seinem T-Shirt stand. „Ist mir gar nicht aufgefallen, dass ich ausgerechnet das erwischt hab'. Vielleicht sollte ich es besser mit der Schrift nach hinten tragen und die Jacke anbehalten."

„Das wäre eine Möglichkeit", stimmte die Assistentin diplomatisch zu, kurbelte das Fenster ein Stück herunter und genoss das Spiel des Fahrtwinds in ihren Haaren. Warm spürte sie die Sonne auf dem Gesicht, die Jazz-Rhythmen luden zum Mitwippen ein.

„In zwanzig Minuten sind wir da", verkündete Branntwein. „Vielleicht schaff' ich's auch schneller."

„Mhm." Susi schloss die Augen. Nicht nur, um sich ganz dem Gefühl dieses Sommertages hinzugeben, sondern auch, damit sie den Fahrstil ihres Chefs ausblenden konnte, der gerade mit einhundertvierzig Stundenkilometern einen Trabbi überholte und die durchgezogene Mittellinie dabei offenbar lediglich als gut gemeinten Rat deutete.

Das staatliche Forstrevier Sauerlach war ein einstöckiger, weiß verputzter Bau mit rotem Ziegeldach, nur durch ein paar Bäume von der B13 getrennt. Jetzt, im Sommer, blühten viele bunte Blumen auf der rundherum wachsenden Wiese. An der Hauswand stand eine Holzbank windgeschützt in der Sonne. Die abgestellte Tasse auf der Sitzfläche verriet, dass hier vor kurzem noch jemand gesessen haben musste. In großen Steintrögen rechts und links des Eingangs wuchsen bunte Dahlien und Weihrauch, einige Bienen tummelten sich zwischen den Dolden. Auf der Fußmatte aus Kokosfasern war die Aufforderung *Hax'n abkratz'n* zu lesen, was dem unscheinbaren Haus eine persönliche Note verlieh.

„Da drüben steht sein Auto", sagte Susi. Der blaue Volvo XC40 parkte im Schatten eines Baums.

„Hübsch!", kommentierte Branntwein. „Muss eine Stange Geld gekostet haben, aber für einen Förster genau das richtige Gefährt."

Im Inneren des Gebäudes herrschte eine völlig andere Atmosphäre als draußen. Branntwein schloss die Türe hinter ihnen, sofort wurde es dunkel. Nur von einem der rückliegenden Fenster fiel ein wenig Licht in den Hausflur. Zu beiden Seiten gingen je zwei Türen ab, alle vier waren geschlossen. Eine Holzstiege führte in den ersten Stock. Es war kühl und mucksmäuschenstill. In der Luft stand der Geruch nach Möbelpolitur und Bohnerwachs.

Susi räusperte sich unbehaglich. Sie kam sich wie ein Eindringling vor. Am Geländer hing ein laminiertes Schild mit einem nach oben weisenden Pfeil. Zögernd folgte sie ihrem Chef die Treppe hinauf. Die Stufen knarrten laut unter ihrer beider Gewicht. An der letzten atmete Susi erleichtert auf. Bunte Flickenteppiche und zwei große Dachfenster ließen den ersten Stock deutlich freundlicher erscheinen als das Erdgeschoss mit seinen dunklen Fliesen und dem spärlichen Tageslicht.

Klaus Janssens Büro war schnell gefunden.

„Herein!" Deutlich klang die Stimme durch die in hellem Mintgrün lackierte Kassettentür. Branntwein drückte die Klinke nach unten und ließ Susi charmant den Vortritt.

Das honigbraune Parkett glänzte mit den scheinbar frisch geputzten Fensterscheiben um die Wette. An den mit Stuckleisten verzierten weißen Wänden hingen großformatige Leinwandfotografien, die idyllisch gelegene Waldkapellen inmitten des satten Grüns gesunder Bäume zeigten. Der berühmte weiß-blaue Himmel – wahlweise allein oder mit Alpenpanorama – vervollständigte das Bild bayerischer Naturvollkommenheit. Ein hochmodern wirkender Glasschreibtisch samt Flachbildschirm fügte sich erstaunlich gut in die ansonsten eher rustikal anmutende Einrichtung ein, die aus mehreren dunklen Holzkommoden, zwei wackligen Besucherstühlen und einem riesigen Farn bestand, der auf dem mit Epoxidharz überzogenen Stück eines Baumstamms thronte.

Susi zuckte kurz zusammen, als sie den zähnefletschenden Dachs in der Ecke bemerkte. Dass es sich um ein ausgestopftes Tier handelte, machte die Sache für die junge Kriminalassistentin nicht besser. Sie räusperte sich und zog den Dienstausweis aus dem Innenfach ihrer Umhängetasche. „Susanne Nowak, Kriminalpolizei München. Das ist mein Vorgesetzter, Hauptkommissar Franz Branntwein. – Herr Janssen?"

Der Angesprochene zeigte auf sein Namensschild, das neben einem gerahmten Foto auf dem Schreibtisch stand. „Steht doch da", antwortete er unfreundlich und nahm Susi den Ausweis ab, um ihn genauer zu betrachten. „Ihren möchte ich auch sehen", raunzte er dann. „Franz Branntwein!" Er schnaubte. „Sie wollen mich wohl veralbern."

Branntwein verzog keine Miene. Wortlos reichte er Janssen das gewünschte Dokument. Ihm war der kurze Schreckmoment nicht entgangen, der dem Förster bei Susis Worten übers Gesicht gehuscht war und vermutete, dass der mit seiner pampigen Art nur seine Nervosität zu überspielen versuchte. Die meisten Menschen reagierten auf das Eintreffen der Kriminalpolizei betroffen oder ängstlich, weil sie dachten, einer ihnen nahestehenden Person könnte möglicherweise etwas zugestoßen sein. Manche zeigten auch recht unverhohlen ihre Neugierde, oft mit einem gewissen Maß an Erstaunen verbunden, aber ein so rigoros abweisendes Verhalten war auffällig.

Nachdem Janssen ihm den Ausweis zurückgegeben hatte, deutete Branntwein auf die Besucherstühle. „Dürfen wir?" Die Ermittler nahmen Platz, ohne eine Antwort abzuwarten. „Im Allgäu hatten sie leider keine freie Stelle mehr für mich", gab sich der Kommissar betont aufgeräumt. „Wegen des Namens meine ich. Allgäuer Latschenkiefer. Da hätte er besser hingepasst." Er lächelte jovial.

Janssen sagte nichts. Aufrecht und wachsam saß er einfach nur da und wartete ab.

Susis regenbogenfarbene Spiralohrringe schwangen fröhlich hin und her, als sie sich vorbeugte, die Arme auf der großen Batiktasche abgestützt, die in ihrem Schoß lag. Eine Fliege landete auf ihrer linken Hand, sie pustete sie weg. „In Ihrem Revier wurde eine männliche Leiche gefunden", sagte die Kriminalassistentin im Plauderton und ließ den Satz in der Luft hängen.

Spätestens jetzt wäre der richtige Moment für erstauntes Entsetzen gewesen, doch Janssen rührte sich nicht.

„Vielleicht haben Sie davon in der Zeitung gelesen?", erkundigte sich Susi. Es klang wie ein Vorschlag, wie eine Einladung zum Gespräch, was es letztendlich auch war.

„Nein." Die Antwort der Försters kam kurz und knapp. Er lehnte sich in seinem Stuhl zurück, die Arme über der Brust verschränkt. Immer noch auf der Hut, aber deutlich entspannter als noch eine Minute zuvor.

Franz Branntwein wurde nicht schlau aus dem Mann. Fast schien es, als wäre er auf eine gewisse Art erleichtert, jetzt, wo er den Grund ihres Besuches kannte. Aber warum? Der Kommissar entschied sich, seine Überlegung in Worte zu fassen: „Sie wirken nicht gerade geschockt", sagte er. „Haben Sie denn gar keine Fragen an uns?"

Janssen hob nur eine Augenbraue. „Das ist Ihr Job, wenn ich mich nicht irre."

Der Kommissar musterte sein Gegenüber nachdenklich. Mehrere Sekunden verstrichen, der Förster wich seinem Blick nicht aus. „Wann waren Sie denn zum letzten Mal im Perlacher Forst?", erkundigte sich Branntwein schließlich.

„Wo genau?"

Hinter Janssen hing eine Karte des Waldgebiets an der Wand. Die Tafel darunter schien aus Kork zu sein, der Plan war mit runden Punkten, Fähnchen und Pfeilen gespickt, die offenbar als Markierungen dienten. Der Kommissar stemmte sich aus dem Stuhl und machte Anstalten, den Schreibtisch zu umrunden.

Janssen sprang auf und stellte sich ihm entgegen. „Was ...?"

Branntwein wich dem Mann aus und tippte auf die entsprechende Stelle. „Genau hier." Er fixierte den anderen kurz, dann ging er seelenruhig zu seinem Platz zurück und schlug die Beine übereinander. Er hatte gesehen, was er sehen wollte: Das Foto im Bilderrahmen zeigte Janssen breit grinsend mit Kapitänsmütze auf dem Kopf an Bord einer Segelyacht.

Der Förster blieb mit dem Rücken zu ihnen stehen. Er starrte die Karte an, als gäbe es dort etwas zu entdecken, das nur er kannte, und knetete die Hände. Branntwein und Susi tauschten einen kurzen Blick: Was auch immer Janssen ihnen sagen würde, es wäre nur die halbe Wahrheit. Wenn überhaupt.

Der Kommissar nutzte den Moment, um kräftig am T-Shirt-Kragen zu ziehen. Es saß nach dem Umdrehen etwas eng am Kehlkopf, aber das war immer noch besser, als sich wie ein eingebildeter Schnösel vorzukommen. Normalerweise trug er das Shirt nur zu den seltenen Gelegenheiten, wenn es Antonia gelang, ihn zum Joggen zu überreden; er konnte sich nicht erklären, wie es in dem Kleiderstapel so weit nach oben geraten war.

„Ich bin dort schon seit Monaten nicht mehr gewesen." Janssen drehte sich ruckartig um.

„Monate!", wiederholte Susi erstaunt. „Ich hätte gedacht, dass Förster ständig im Wald umherstreifen."

„Dann haben Sie eben keine Ahnung", antwortete er bissig.

„Klären Sie uns auf", verlangte Branntwein, nun ebenfalls etwas barscher.

Janssens Wechsel von aggressiv zu cool kam übergangslos. Er zuckte scheinbar gleichmütig mit den Schultern und ließ sich lässig auf seinen Bürostuhl sinken. „Was soll ich sagen? Das Gebiet gehört zum naturnahen Projekt. Das bedeutet, dass alles so umfallen und wachsen darf, wie es eben kommt."

„Und niemand kümmert sich darum?"

„Da hinten ist sowieso tote Hose. Unwegsames Unterholz und viel zu weit weg von den Highlights und dem nächsten Kiosk. Andererseits aber immer noch zu nah an der Stadt, als dass Menschen, die in der Einsamkeit wandern möchten, dorthin gehen würden."

„Ja, das ist uns auch schon aufgefallen", bestätigte Susi. Während sie sprach, piepte ihr Handy. Auch Branntweins Smartphone spielte die ersten Töne der Fan-Hymne des TSV 1860 München. Die Assistentin las die Nachricht, die Daniel in den sicheren Ordner gestellt hatte, über den sich die Ermittler gegenseitig auf dem Laufenden hielten.

„Und Sie waren bestimmt nicht mehr dort?", hakte sie dann nach. „Es wurden Autoscheinwerfer gesichtet. Erst letztes Wochenende, in der Nacht von Samstag auf Sonntag."

„Autoscheinwerfer? An dieser Stelle?" Janssen deutete mit dem Daumen über die Schulter. Er wirkte aufrichtig erstaunt.

„Nein, nicht genau. Zwischen dem parkähnlichen Areal, das im Volksmund *Lichtung* genannt wird, und dem Schießplatz der Polizei."

„Ach so. Ja ... Kann schon sein, dass ich da vorbeigefahren bin."

Branntwein klatschte die Hand auf den Tisch. „Jetzt reicht es aber dann langsam mal, Herr Janssen!" Seine Finger hinterließen deutliche Fettschlieren auf dem sauberen Glas; Leberkässemmeln ließen sich eben nie ganz rückstandslos verzehren. „Falls es noch nicht bis zu Ihnen durchgedrungen sein sollte: Wir ermitteln hier in einem ungeklärten Todesfall, der sich in *Ihrem* Revier ereignet hat. Da dürfen wir wohl ein Mindestmaß an Kooperationsbereitschaft erwarten. – Oder haben Sie etwas zu verbergen?", schob er ansatzlos hinterher.

Janssen riss den Kopf nach oben und funkelte ihn wütend an. „Nein!"

„Dann reden Sie mit uns! Wie kann es sein, dass Sie zwar zwischen Lichtung und Schießstand *vielleicht vorbeigefahren sein könnten* – noch dazu am Wochenende und im Dunkeln – sich aber ganz sicher sind, seit Monaten nicht am Fundort der Leiche gewesen zu sein?"

Janssen verschränkte erneut die Arme vor der Brust. „Das ist ganz einfach: Mein Revier ist nicht gerade klein, wie Sie auf der Karte hinter mir sehen können. Da benutze ich natürlich das Auto, um von A nach B zu kommen. Zu Fuß gehe ich die Zonen maximal zweimal im Jahr ab. Ich hätte sonst ja gar keine Zeit mehr für meine Kernaufgaben."

„Die da wären?"

„Am Schreibtisch sitzen, Holzpreise berechnen, meine Mitarbeiter einteilen und koordinieren, dafür sorgen, dass die Richtlinien der Europäischen Union umgesetzt werden, die sich allenaselang ändern ... Und dann muss ich selbstredend noch auf die vielfachen Vorschläge – nein, sagen wir besser *Forderungen* des Freistaates eingehen."

„Hm." Diese Auskunft musste Branntwein erst einmal sacken lassen. Er hatte keine Ahnung vom Berufsbild eines Stadtförsters, befürchtete aber, dass die Vorstellung vom kniebundbehosten Spaziergänger im karierten Flanellhemd mit Flinte und Schweißhund nostalgisch verklärt sein könnte.

„Die administrativen Sachen machen über die Hälfte meines Arbeitsalltags aus", fügte Janssen hinzu, der merkte, dass er Oberwasser bekam.

„Und wer kümmert sich dann um die Zäune, die Nistkästen, um die Wildfütterung im Winter und überhaupt die Tiere im Wald?", fragte Susi verwundert.

„Ich jedenfalls nicht."

„Ja aber ..."

„Nix aber", unterbrach Janssen. „Der Perlacher Forst ist kein Zoo, die Tiere kommen schon klar. Ansonsten gibt's da noch Jagdgemeinschaften, die sich kümmern. Von denen war aber sicher auch keiner in diesem abgelegenen Gebiet. Im Sommer schon zweimal nicht."

„Wie sieht's denn mit den von Ihnen erwähnten Mitarbeitern aus?", fragte Susi. „Könnte einer von denen in den letzten – sagen wir vier bis fünf Tagen – dort gewesen sein?"

Der Förster drehte den Bürostuhl in Richtung Bildschirm. „Ich glaube nicht, aber ich kann ja mal auf der Einsatzliste nachsehen", antwortete er erstaunlich freundlich. „Nein, da war niemand", sagte er gleich darauf. „Genau wie ich dachte."

„Wären Sie so nett, mir die Liste rüber zu ziehen?" Susi hielt ihm einen USB-Stick in Form eines rosa Alpakas hin.

„Bin ich dazu verpflichtet?" Die Feindseligkeit war zurück.

„Noch nicht", antwortete Branntwein und stand auf. „Melden Sie sich bei uns, falls Ihnen noch etwas einfallen sollte."

Susi legte eine Visitenkarte auf die Glasplatte. An der Tür ließ der Kommissar seiner Assistentin wieder den Vortritt, blieb aber selbst noch einmal stehen: „Eine letzte Frage, Herr Janssen: Hängen in dem Bereich, wo der Tote gefunden wurde, eigentlich Wildkameras?"

Janssens Miene, die einen Moment lang wie eingefroren gewirkt hatte, entspannte sich wieder. „Nein, Herr Kommissar, dort hängen mit Sicherheit keine Wildkameras."

„Das ist interessant. Wirklich sehr interessant." Branntwein schloss die Tür.

ZWÖLF

Leichter Wind bauschte die bodenlangen weißen Gardinen aus Chiffon in sanften Wellen über die elfenbeinfarbenen Marmorfliesen und hauchte den Geruch nach Chlor und Gras in den lichtdurchfluteten Wohnbereich. Die Schiebetüren zum kunstvoll angelegten Park mit Zen-Bereich, Tennisplatz und Swimmingpool waren weit geöffnet.

Während Dominik Bauer Rührei mit Frühstücksspeck in sich hineinschaufelte, auf dem iPad die neuesten Wirtschaftsnachrichten las und dazu eine ganze Kanne Kopi-Luwak-Kaffee trank, von dem ein Kilogramm Bohnen um die eintausend Euro kostete, weil die Früchte vor der Röstung den Verdauungstrakt einer in Freiheit lebenden indonesischen Schleichkatzenart durchwandert hatten, schallte das Gezwitscher der Singvögel durch den Raum, die die Bäume und Sträucher des herrschaftlichen Gartens in München-Bogenhausen bevölkerten. Vom Steg her mischten sich ab und an die Laute von Enten, Blesshühnern und Graugänsen unter das fröhliche Tirilieren. Die Villa lag direkt an der Isar.

Maren, die auf der anderen Seite des Tisches saß, beobachtete lächelnd, wie ihr Mann mit gesundem Appetit sein Frühstück verzehrte. Zeitlich war es mehr ein Brunch, wie fast jeden Tag, aber Nicki arbeitete eben immer bis spät in die Nacht, da war es nur verständlich, dass er lange schlief. Sie selbst knabberte an einem Stück Yubari-Melone mit einem Klecks Honig und ein paar gehackten Haselnüssen. Dazu trank sie Puh-Ehr-Tee. Maren hatte stets ein Auge auf ihr Gewicht und achtete penibel auf ein gepflegtes Äußeres. Sie wusste um die Konkurrenz aus jungen Bedienungen und Servicekräften, von denen Nicki in seinem Arbeitsalltag umgeben war.

Zum Glück mochte er durch kosmetische Chirurgie veränderte Körper ebenso wenig wie aufdringliches Make-up, künstliche Wimpern oder gefärbte Haare. Es war vor allem ihre Natürlichkeit, die ihn anzog, und dafür war Maren sehr dankbar. So wie sie für ihr ganzes Leben dankbar war. Das Schicksal hatte es gut mit ihr gemeint.

Obwohl Nicki inzwischen oft sehr eingespannt war. Viele Geschäftsreisen rund um die Welt hielten ihn manchmal tage- oder sogar wochenlang von ihr fern. Zu Beginn ihrer Ehe war das anders gewesen. Wenn sie ihn heute begleiten wollte, wiegelte er ab. „Davon verstehst du nichts, Honey. Ich bin den ganzen Tag in Besprechungen, du würdest dich nur langweilen. Überlege dir lieber, wohin du in den Urlaub verreisen möchtest. Vielleicht nach Dubai? Oder auf die Fidschi-Inseln? Bora-Bora haben wir auch viel zu lange links liegen lassen ..."

An diesem Punkt ihrer Gedankengänge angekommen fiel Maren ein, dass es tatsächlich einen Ort gab, den sie gerne einmal besuchen würde: Die Predigerbibliothek in Isny im Allgäu. Sie hatte kürzlich gelesen, dass es sich hierbei um die einzige in ihrem ursprünglichen Zustand original erhaltene Stiftungsbibliothek aus dem Mittelalter handelte und dort sogar Schriften von Luther, Melanchthon und Zwingli aufbewahrt wurden. Als Urlaubsziel taugte das zwar nicht, dafür kannte sie die – ihrer Meinung nach – liebenswert-snobistische

Ader ihres Mannes gut genug, aber Maren wollte gerne einen Tagesausflug dorthin unternehmen. Sie war ziemlich sicher, dass Nicki dafür die gesamte Nikolai-Kirche würde sperren lassen wollen, in der sich die Bibliothek befand. Umso wichtiger war es, ihn zeitnah von ihren Plänen zu unterrichten. Doch gerade, als sie dazu ansetzen wollte, wurde die Tür aufgerissen und Timo stürmte herein.

Maren mochte den Bruder ihres Mannes sehr. Er war ihr Trost, ihr Halt, ihr Gesprächspartner und Vertrauter; vor allem, wenn Nicki nicht da war. Und die Jungs vergötterten ihn. Wenn sie für die Ferien von ihrem Elite-Internat in England nach Hause kamen, verbrachte Onkel Timo viel Zeit mit ihnen, um „ganz normale Dinge" zu unternehmen, wie er es nannte. Maren war froh darüber. Die Ausflüge auf den Bolzplatz, zur Gokart-Bahn, in den Klettergarten oder zum Paintball bildeten ein gesundes Gegengewicht zu den durchweg wesentlich exklusiveren Freizeitvergnügen, die Nicki seinen Sprösslingen nahelegte. So sehr sie ihren Mann auch liebte – und das tat sie –, ihre Söhne sollten später nicht so materiell eingestellt sein wie ihr Vater.

„Hallo Maren, hi Nicki!" Timo schwitzte stark. Sein Atem ging stoßweise. Da er ebenfalls in der Villa lebte, konnte das kaum einer körperlichen Anstrengung auf dem Weg hierher geschuldet sein, sondern musste emotionale Gründe haben. Er hielt eine Tageszeitung in der Hand: die BLIND, wie Maren erkannte, und fuchtelte seinem Bruder damit vor der Nase herum.

„Hey, pass' doch auf!" Um ein Haar hätte Timo den frisch gepressten Orangensaft über Dominiks iPad gekippt.

„Tut mir leid." Der Jüngere fuhr sich durch die Haare, wischte die widerspenstige Strähne fort, die ihm gleich wieder ins Gesicht fiel. Sein Blick huschte zwischen Maren und Dominik hin und her. Nervös trat er von einem Bein aufs andere. „Hast du es schon gelesen?", fragte er schließlich angespannt.

Dominiks Augen verengten sich zu schmalen Schlitzen. Er legte das iPad endgültig beiseite und schüttelte fast unmerklich den Kopf. Sein scharfer Blick teilte Timo unmissverständlich mit, was dieser sowieso schon wusste: Kein Wort, solange Maren dabei ist!

„Was denn gelesen?", fragte sie prompt. „Ist etwas mit einem der Restaurants? Habt ihr etwa eine schlechte Kritik für die neue Seafood-Bar bekommen? – Ach Nicki, das täte mir so leid! Wo du doch für diesen Vertrag mit den Blauflossen-Thunfischen extra nach Japan gereist bist!"

Dominik hob eine Braue und neigte den Kopf. Immer noch ruhten seine Augen auf Timo.

„Äh – ja! Ja, genau. Dieser inkompetente Gourmetkritiker raubt mir noch den letzten Nerv." Timo stieß die Luft aus. „Wir – hm – also wir ... äh ..."

„Hat er wieder behauptet, das wäre gar kein echter Blauflossen-Thunfisch?", soufflierte Dominik. Er war sehr verärgert über seinen Bruder, der nicht nur hereinplatzte wie ein verspätetes Schulkind, sondern ihn durch die für ihn typische unbeholfene Dummheit auch noch dazu zwang, seine Frau anzulügen.

Doch er versteckte seinen Zorn gut. Nur Timo sah ihn hinter der scheinbar freundlichen Maske seines Bruders hervorblitzen. Er schluckte. „Genau."

„Und das steht da? In dieser Zeitung?", entrüstete sich Maren. „So ein Schundblatt! Gib mal her." Sie streckte die Hand aus.

„Später, Honey." Dominik griff über den Tisch und legte seine Finger auf die ihren. „Würde es dir etwas ausmachen, wenn wir dich allein lassen?"

Alle Anwesenden wussten, dass die Frage rhetorisch gemeint war.

Er tupfte sich mit der Leinenserviette die Mundwinkel ab und warf das Stück Stoff beim Aufstehen achtlos auf den Teller, wo es sich mit Eigelb und Schweinefett vollsaugte.

Bevor er gemeinsam mit Timo den Salon verließ, drückte er Maren einen Kuss auf den Scheitel. „Ich liebe dich. Geh' doch ein bisschen schwimmen, wenn du magst, dann geselle ich mich nachher zu dir."

„Ja. Das ist eine gute Idee." Sie verzog die Lippen zu einem routiniert-verständnisvollen Lächeln und sah den beiden Männern hinterher. Der eine immer noch aufgeregt und nervös, der andere sachlich und beherrscht.

Die aufgesetzte Besonnenheit verflog, sobald Dominik die Tür seines schallisolierten Büros hinter sich geschlossen hatte. Der Raum hieß bei der Familie nur „Das Office". Es gab zwar keinen Resolute Desk, wie er im Weißen Haus stand, aber Dominik Bauer hatte keine Kosten gescheut, den Schreibtisch nach genau diesem Vorbild eins zu eins nachbauen zu lassen. Wobei er allerdings auf Reste des Original-Abwrackholzes des britischen Polarforschungsschiffes *HMS Resolute* aus dem Jahr 1879 hatte verzichten müssen.

Wütend stapfte der Hausherr über den handgewebten Perserteppich, den ihm einst ein irakischer Geschäftspartner zum Auftakt ihrer Handelsbeziehungen mit osteuropäischen Jungfrauen geschenkt hatte. „Was fällt dir eigentlich ein, mich vor Maren dermaßen in Verlegenheit zu bringen?!", zischte er gefährlich leise. „Es kann gar nicht so schrecklich sein, sonst hätte ich längst davon gehört."

Timo schlug wortlos die Zeitung auf, legte sie auf den antiken Couchtisch, der zwischen drei in Hufeisenform arrangierten Sofas stand, und trat einen Schritt zurück.

Dominik ließ sich auf eines der italienischen Designermöbel fallen, als wäre es ein Sonderangebot mit schwedischem Vornamen, und riss die Seite an sich.

Perlacher Forst verkommt zum Schwulentreff?

(kb) Am gestrigen Mittwoch hat die Polizei in einem der idyllischsten Waldgebiete Münchens einen schrecklichen Fund gemacht: die Leiche eines jungen Mannes. Die Tätowierung an seinem Steiß (siehe kleines Foto rechts) legt die Vermutung nahe, dass es sich ...

„Und deshalb machst du hier so einen Aufriss?" Der Dom knüllte das Papier zusammen und warf es seinem Bruder ins Gesicht.

Der hob es mit fliegenden Fingern wieder auf und faltete es auseinander. „Aber siehst du denn nicht ...!? – Hier!" Er machte einen unbeholfenen Schritt auf Dominik zu und deutete auf das Porträt der Leiche. Tränen schimmerten in seinen Augen. „Das ist Heiko! Unser Heiko! Erkennst du ihn nicht?!"

„Natürlich erkenne ich ihn. Schließlich hast du mir seine Gesellschaft letztes Jahr wiederholt aufgezwungen. Aber *mein* Heiko war er deshalb noch lange nicht", stellte der Dom mit verächtlich heruntergezogenen Mundwinkeln klar. „Es reicht schon, wenn ich mich mit einem schwulen Bruder herumschlagen muss, da brauche ich die Schwanzlutscher nicht noch in meinem Freundeskreis."

„Wie konnte das nur passieren?", flüsterte Timo erschüttert, ohne auf die vertraute Lästerei einzugehen. „Ich hatte ihm den Job gegeben, weil ich ihm helfen wollte, nicht um ihn umzubringen!"

„Das ist doch scheißegal!" Der Dom legte die Füße auf die empfindliche Fläche des Couchtischs aus der Gründerzeit und wackelte mit den nackten Zehen. „Die Frage ist, ob uns jemand mit ihm in Verbindung bringen kann."

„Wir haben uns geliebt, ist dir das eigentlich klar? Zwischen uns, das hätte etwas ganz Besonderes sein können." Timos Finger wies anklagend auf den Bruder. „Es waren *deine* Drogen, die ihn fast zugrunde gerichtet hätten. Deine verfickten Scheißdrogen, damit er in deinem verfickten Scheißladen in deinem verfickten Scheißkäfig stundenlang tanzen konnte!" Jetzt flossen die Tränen ungehemmt. „Aber er war stärker als du. Selbst nachdem du ihn rausgeworfen hattest. Er war auf einem guten Weg. Er hätte es geschafft. – Mit meiner Hilfe hätte er es geschafft!" Den letzten Satz brüllte Timo seinem Bruder ins Gesicht.

Der Schlag kam schnell. Timo fühlte den dicken Siegelring gegen sein Gesicht krachen. Hörte das Nasenbein unter der Gewalteinwirkung knacken. Er riss beide Hände hoch. Warm lief das Blut zwischen seinen Fingern hindurch und tropfte auf den sündhaft teuren Teppich.

Dominik schob gleichmütig mit dem Fuß die Zeitungsseite darüber, die auf den Boden gefallen war. „Schrei mich nie wieder an", sagte er kalt. „Und behaupte nie wieder, jemand sei stärker als ich." Er zog ein Seidentuch aus der Hosentasche und reichte es seinem Bruder.

„Alles klar, Nicki."

„So ist's brav. Und jetzt setz' dich hin, du siehst gar nicht gut aus." Er lachte meckernd und hieb seinem Bruder derb auf die Schulter.

Timo befolgte die Anweisung, ohne zu murren. Sein Auflehnungskontingent war verbraucht. Leise stöhnend hielt er das Tuch unter die schmerzende Nase und legte den Kopf in den Nacken. Er konnte nur durch den Mund atmen, während ihm das Blut widerlich süß und metallisch den Schlund hinabbrann.

„Also?" Der Dom hatte keinerlei Verständnis für Emotionen wie Trauer oder Verlustgefühl.

Timo wusste das. „Heiko war letztes Wochenende wieder der Samstags-Fang", presste er unter Qualen hervor und schluckte den ekligen Brei hinunter, bevor ihn der Würgereiz übermannen konnte.

„Das hatte ich mir schon gedacht, du Idiot. Erzähl mir lieber, was schiefgelaufen ist!"

„Aber ich weiß es doch nicht", nuschelte Timo verzweifelt. „Von unserer Seite aus lief alles okay."

Dominik knurrte. Ein bedrohliches Geräusch, das aus tiefster Kehle kam. „Setz' dich anständig hin und nimm gefälligst den verdammten Lappen runter, bevor ich ihn dir aus der Fresse schlage, verdammt noch mal! – Ich versteh' ja kein Wort!"

Timo beeilte sich, diesem Befehl nachzukommen. Dabei stieß er mit Daumen und Zeigefinger gegen die Nasenspitze. Der Schmerz schoss ihm direkt ins Hirn. Er heulte auf.

„Eins ... zwei ..." Der Dom begann zu zählen.

„Ich hab' Heiko direkt vom Hauptbahnhof abgeholt. Das haben wir ja schon ein paarmal so gemacht. Er hatte noch einen Kunden, ich musste ein bisschen warten – aber das war kein Problem, ich war früh dran", versicherte er hastig.

„Wolltest deinen früheren Lover wohl selbst noch mal ordentlich rannehmen, oder? Ich könnt' kotzen, wenn ich nur daran denke!"

„Dann tu's doch nicht", lag Timo auf der Zunge, aber das würde er natürlich nie laut aussprechen. Stattdessen tat er so, als hätte er nichts gehört und fuhr fort. „Wir sind dann vom Bahnhof aus sofort zum Doc. Du weißt schon, wegen ..."

„Ja, schon klar, erspar' mir die abstoßenden Details." Dominik zog die Nase hoch und spuckte auf den Boden. „Der Teppich muss eh gereinigt werden, also schau' mich nicht so an. Erzähl lieber weiter. Beim Doc war also alles normal?"

„Ja, schon. Er hat sich allerdings darüber beschwert, dass er kein Schönheitschirurg sei, und wenn den Mädchen schon unbedingt mit dem Messer Manieren beigebracht werden müssen, dann sollte es wenigstens scharf sein."

„Der alte Spinner soll mal schön seine Klappe halten! Das hab' ich ihm neulich schon geraten, als er rumgejammert hat, weil er die Leiche aufschneiden musste, damit wir an die Kondome mit dem Heroin kommen. *Ich bin kein Pathologe, Dom!*", äffte er den Arzt mit hoher Stimme nach. „Was kann ich dafür, wenn die Lieferanten verrecken?!"

„Nichts."

„Eben. – Vielleicht ist es besser, wenn wir uns langsam mal nach einem Nachfolger für ihn umsehen."

„Alles klar, Nicki." Timos Nase schickte im Rhythmus seines Herzschlags pochende Schmerzen durch den Schädel, hatte aber aufgehört zu bluten. Stattdessen fühlte sie sich taub an. Taub und geschwollen. In der dumpfen Tonlage eines Erkälteten fuhr er mit seinem Bericht fort: „Vom Doc aus sind wir dann zum Wald. Es war alles wie immer, ich bin sicher, dass uns niemand gesehen hat. Ich hab' seine Sachen in die Tüte gestopft und ihn dann an den Baum gebunden." Timo senkte den Kopf, seine Stimme wurde leiser. „Das war das letzte Mal, dass ich ihn gesehen habe."

„Und beim Nest?" Dominik war seine Ungeduld deutlich anzumerken. Er wollte raus an den Swimmingpool zu Maren. Noch ein paar Stunden luxuriöse Normalität, bevor er wieder den Dom geben musste.

„Alles paletti. Der Alarm war eingeschaltet und die Cams sind auch gelaufen. Ich hab' die Tüte mit den Klamotten wie immer auf den Stuhl neben dem Bett gelegt und Heikos Honorar dazwischen gestopft."

„Ich meinte eigentlich hinterher, als du ihn wieder abgeholt hast."

Das Schweigen zwischen ihnen war so laut wie in einem Gerichtssaal kurz vor der Urteilsverkündung.

„Du *hast* ihn doch abgeholt?"

Timo wich Dominiks Blick aus. „Nein." Nur ein Flüstern. „Heiko wollte das nicht. Er sagte, dass er die Spieler fragen würde, ob sie ihn mitnehmen. Und dass er schon irgendwie zurückkäme, falls das nicht ginge. Und dass ich mir keine Sorgen machen soll."

„Keine Sorgen?!", wiederholte Dominik und schnappte nach Luft. Sein Gesicht verzerrte sich zu einer blindwütigen Fratze. „Bist du denn komplett bescheuert?! – *Ich* bestimme, wie es läuft, nicht dieser kleine Wichser!" Speicheltropfen landeten in Timos Gesicht. „Was denkst du wohl, weshalb ich dir persönlich die Verantwortung übertragen habe – meinem eigenen Bruder!" Er packte Timo am Kragen seines Polohemds und zog ihn zu sich heran. „Weil es verdammt wichtig ist, dass ausschließlich nach meinen Regeln gespielt wird! Weil es verdammt wichtig ist, dass wir die Kontrolle behalten", schrie er ihn an.

Ein paar Spucketröpfchen trafen Timo im Gesicht.

Dominik schubste seinen Bruder weg und ließ ihn los. Seine Mimik drückte Ekel aus. Ekel und Verachtung. Er drehte sich um. „Hast du wenigstens die Kameras überprüft?", fragte er in normaler Lautstärke.

Erneut kämpfte Timo mit den Tränen. „Nein! Nein, ich hab' die Kameras nicht überprüft! Meinst du, ich wollte sehen, wie es Heiko mit drei anderen Typen treibt!?", rief er gequält.

Dominik wirbelte herum. Diesmal landete die Faust mit dem Siegelring zentral auf dem Solarplexus. Timo klappte zusammen und rutschte zu Boden.

Der Dom stieg ungerührt über den gekrümmten Körper hinweg und setzte sich an seinen Schreibtisch, um selbst zu tun, was sein Bruder versäumt hatte. Wenige Minuten später sah er auf: „Keine Spur von den Spielern. Wie auch, ohne ihren Fang? Nach dir war nur noch Mimmie im Nest. Als sie gesehen hat, dass es nichts zum Aufräumen gibt, ist sie wieder abgeschwirrt, die treue Seele", lobte er spöttisch.

Mimmie war früher für den Dom auf den Strich gegangen und dabei einem Sadisten in die Hände gefallen. Dem Freier hatte es Spaß gemacht, Mimmies Gesicht und Körper über Stunden hinweg mit ätzender Säure zu beträufeln und sie dabei wiederholt zu vergewaltigen. Als die damals Zwanzigjährige schließlich gefunden wurde, war sie mehr tot als lebendig. Doch statt ins Tierkrematorium hatte der Dom sie zum Doc bringen lassen und sich damit ihre lebenslange Dankbarkeit gesichert. Mimmie würde nie wieder normal urinieren, geschweige denn anschaffen gehen können. Auf ihrer vernarbten Kopfhaut wuchs kein einziges Haar mehr und sie hatte ein Auge verloren. Niemand war verschwiegener und loyaler als diese verbitterte, von chronischen Schmerzen geplagte Frau.

„Wobei es diesmal besser gewesen wäre, sie hätte das Maul aufgemacht und Bescheid gegeben", dachte der Dom genervt. Zu seinem Bruder sagte er: „Dein Stecher muss vier verdammte Tage und Nächte an dem Baum gehockt und gewartet haben". Er schien das lustig zu finden.

Timo kam ächzend auf die Knie. Das soeben Gehörte war für ihn nur schwer zu verkraften. Wenn er nicht so eifersüchtig gewesen wäre, könnte Heiko heute noch leben. „Soll ich das Nest abfackeln?", fragte er pflichtschuldig.

Der Dom winkte ab: „Spinnst du? Damit wäre das gesamte Geschäft beim Teufel. So einen geeigneten Platz finden wir so schnell nicht wieder. – Nein, ich schick' Mimmie hin, dass sie die Klamotten und die Kohle von deiner Schwuchtel rausholt und dann läuft alles weiter wie gehabt."

„Aber wenn die Bullen seine Leiche gefunden haben, werden sie bald Bescheid wissen. Wenn sie erst mal ..."

„Soll das heißen, dass ich falsch liege?", unterbrach ihn sein Bruder scharf. „Willst du das damit andeuten? Dass du klüger bist als ich?"

Es hätte die Drohgebärden mit der Faust nicht gebraucht, um Timo davon zu überzeugen, lieber nichts mehr zu sagen. Stumm schüttelte er so vorsichtig wie möglich den Kopf.

„Du überschätzt unseren Freund und Helfer. So schlau sind die nicht. Und jetzt kümmerst du dich besser um den nächsten Fang. Der Kunde hat sämtliche neuen Auswahlmöglichkeiten genutzt; was uns immerhin noch mal fünfzehntausend Scheinchen extra bringt. Diesmal müssen also nicht nur Alter und Geschlecht passen, sondern auch Figur, Größe und Haarfarbe."

„Aber ..."

„Du kriegst das schon hin", beschied der Dom. „Wenn du in unserem eigenen Bestand nichts findest, musst du dir eben etwas einfallen lassen. – Ich hab' dir die Bestellung offen gelassen", sagte er und nickte zum Monitor hinüber. „Denk' dran, dass das Menue mittlerweile eine zweite Seite bekommen hat", erinnerte Dominik. „Ich glaube, der Typ will sie in schwarzer Reizwäsche und geknebelt. – Ach so, und Timo", sagte er, schon auf dem Weg nach draußen, „lass' die Spieler von Samstag in Ruhe. Keine Rache für Heiko. Wenn mir zu Ohren kommt, dass einer von ihnen auch nur schräg angeschaut wurde, kannst du dir endgültig einen heißen Platz im Himmel buchen, hast du mich verstanden?"

Er wartete die Antwort nicht ab. Sein Wort war Gesetz. Leise zog er die Tür hinter sich ins Schloss und ging pfeifend den Gang hinunter in Richtung Ankleidezimmer, um seine Badehose zu holen. Er hoffte, dass Maren schon im Wasser war.

Timo starrte auf die genietete Lederauflage, mit der die Tür des Office' gepolstert war. Seine Haarsträhne hing wieder ins Gesicht. Es merkte es nicht. Gerne hätte er Hass empfunden. Wenigstens Wut. Doch in ihm war nur eine große, schwarze Leere.

Mühsam richtete er sich auf und wankte zum Schreibtisch.

DREIZEHN

Schmutziges Tauwasser im Winter und zuletzt Saharastaub und Regentropfen in den vergangenen Monaten hatten deutliche Spuren hinterlassen. Wer aus den Fenstern des Polizeipräsidiums in der Ettstraße hinaussehen wollte, der musste sie öffnen.

„Man sollte sich mal erkundigen, wer bei den Forstbetrieben für die Fensterreinigung zuständig ist", dachte Kriminalhauptkommissar Franz Branntwein. „Bei uns haben sogar die Fliegen Mühe, zwischen den Fäkalienresten des Vorjahres noch eine freie Stelle zu finden."

Gerade ging es ihm aber weniger um den Ausblick auf die Augustinerstraße, sondern darum, den Mief nach frittiertem Fett zu minimieren, der vom äußert wohlschmeckenden Inhalt der Brathendl-Boxen ausgegangen war, die Daniel und Schorsch auf dem Rückweg beim *Fröhlichen Gockel* für sie alle spontan zum Mittagessen besorgt hatten. Inzwischen waren sämtliche goldenen Pommes verzehrt, der letzte knusprig gegrillte Schenkel abgenagt und die skelettierten Überreste samt benutzten Erfrischungstüchern und leeren Ketchup-Portionsbeuteln ganz unten im Mülleimer vergraben.

Branntwein rülpste dezent zum Fenster hinaus, legte einen Zwischenstopp bei der Kaffeemaschine ein und setzte sich mit vollem Thermobecher wieder an den Besprechungstisch, wo das Team schon während der Mahlzeit die ein oder andere – den Umständen geschuldet manchmal nur bedingt verständliche – Information ausgetauscht hatte.

Daniel erzählte gerade eine Anekdote vom Besuch bei der Nudistischen Frauenvolksfront: „ ...und dann sagt sie, stellt euch das mal vor, dann sagt sie: *Die große Blonde da drüben arbeitet bei der Staatsanwaltschaft, vielleicht kennen Sie sie.*" Daniel kicherte bei der Erinnerung an Schorschs entsetzten Gesichtsausdruck.

„Ist nicht dein Ernst!", gluckste Susi. „Und? Kanntet ihr sie?"

„Wir haben uns gar nicht getraut, so genau hinzuschauen, nicht wahr Schorsch?"

Der Angesprochene lehnte sich in weiser Voraussicht auf dem Stuhl zurück, so dass Daniels Ellbogen ins Leere traf. „Ich glaube nicht, dass Frau Gerda und ihre Frauenvolksfront etwas mit der Leiche zu tun haben", lenkte Schorsch das Gespräch in sachlichere Bahnen.

„Immerhin konnte sie Angaben zu Autoscheinwerfern machen, die sie gesehen haben", warf Mausi ein. „Ich hab' mir das mal auf einem Satellitenbild angeschaut. Zwischen der Lichtung und dem Schießstand verlaufen einige Wege, die ohne weiteres mit einem Pkw befahrbar sind. Für Privatpersonen zwar nicht im Rahmen der Straßenverkehrsordnung, aber das muss ja nicht unbedingt etwas heißen."

„Ohne konkreten Hinweis auf den Fahrzeugtyp oder das Autokennzeichen bringt uns das eh nicht weiter", nuschelte Branntwein mit dem Zeigefinger im Mund. „Und wenn es stimmt, dass der Kastner uns nur aus Rachegefühlen wegen seiner Exfrau auf die Glaubensgemeinschaft angesetzt hat, der Depp, ist der Kas' sowieso gegessen."

„Findet ihr es eigentlich auch auffällig, dass unter fünfzehn Mitgliederinnen gleich zwei vertreten sind, die mit der Polizei in Verbindung stehen?", fragte Susi.

Die Kollegen sahen sich an.

„Nö", antwortete Mausi stellvertretend.

Branntwein betrachtete gedankenverloren den winzigen Streifen Hühnerfleisch, den er endlich erfolgreich zwischen seinen Schneidezähnen herausgepopelt hatte. „Aber ich fand etwas anderes auffällig", sagte er, „und zwar beim Förster, Klaus Janssen. Der war nicht nur ziemlich nervös, sondern hat sich auch widersprochen."

Susi nickte zustimmend. „Du meinst ganz zum Schluss, oder? Wegen der Wildkameras."

„Genau. Erstens: Er behauptet, dass ihn seine Aufgaben so gut wie nie in diese Ecke des Forstes bringen. Zweitens: Er erklärt uns, dass die Wildhüterei reine Jägersache sei. Drittens: Er ist sich sicher, dass um den Fundort der Leiche herum keine Kameras positioniert sind. – Das passt nicht zusammen."

„Da sind aber tatsächlich keine", sagte Mausi. „Das hab' ich schon überprüft."

„Mag sein. Aber die Frage ist doch: Warum weiß der Janssen das einfach so aus dem Stegreif, wenn es ihn doch angeblich gar nichts angeht?" Branntwein nippte an seinem Kaffee.

„Soll ich ihn mal ordentlich abklopfen?", fragte Mausi.

„Ja, mach das. Aber inoffiziell. Und schau' mal nach, ob ein Segelboot auf ihn zugelassen ist. Ich hab' zwar leider nur ein Stück des Kennzeichens, aber vom Hintergrund her müsste es am Starnberger See liegen. Er

hatte da so ein Foto auf dem Schreibtisch stehen."
Branntwein nannte dem Computerexperten die Zahlen,
die er auf dem Schiffsrumpf hatte erkennen können.

Mausi nickte. „Wird erledigt. Aber ich weiß von
meinem Onkel, dass man dort mindestens fünfzehn
Jahre auf eine Boje wartet. Und billig ist das auch nicht
gerade. Fünftausend aufwärts, die Stegmiete noch nicht
mitgerechnet. Ich glaube kaum, dass er sich das von
seinem Förstergehalt leisten kann."

„Deshalb sollst du es ja auch überprüfen."

„Hm, er muss ja nicht zwingend der Besitzer des
Bootes sein, auf dem er da posiert hat. Und selbst falls
doch: Wenn er keine anderen Hobbys hat ..." Susi war
nicht überzeugt. „Und eine Familie muss Janssen ja
auch nicht ernähren. – Trotzdem bin ich mir sicher,
dass er Dreck am Stecken hat. Schon allein wegen seiner Körpersprache! Himmel, das war ein besseres
Musterbeispiel reduzierter Gestik als es der Proband
auf dem Video beim Fortbildungskurs für die Fallana-
lytik hinbekommen hat. Und dann dieses ständige,
übertriebene Suchen und Festhalten des Blickkontakts:
Erst hat er immer wieder nach oben und rechts unten
geschaut – hat sich also offensichtlich irgendwas ausge-
dacht – und dann wollte er genau diesen Eindruck
dadurch revidieren, indem er uns stur ins Gesicht gestarrt hat. Kein großes Kino, wenn ihr mich fragt."

„Das wollte ich sowieso gerade machen", sagte der
Hauptkommissar. Er stand auf und schlüpfte aus den
Ärmeln seines T-Shirts.

„Äh, was genau machen?", erkundigte sich Susi.

Daniel deutete einen Pfiff an.

„Na, dich fragen", antwortete ihr Chef und drehte die Schrift wieder nach vorne.

„Ach so."

„Und?"

„Janssen wusste tatsächlich nicht, weshalb wir da waren."

„Woher willst du das wissen?", fragte Schorsch.

„Auf die Nachricht vom Leichenfund reagierte er regelrecht erleichtert. Als hätte er befürchtet, dass wir aus einem anderen Grund gekommen wären."

„Das hatte ich auch so empfunden", stimmte Branntwein zu und setzte sich wieder.

„Irgendetwas verschweigt er uns. Entweder er weiß, wer der Tote war, oder er hat eine Vermutung, wie er da hingekommen ist. Außerdem hat er definitiv selbst Dreck am Stecken."

„Das sagtest du bereits, nicht wahr?"

„Dann werde ich mir mal seine Telefonverbindungen genauer ansehen", schlug Mausi vor. „Vielleicht hat er jemanden angerufen, nachdem ihr weg wart."

Sein Vorgesetzter nickte. „Ja, mach das bitte. Und schau' doch gleich noch nach den restlichen Mitarbeitern und Hilfskräften des Forstbetriebs. Janssen sagt zwar, dass die letzten fünf Tage niemand in der Nähe des Fundorts gearbeitet hat, aber sicher ist sicher. Es gibt anscheinend eine Einsatzliste, die auf dem Rechner gespeichert oder von dort aus abrufbar ist."

„Segelboot, Konten, Telefondaten mobil und Büroanschluss, Einsatzliste. Wird erledigt", ratterte Mausi herunter.

„Wenn was dabei herauskommt, besorge ich dir den entsprechenden richterlichen Beschluss", versprach

Branntwein. „Ach, und die Jagdvereine müssen auch noch überprüft werden."

„Das können Daniel und ich machen", bot Schorsch an.

„Einverstanden. Vielleicht war jemand dort und hat etwas gesehen. Ein paar Augenzeugen wären nicht schlecht."

„Gab's eigentlich schon Hinweise aus der Bevölkerung zur Identifizierung der Leiche?", fragte Susi.

„Leider nicht", sagte Mausi. „Das hätte ich euch doch längst erzählt. Conni und die Schneiderin haben bislang auch noch nichts von sich hören lassen."

„Dann fahren Susi und ich da jetzt mal hin", beschloss Branntwein.

„In die Rechtsmedizin?", vergewisserte sich die Kriminalassistentin und fuhr sich mit beiden Händen durch die Haare.

Branntwein nickte. „Und Conni besuchen wir auch gleich noch. Ist ja jetzt alles im gleichen Haus. – Falls du vorher noch kurz dein nicht vorhandenes Make-up auffrischen möchtest ..." Branntwein streckte den Arm aus und wies einladend zur Tür.

„Bin gleich wieder da", entgegnete Susi prompt, schnappte sich ihre Batiktasche und flitzte hinaus.

Mausi schnalzte mit der Zunge. „Hab' ich irgendwas verpasst?"

„Bruno Martinez", antwortete Daniel und wackelte bedeutungsvoll mit den Augenbrauen. „Hach! Junge Liebe, nicht wahr?! Ich kann sie schon verstehen, unsere Susi. Dieses lateinamerikanische Temperament ...! – Aber das bayerische hat natürlich auch seine Reize." Er tätschelte Schorsch kurz den Oberschenkel und zwinkerte ihm zu.

„Sowieso."

„Wie jetzt?", hakte Mausi nach. „Susi und Bruno?"

„Ja! Das husten doch schon die Motten aus den Schränken, nicht wahr?"

„Ich hust' dir auch gleich was, wenn du nicht mit der Tratscherei aufhörst", brummte Branntwein. Er rutschte unruhig auf dem Stuhl hin und her. „Aber eigentlich ist es ganz gut, dass sie kurz raus ist. Ich wollt' euch nämlich noch was fragen, Schorsch und dich."

Mausi kannte seinen Chef lange genug, um sich diskret zurückzuziehen. „Mal schauen, wie schnell ich mich in die Daten der Försterei hacken kann." Er ging zu seinem Arbeitsplatz.

„Also, es ist so", begann Branntwein, als sie nur noch zu dritt am Tisch saßen. „Unser Unbekannter ist doch schwul, genau wie ihr ..." Er machte eine Pause, doch weder Daniel noch Schorsch sagten etwas. „Ja, und da dachte ich mir, vielleicht habt ihr irgendwelche Erfahrungen ..." Wieder blieb der Rest des Satzes in der Luft hängen.

„Erfahrungen mit drogensüchtigen Schwulen, die sich nackt im Wald anketten lassen, meinst du?" Schorsch feixte.

Daniel fand Branntweins Bemerkung weniger lustig. „Du gehst also automatisch davon aus, dass die sexuelle Ausrichtung in diesem Fall von Belang ist. Bei einem Hetero habe ich dich das noch nie sagen gehört!"

„Na ja, es ist eigentlich mehr wegen der Tätowierung. Die ist ja direkt über ... – äh – also direkt am Steiß. Ist das nicht ein Bereich, dem – sagen wir mal bei bestimmten – ähm – gleichgeschlechtlichen Zusammenkommen, eine gewisse Aufmerksamkeit ... – also schon rein aus anatomischen Gesichtspunkten ...“

„Jetzt reicht es aber, nicht wahr?!“, empörte sich Daniel.

Schorsch legte seinem Partner die Hand auf den Unterarm, sah bei der Antwort aber zu Branntwein. „Doch, stimmt schon. Worauf willst du hinaus?“

„Könnte man sagen, dass jemand, der seine Sexualität an einer so deutlich exponierten Stelle zur Schau stellt, auch einen besonders lockeren Umgang mit ihr hat?“

„Du meinst, ob er seine Geschlechtspartner häufig gewechselt hat?“

„Oder ein Stricher war“, ergänzte Branntwein.

„Hm ...“ Schorsch kratzte sich am Kinn.

„Und was bitte hat das mit uns zu tun?“, schoss Daniel dazwischen. „Wir sind glücklich verlebensgemeinschaftet. Das bedeutet, dass wir einander treu sind, nicht wahr?! Da könnte ich dich genauso fragen, ob irgendwelche Prostituierten zu deinem Bekanntenkreis zählen, nur weil du hetero bist!“

Dem Kriminalhauptkommissar schossen Bilder der geschiedenen Frau seines ermordeten Vorgesetzten durch den Kopf. Bilder aus dem Internet, wo sie sich *Flotte Oma Fünfundfünfzig* genannt hatte, die er für immer hatte vergessen wollen. „So war das doch gar nicht gemeint. Ich dachte nur ... – weil der Tote doch diese Einstichstellen hatte und höchstwahrscheinlich homosexuell war, vielleicht ist er anschaffen gegangen. Dass es in den noch nicht umgebauten öffentlichen Toiletten immer wieder zu Begegnungen kommt," – er malte Gänsefüßchen in die Luft – „ist ja kein Geheimnis."

„Das wird ja immer schöner! Du fragst jetzt aber nicht gerade, ob uns diese Tätowierung irgendwann mal beim Sex mit fremden Junkies auf einer öffentlichen Toilette aufgefallen ist, nicht wahr? Das fragst du uns nicht!"

Branntwein starrte ihn so verdutzt an wie der Eisbär den Pinguin. „Nein! Um Gottes willen, da hast du mich völlig miss ..."

„Wisst ihr, was mir auf dem Klo gerade eingefallen ist?" Susi war unbemerkt ins Büro zurückgekehrt und platzte nun, beide Hände auf die Tischplatte abgestützt, mitten in die Unterhaltung. „Daniel und Schorsch könnten sich doch mal bei den Klappen umhören. Vielleicht erinnert sich jemand an einen Mann mit einer so auffälligen Tätowierung, und weil er doch vermutlich drogenabhängig war, könnte er sich dort das nötige Geld besorgt haben, um seine Sucht zu finanzieren. Ich kann da als Frau ja schlecht rein."

Im Hintergrund läutete das Telefon auf Mausis Schreibtisch.

Branntwein atmete hörbar aus. „Genau das habe ich gerade vorschlagen wollen."

„Hat sich bei dir aber anders angehört", grinste Schorsch.

„Sogar völlig anders, nicht wahr?!"

„Außer den Toiletten an den U-Bahnhöfen Scheidplatz, Stachus, Sendlinger Tor, und wie sie alle heißen, gibt es auch eine beliebte Klappe in Thalkirchen, am Hinterbrühler See", wusste Susi zu berichten. „Das ist aber eine Fetischklappe, wenn ich mich recht erinnere.

Die werden nämlich unterschieden. Je nach Gusto. – Vermutlich wachsen dort nur Lederpilze im Wald", witzelte sie. Erst jetzt bemerkte sie die konsternierten Blicke der Männer. „Was denn? Das war Thema im dualen Studium. Bis dahin habe ich den Begriff *Klappe* auch nur mit Babyklappen in Verbindung gebracht und nicht mit Treffpunkten für einvernehmlichen Sex mit Fremden. Das gibt's übrigens schon seit mindestens Siebzehnhundertzwanzig. Und auch die ...."

„Ja, ist gut jetzt, Susi. Respekt für deine facettenreiche Ausbildung, aber kommen wir aufs Thema zurück."

Mausi, der sein Telefonat beendet hatte, trat an den Tisch. Offenbar hatte er mitbekommen, worüber sich die Kollegen gerade unterhalten hatten: „Vor ein paar Jahren haben sie deshalb sogar eine komplette Buschreihe im Englischen Garten niedergemacht. Da an der Oettingenstraße, nicht weit weg vom kulturwissenschaftlichen Institut. Dort muss auch ein recht buntes Treiben geherrscht haben." Er zwinkerte übertrieben. „Aber die Diskussion hat sich sowieso erledigt. Unser Unbekannter ist identifiziert. – Na ja, wenigstens halbwegs."

„Endlich eine konkrete Spur!", rief Susi.

„Die ruhig ein paar Minuten früher hätte kommen können", dachte Branntwein.

„Der Anrufer hat ihn *Heiserer Heiko* genannt. War früher mal Vortänzer im *Pool*, das soll ein ziemlich angesagter Klub im Münchner Osten sein. Angeblich hat er da aber schon vor ein paar Wochen aufgehört. Könnten auch zwei, drei Monate sein, da war sich der Zeuge nicht sicher."

„Warum denn heiser?", fragte Branntwein.

Mausi zuckte die Schultern. „Keine Ahnung. Er kannte ihn wohl nur vom Sehen."

„Na gut. Haben wir schon eine Ahnung, wie viele Jagdgemeinschaften abtelefoniert werden müssen?"

„Das sind nur zwei, mit dem Jagdbildungszentrum drei", antwortete Mausi.

„Sehr gut. Dann übernimmst du das bitte auch noch. Susi und ich fahren jetzt wie geplant in die Nußbaumstraße und Daniel und Schorsch zu diesem Pool-Dings. – Sei doch so gut und such schon mal die Hintergrundinfos über den Laden heraus, während wir weg sind, Mausi."

„Klar! Mache ich gleich, nachdem ich Janssens Konten und Telefonverbindungen überprüft, die Segelyacht gefunden, mich in die Datenbank der Försterei gehackt und die Jägersleut' angerufen habe."

„Prima. Dann bis später."

„Ja, du mich auch", murmelte der Computerexperte, nachdem sich die Tür hinter den Kollegen geschlossen hatte, und holte sich erst einmal eine neue Flasche Mineralwasser aus dem Kühlschrank.

VIERZEHN

Die Verwandlung war perfekt. Zumindest hoffte sie das. Für das Gelingen ihres Plans war es zwingend erforderlich, sich anzupassen, nur eine von vielen zu sein. Allerdings eine von vielen, die auffallen wollten, und das war ein Problem. Die junge Frau musste auf den Schutz der Maskerade vertrauen. Nicht auszumalen, wenn sie jemand erkennen würde. Andererseits – wer sie dort erkannte, wo sie hinwollte, der sollte sich selbst schämen.

Sie griff nach ihrer Cordhose und der schlichten Sweatshirt-Jacke. Beides hatte sie bis eben noch über einer großmaschigen schwarzen Netzstrumpfhose, einer knappen, modisch zerrissenen Jeans-Hotpants und einem kurzen, weißen Trägertop getragen. Normalerweise würde sie so etwas Freizügiges nie anziehen. Eigentlich war das Shirt ein Witz. Am Dekolleté und unter den Armen war es so weit geschnitten, dass niemandem verborgen bleiben konnte, wie restlos überfordert das winzige pinke Bikinioberteil, das sie darunter trug, damit war, ihren üppigen Busen im Zaum zu halten. Es war im Nacken und am Rücken mit Bändern zusammengehalten, die sich tief ins Fleisch gruben. Sie hatte alles secondhand ersteigert. Ihre eigene Bademode bestand aus zwei praktischen Einteilern ohne jeden Sexappeal, und mit zarten Büstenhaltern konnte ihr Kleiderschrank ebenfalls nicht aufwarten. Entschlossen stopfte sie Cordhose und Sweatshirt-Jacke in den alten rosa Schulrucksack mit Einhorn-Aufkleber, Regenbogen und jeder Menge Glitzer.

Der Boden war schmuddelig, teils sogar glitschig. Sie wollte gar nicht wissen, was genau sich unter ihren Füßen befand. Schnell schlüpfte sie wieder in die schweren Springerstiefel, die sie auch schon auf der Fahrt hierher in der U-Bahn getragen hatte. Mit High-Heels hätte sie sich nur lächerlich gemacht. Es erforderte eine gewisse Übung und Routine, damit nicht zu wirken wie ein betrunkener Storch im Murmelfeld; eine Routine, die ihr fehlte. Zudem gab ihr das klobige Schuhwerk ein Gefühl der Sicherheit. Zur Not könnte sie damit rennen.

Sie schloss die Tür auf und trat aus der Toilettenkabine, um vor der Stahlscheibe, die statt eines Spiegels an der Wand hing, letzte Hand anzulegen. Das Cross-Dressing aus hochsommerlicher Freizügigkeit und Punk-Elementen schien seine sexy Wirkung nicht zu verfehlen. Der Blick, den ihr die Frau am zweiten Waschbecken zuwarf, hätte abfälliger nicht sein können.

Als die Ältere weg war, verwandelte sie ihre halblangen Locken mit zwei Haargummis in einen gekonnt zerzausten Messy-Bun und legte große, goldfarbene Creolen an. „Papageienschaukeln", dachte sie und kicherte nervös. Geschminkt hatte sie sich schon zu Hause und danach selbst kaum wiedererkannt. Tiefschwarz umrandete Augen, das Gesicht matt gepudert und bleich. Nun fehlten nur noch der grelle Lippenstift, der die Farbe des Bikinioberteils wieder aufnehmen würde, eine großzügige Menge der Parfümprobe aus dem Drogeriemarkt, und ein Kaugummi – fertig! Sie atmete tief durch. Noch war Zeit, die ganze Sache abzublasen. Niemand zwang sie dazu, niemand außer ihrem Freund würde je erfahren, wenn sie nun einen Rückzieher machte. Doch das kam natürlich nicht in Frage.

Sie schrieb ihm schnell eine Textnachricht, dass sie das Handy nun ausschalten würde und er ihr nicht böse sein sollte. Dann steckte sie es zurück in den Rucksack und straffte die Schultern. Sie verließ die öffentliche Toilette des Münchner Ostbahnhofs hocherhobenen Hauptes. Nur wer genau hinsah, würde die blutleeren Fingernägel bemerken, die sich vor Aufregung zu fest in den Tragegurt des Rucksacks krallten. Doch wer achtete bei diesem Outfit schon auf solche Details?

Die Rolltreppe trug sie vom Zwischengeschoss nach oben ins Tageslicht. Ihr Ziel, die Friedenstraße, lag östlich des Bahnhofsgebäudes hinter den Bahnsteigen. Der Ort hatte Tradition als Straßenstrich, das wusste sie. Nur während der sieben Jahre, in denen sich der *Kunstpark Ost* auf einem ehemaligen Fabrikgelände als größte Partyzone Europas einen Namen gemacht hatte, waren die Damen abgewandert. Zu viele Menschen. Zu viel Aktion und Trubel. Zweihundertfünfzigtausend Besucher im Monat waren normal gewesen. Das mochten die Freier nicht, die Geschäfte liefen schlecht. Aber als das Kultur- und Veranstaltungsareal aufgelöst wurde, waren sie wieder zurückgekommen.

Am Ende der Rolltreppe sah sich die junge Frau aufmerksam um. Sie hatte für ihr Vorhaben absichtlich den Nachmittag gewählt. Während der Mittagspause und kurz nach Büroschluss kamen meist die Verheirateten, hatte sie gehört, spätabends und nachts die Einsamen. Jetzt sollte eigentlich gerade Flaute sein.

Etwas unschlüssig stand sie am Bahnhofsausgang. Sie zögerte. Im Kino und Fernsehen wurden Prostituierte oft als gemeine, egoistische Personen dargestellt, die zur Not mit ihren Fäusten gegen neu hinzukommende Nebenbuhlerinnen vorgingen. Oder mit dem Messer. Ihre Hand tastete in der Hosentasche nach der kleinen Sprühflasche mit dem Pfefferspray. Sie hatte es in einem Onlineshop bestellt. Die aufgedruckten Worte *zur Tierabwehr* hatten den Kauf legal gemacht.

„Es gibt auch freundliche Prostituierte", machte sie sich selbst Mut. „Denk' nur mal an *Pretty Woman*."

Ein Mann kam aus circa fünfzehn Metern Entfernung auf sie zu geschlendert. Sein Blick glitt an ihrem Körper träge auf und ab wie am bebilderten Speisekartenaufsteller eines Touristen-Restaurants, verweilte kurz auf ihrem Gesicht und sog sich schließlich an ihren Brüsten fest. Sie sah, wie sich der Mann die Lippen leckte und einen Zwanzig-Euro-Schein aus dem Geldbeutel holte.

Der Ekel fing als schlechter Geschmack auf der Zunge an, rann zäh die Speiseröhre hinab und quoll im Magen auf. Der Typ war mit Sicherheit fast dreimal so alt wie sie, auf jeden Fall schon in Rente. Noch zwei, drei Meter von ihr entfernt hob er die Hand und zeigte ihr das Geld, die Augenbrauen fragend nach oben gezogen. Ein schlüpfriges Grinsen umspielte seinen Mund. Stumm schüttelte sie den Kopf, und endlich gelang es ihrem Gehirn, den Füßen den Befehl zum Weitergehen zu geben.

„Miststück", zischte der Mann und versuchte, ihren Arm zu packen.

Sie entzog sich ihm und ging stur geradeaus, die Augen fest auf den Boden gerichtet.

„Hältst dich wohl für was Besseres, du dummes Flittchen?", rief er ihr hinterher.

Erst an der nächsten Ecke traute sie sich, einen Blick über die Schulter zu werfen. Der Mann war fort. Erleichtert lehnte sie sich mit dem Rucksack an die Hausfassade und atmete tief durch. „Jetzt nur nicht schlapp machen", redete sie sich in Gedanken erneut gut zu. „Freu' dich lieber. Genau deshalb bist du doch hergekommen."

„Alles klar bei dir?" Die kratzige Stimme gehörte einer von fünf Prostituierten, die hier in Abständen von vielleicht acht Metern auf Kundschaft warteten. Die stark geschminkte Wasserstoffblondine hätte geradewegs aus einer Zeitschrift mit dem Titel *Modeklischees für Bordsteinschwalben* entsprungen sein können: Sie trug einen pinken Stretch-Minirock, Overknee-Stiefel und ein tief ausgeschnittenes, paillettenbesetztes, schwarzes Samtbustier, das mindestens eine Nummer zu klein war. Ihr Alter war schwer zu schätzen.

„Äh, ja, danke, es geht schon wieder."

„Willst du hier arbeiten?"

„Hm ..., ich ..., ja, denke schon, aber ich schau' mich erst mal um."

Das Lachen der Älteren erinnerte an streitende Krähen. „Du bist ja 'ne Nummer! – Hey! Melody! Hast du das gehört? Sie schaut sich erst mal um. Ich glaube, die denkt, sie ist hier auf'm Flohmarkt!"

Die Angesprochene schaute gelangweilt zu ihnen herüber, machte aber keine Anstalten näher zu kommen.

„Jetzt mal im Ernst, Kleine: Du bleibst schön in zweiter Reihe. Wenn ich mitbekomme, dass du dich vordrängelst oder uns die Preise versaust, bist du ganz schnell weg vom Fenster. Und bevor das Feierabendgeschäft losgeht, verziehst du dich. Küken wie dich können wir hier dann nicht brauchen."

„Logo. Ich bin übrigens Jenny." Sie streckte die Hand aus.

„Wen interessiert das?" Die Prostituierte stöckelte zu ihrem Stammplatz zurück.

„Wenigstens hat sie mich nicht gleich wieder vertrieben", dachte die Studentin zufrieden. Dass sie sich im Hintergrund halten sollte, kam ihr gerade recht. So hatte sie die Möglichkeit, das Verhalten der Freier – und die Reaktionen der Frauen darauf – aus sicherer Warte zu analysieren. Sie lächelte in sich hinein. Das würde die beste Bachelorarbeit werden, die ihr Prof je gelesen hatte!

Nachdem sich ihre erste Aufregung gelegt hatte, wandte sich Jenny konzentriert ihrer selbstgestellten Aufgabe zu. Es erstaunte sie, wie schnell die Frauen mit den Kunden einig wurden, von denen die meisten mit dem Auto vorfuhren. Sobald eine der Prostituierten einstieg, fotografierte eine andere das Nummernschild.

Die wenigen Männer, die zu Fuß unterwegs waren, kamen offensichtlich primär um zu gaffen. Teils ganz offen, teils verstohlen, zogen sie die Frauen mit ihren Blicken aus, was von diesen in der Regel stillschweigend toleriert wurde. Vielleicht hofften sie, dass die Voyeure irgendwann Appetit auf mehr als nur eine visuelle Wichsvorlage bekommen würden. Vielleicht war es ihnen aber auch schlichtweg egal geworden.

Selbst Jennys Ekelgefühl ließ bereits nach. Ihre zuvor zurechtgelegte Taktik, wie sie sich potenzielle Kundschaft vom Leib halten konnte, hatte sich bislang bewährt. Mit einer Prostituierten, die genussvoll in der Nase bohrte oder sich unverhohlen im Schritt kratzte, wollte kein Freier etwas zu tun haben. Nur die angeblichen Kolleginnen warfen ihr immer wieder einen ärgerlichen Blick zu.

Sie fragte sich, was der Rentner für die zwanzig Euro von ihr erwartet hätte und vor allem, wo. In einer Hofeinfahrt? Oder im Kustermannpark? Vielleicht hatten die Frauen auch Zimmer in der Nähe gemietet oder Kleinbusse abgestellt. Das hatte sie bis jetzt nicht herausfinden können.

Jenny beschloss gerade, Melody, die ihr am nächsten stand, danach zu fragen, als ein dunkelgrauer SUV mit getönten Scheiben direkt vor ihr am Straßenrand stoppte.

FÜNFZEHN

Conrad Fleischmann war für seinen grobschlächtigen Humor an Tatorten bekannt, doch sobald der kriminaltechnische Leiter der Spurensicherung in seinem Hightech-Labor zu Werke ging, zeigte sich sein feinmotorisches Geschick im Umgang mit Eppendorf-Pipette, Lasermikroskop und chemischen Reagenzien.

Als er durch die Glasfront bemerkte, dass sein langjähriger Freund und Kollege Hauptkommissar Franz Branntwein und dessen Assistentin Susanne Nowak sein Büro betreten hatten, brauchte er nicht lange zu überlegen, was der Grund ihres Besuches war. Er hob die Hand zum Zeichen, dass er gleich bei ihnen sein würde, sicherte penibel genau die winzige Textilprobe auf dem Objektträger, an der er gerade gearbeitet hatte, und legte Sicherheitsbrille und Handschuhe ab.

Noch während er an seinem Haarnetz zupfte, drückte er die Verbindungstür zum Büro auf. „Ja, da schau' her!", dröhnte es den Ermittlern entgegen. „Welch hohe Gäste in meinen tristen Hallen! Darf ich davon ausgehen, dass der Herr mal wieder zu ungeduldig ist?" Er blinzelte Susi vertraulich zu und ließ sich krachend in seinen Schreibtischsessel fallen. Mit einer einladenden Geste zeigte er auf die beiden Besucherstühle.

„Ja, darfst du", erwiderte Branntwein und setzte sich. „Oder du zu langsam, je nachdem."

„Das will ich nicht gehört haben!"

„Pass' auf, was du dir wünschst, das geht in unserem Alter schneller als dir lieb ist."

Fleischmann klopfte sich lachend auf den Oberschenkel. „Eins zu null für dich."

„Ach was, mindestens schon dreiundsiebzig zu vier. – Aber weshalb wir da sind ..."

„Ich hätte euch den Bericht jetzt eh gleich rübergeschickt, er ist schon diktiert, muss nur noch abgetippt werden und dann von mir freigegeben. Leider hat das Schreibbüro ein kleines Personalproblem."

„Warum, was ist passiert?", erkundigte sich Susi.

„Sabrina Stuber feiert ihren fünfzigsten Geburtstag. Es gibt alkoholfreien Sekt und Schoko-Muffins – aber verratet es keinem."

Branntwein sog scharf die Luft durch die Nase. „Und deshalb ...", polterte er los.

Susi legte einen Finger auf die Lippen. „Bestimmt wollte Conni uns gerade mündlich berichten, was die Spurensicherung herausgefunden hat, habe ich recht?"

„Wie könnte ich einer so schönen Frau widersprechen?"

„Ich glaub', mir wird schlecht", brummte Branntwein.

„Was hast du gesagt?", fragte Susi.

„Nix."

„Ich hab's doch gehört", beharrte die Assistentin. „Nur nicht verstanden."

Branntwein atmete tief ein. „Ich habe gesagt, dass du tatsächlich eine sehr schöne Frau bist, aber dass Conni jetzt mit seinem blöden Gesülze aufhören und dafür endlich mit dem Bericht anfangen soll."

„Ah ja ..."

„Dein Wunsch sei mir Befehl, hoher Herr." Fleischmann verneigte sich im Sitzen, wurde dann aber ernst.

„Sämtliche verwendeten Materialien wie die Kette, die Manschetten und der Karabiner sind Massen- aber keine Billigware. Soll heißen, dass es zwar alles im Baumarkt zu kaufen gibt – und deshalb auch nicht zurückzuverfolgen ist –, aber es wurde auf Qualität geachtet."

„Könnte ein Hinweis darauf sein, dass das Zeug nicht nur zum einmaligen Gebrauch bestimmt war, oder wie siehst du das?"

„Bingo. Die Sachen sind schon mal im Einsatz gewesen. Die feinen Kratzer im Metall könnten auch vom Transport kommen oder schon bei der Produktion entstanden sein, aber beim Klettband der Manschetten sieht man es eindeutig. – Leider habe ich keine Gewebefasern oder ähnliches zwischen den Häkchen entdeckt", nahm er Branntweins nächste Frage vorweg, „aber dafür etwas anderes. – Möchte jemand raten? Der grimmig dreinschauende Herr mit dem greislichen T-Shirt vielleicht? Oder die junge Dame mit der Patchwork-Hose, die sich bemüht, ein Lachen zu unterdrücken? – Nein? Niemand?"

Branntwein schluckte. „Übertreib's nicht."

„Fingerabdrücke!", rief der neue Kai Pflaume der Kriminaltechnik. „Und zwar auf dem Kunstleder des Hersteller-Logos."

„Ich kann nachvollziehen, dass dich das freut, Conni", sagte Susi. „Oft genug schuftest du stundenlang völlig umsonst."

Fleischmann hob eine Augenbraue und sah zu Branntwein. „Na bitte!", sollte seine ausgestreckte Handfläche wohl sagen, deren Fingerspitzen auf Susi deuteten. „Endlich versteht mich mal jemand."

„Das brauchst du nicht überzubewerten", wiegelte Branntwein ab. „Das kommt von diesen Psychokursen, die sie macht." Susis „Hey!" ignorierte er. „Sag mir lieber, ob die Abdrücke im System sind."

„Sind sie tatsächlich. Aber noch nicht lange."

„Wirklich?" Branntwein beugte sich gespannt vor. Insgeheim hatte er nicht damit gerechnet, dass der Täter so fahrlässig gewesen sein könnte, vor allem, wenn er vor kurzem erkennungsdienstlich erfasst worden war.

„Sie sind vom Toten selbst", brachte Fleischmann die Traumblase einer raschen Aufklärung des Falles zum Platzen.

Branntwein gab dem Mülleimer unter dem Tisch einen Tritt. „Scheiße."

„An beiden Manschetten?", fragte Susi ungläubig.

Fleischmann nickte. „An der linken sind Abdrücke von Zeige- und Mittelfinger der rechten Hand, und auf der rechten Manschette ein fast vollständiger linker Daumenabdruck."

„Also hat er sie sich selbst angelegt?"

„Sieht so aus."

„Das ist ja merkwürdig! Findet ihr nicht?"

„Doch", versicherten die Männer zeitgleich.

„Waren seine Fingerabdrücke auch an dem Stückchen Plastiktüte von diesem Nobelkaufhaus, das du im Wald gefunden hast?", erkundigte sich die Assistentin.

„Das war leider nicht zu bestimmen", antwortete Fleischmann. „Zu viele verschiedene, die kreuz und quer übereinander liegen. War aber auch zu erwarten gewesen, bei 'ner Tragetasche. – Auf der Kette und dem Karabiner sind Teilabdrücke, was euch nur insofern weiterhilft, dass derjenige, der John Doe an den Baum gefesselt hat, der Meinung war, keine Handschuhe tragen zu müssen."

„Heiko", korrigierte Branntwein gedankenverloren.

„Hm?"

„Der Tote heißt nicht mehr John, sondern Heiko."

„Ach so. Wie nett, dass ich das auch mal erfahre. Ist die Identität schon offiziell bestätigt worden?"

„Ähm, nein. Bis jetzt haben wir nur einen Spitznamen. Heiserer Heiko." Branntwein fummelte an seinem linken Ohr herum und zuckte dabei mit den Schultern.

„Die Sneaker, die er anhatte, waren aber nicht besonders teuer, oder?" Susi war bemüht, die Informationen über die unterschiedlichen Preisklassen gedanklich miteinander in Einklang zu bringen.

„Im Gegenteil. Discounter-Ware. Genau wie das Aftershave. Beides dort gekauft, wo es all die schönen Dinge gibt." Er zuckte mit den Schultern und verzog leicht das Gesicht. „Das war's dann auch schon von meiner Seite aus."

„Das ist doch eine ganze Menge." Susi nahm ihr Smartphone aus der Tasche und tippte die soeben erfahrenen Ergebnisse der kriminaltechnischen Untersuchung für die Kollegen in den sicheren Ordner.

„Dann hattest du also recht mit deiner ersten Schnüffelprobe am Fundort", sagte Branntwein indessen zu Fleischmann. „Respekt! Wenn ich mal jemanden brauche, der sich mit Billigrasierwasser auskennt, weiß ich ja jetzt, wo ich hingehen kann."

„Sehr witzig, Franz. Wirklich, sehr witzig. Muhaha! – Ich lach' dann, wenn ihr weg seid."

„Das kannst du haben. Wir müssen eh noch zu Elisabeth; die Rechtsmedizin scheint am selben Schreibbüro zu hängen wie ihr."

„Das tut sie in der Tat, wobei deine Holde mit einer Spracherkennungssoftware arbeitet, soweit ich weiß."

„Da weißt du mehr als ich", entgegnete Branntwein, der seinem Freund noch einmal kräftig auf die Schulter geklopft hatte und Susi nun galant die Tür aufhielt. „Nach dir."

„Danke. – Mach's gut, Conni! Wir sehen uns dann spätestens am Wochenende, oder?"

„Selbstverständlich! Habe die Ehre, Susi."

Draußen auf dem Gang hielt Branntwein seine vorauseilende Assistentin zurück. „Wochenende?", wiederholte er.

„Jetzt sag' nicht, dass du deinen eigenen Geburtstag vergessen hast. Wer hat mir denn selbst erzählt, dass das Grillfest an der Isar Tradition sei?"

„Ich", gab Branntwein zu.

Susi ging weiter in Richtung Kaffeeautomat. Auch das hatte Tradition. Laut ihres Vorgesetzten schmeckte das braune Heißgetränk nirgendwo sonst so gut wie hier.

„Wir haben die Aufgaben schon verteilt", fuhr sie fort. „Antonia, Elisabeth und ich kümmern uns um die Salate und Baguettes, Daniel, Schorsch und Mausi ums Grillgut und Conni wuchtet wieder Bänke, Tische und so weiter in den SpuSi-Sprinter."

Branntwein grinste in sich hinein. Genau das hatte er hören wollen. Wenn Schorsch beim Fleisch eingeteilt war, war alles in Ordnung.

„Aber das war bestimmt genau das, was du hören wolltest", sagte Susi und wandte den Kopf. „Ich kenne dich zwar noch nicht so lange wie Conni, aber ich kann in dir lesen wie in einem Beipackzettel. Du musst also lediglich die Getränke für neun Personen besorgen."

„Was muss ich?!"

„Nein, nur Spaß. Die bringen Elias und Bruno mit."

„Ich kann mich gar nicht erinnern, meinen Schwiegersohn in spe auch eingeladen zu haben."

„Muss wohl am Alter liegen", konterte Susi frech und blieb gleich darauf ruckartig stehen. Branntwein krachte fast in sie hinein. „Entschuldige bitte, das ist mir so rausgerutscht. Sollte ein Scherz sein."

„Hmpf." Der Kommissar wusste nicht, wie er reagieren sollte; als Autoritätsperson oder als väterlicher Freund? „Du kannst es ja mit einem besonders tollen Geburtstagsgeschenk wieder ausgleichen", sagte er schließlich. „Was krieg' ich denn?"

Susi lachte erleichtert auf. „Keine Chance! – Hey, wo läufst du hin? Zum Automaten geht's da lang."

„Ich habe Antonia versprochen, weniger Müll zu produzieren", antwortete Branntwein und stieg weiter die Treppe hinab. „Ich werde also auf den Plastikbecher verzichten und stattdessen den sündhaft teuren Fairtrade-Biokaffee meiner Freundin aus einer Tasse trinken."

SECHZEHN

Nach dem für ihn ungewöhnlichen Aufbegehren gegen seinen Bruder hatte Timo Bauer entsetzt feststellen müssen, dass der nächste Auftrag schon für heute Abend gebucht worden war. Und vom Dom höchstpersönlich bestätigt.

Es war so typisch für Nicki, sich einen Dreck darum zu scheren, wie er, Timo, das schaffen sollte. Nicht nur, dass seine Nase immer noch höllisch schmerzte. Diese ganzen neu auswählbaren Sonderwünsche erschwerten die Arbeit ungemein.

Seit Stunden schon war er auf der Suche nach dem passenden Pferdchen. Eine echte Rothaarige sollte es sein, nicht älter als fünfundzwanzig, zwischen einem Meter sechzig und einem Meter siebzig groß und gut gepolstert. So eine hatten sie nicht im eigenen Stall, das wusste er auswendig. Da war eher Twiggy mit Kunsthaarperücke angesagt.

Also musste er die Gehwege abklappern – und die Zeit drängte. Landsberger Straße, Ingolstädter Straße, Freisinger Landstraße, an den Isarauen ... überall war er schon gewesen und hatte in hohlwangige Gesichter gestarrt. Die einzigen Huren, denen ein paar Pfunde zu viel aus dem Mieder quollen, verdankten das den Folgen der Wechseljahre und waren somit ebenfalls nicht geeignet. Lediglich die Friedenstraße und die Hansastraße hatten noch auf seinem Plan gestanden, doch so wie es aussah, war er endlich am Ziel. Timo konnte sein Glück kaum fassen. Die dort drüben war perfekt. Nur anscheinend etwas schwer von Begriff.

Die Kleine reagierte nicht auf seine Handzeichen, also ließ Timo die Hupe plärren. Hinter ihm standen noch zwei andere Autos. Was war nur los mit der Nutte? War sie taub? Filzläuse hatte sie auf jeden Fall. Sie kratzte sich die Muschi, als gäbe es kein Morgen mehr. Aber das war nicht sein Problem. Darum würde sich der Doc kümmern.

„Hey! Schätzchen! Komm' doch mal her!" Seine Stimme klang verschnupft. Vermutlich wegen des Pflasters, das quer über der Nase klebte. Eine dunkle Sonnenbrille verdeckte seine Augen.

„Jetzt geh' schon hin, du hältst ja den ganzen Verkehr auf!", schloss sich Melody an. Sie kicherte über ihr Wortspiel. „Apropos Verkehr ... Wollen wir zwei vielleicht zusammen ein bisschen glücklich sein? Hm? Was meinst du Süßer?" Sie ging ein paar wiegende Schritte auf den SUV zu.

„Verpiss dich", antwortete Timo grob. „Ich will den Rotschopf."

„Schade." Melody zuckte die Schultern und drehte ab. Etwas an diesem Freier sagte ihr, dass sie ihr Glück lieber nicht auf die Probe stellen sollte. Er passte nicht hierher. Zu schickes Auto, zu teure Klamotten, zu viel Gold ums Handgelenk und an den Fingern.

Jenny wusste nicht, was sie tun sollte. Wenn sie jetzt nicht zu dem Freier ging, flog ihre Tarnung auf. Andererseits ... „Scheiß auf die Tarnung", dachte sie, packte ihren Rucksack, wandte sich nach links und nahm die Beine in die Hand.

Hinter sich hörte sie eine Autotür ins Schloss fallen.

„Zwanzig Euro für die, die sie aufhält!"

Melody streckte das Bein aus. „Sorry, Kleine."

Jenny stolperte, fiel aber nicht hin. Schon wurde sie von zwei starken Armen gepackt und festgehalten. Fieberhaft fingerte sie nach dem Pfefferspray, während sie gleichzeitig versuchte, mit den Springerstiefeln auf die edel aussehenden Halbschuhe des Angreifers zu treten.

„Hoppla! Du bist ja eine ganz Wilde." Ihr Verhalten schien ihn zu amüsieren. Ohne Probleme umfasste er mit seiner Rechten ihre beiden Handgelenke und fixierte sie auf dem Rücken. Nicht gröber als nötig schubste er sie vor sich her und drückte sie gegen die Hausmauer. Sie wand sich und trat immer wieder aus, doch ebenso gut hätte sie mit einem Schraubstock kämpfen können.

„Jetzt beruhige dich mal!" Seine freie Hand fuhr zwischen ihre Beine.

Jenny erstarrte.

„Du hast doch bestimmt irgendwo ..." Er tastete den Po entlang und wurde schließlich in der seitlichen Eingriffstasche fündig. „Ah, da ist es ja!" Er zog das Fläschchen hervor und steckte es ein. „Sonst noch irgendwas? Ein Messer vielleicht?" Er grapschte in ihren Ausschnitt und fummelte unter den Brüsten herum. „Scheinbar nicht. Ganz schön leichtsinnig."

„Lassen Sie mich sofort los!", verlangte Jenny mit überschnappender Stimme. „Sonst ... sonst ... mein Zuhälter wird jeden Moment hier sein", fiel ihr dann ein. „Und der versteht überhaupt keinen Spaß!"

Timo brach in Gelächter aus, verstummte aber umgehend wieder und fasste sich an die schmerzende Nase. „Warum so förmlich?"

Jenny schwieg. Von den Frauen war keine Hilfe zu erwarten. Die sahen nicht einmal in ihre Richtung. Die beiden Fahrer der wartenden Autos hatten den Gang eingelegt und das Weite gesucht. Niemand wollte Ärger.

„Du behauptest also, du hast einen Luden", sagte der Mann im Plauderton und drückte sie so fest gegen die Hauswand, dass Jenny jeden einzelnen Vorsprung der Putzfassade schmerzhaft auf ihrer rechten Gesichtshälfte spürte. „Das wäre ja ganz was Neues! Ihr arbeitet doch alle auf eigene Rechnung. Hältst du mich vielleicht für dumm?" Bei diesen Worten riss er ihre Handgelenke nach oben.

Jenny schrie gepeinigt auf. „Nein!"

„Dann ist es ja gut. Und jetzt ab zum Auto."

„Hey! Was ist mit meinem Zwanni?" Melody stellte sich ihnen in den Weg und reckte das Kinn.

„Kriegst du. Bin gleich wieder da."

Jenny konnte kaum glauben, dass das alles tatsächlich passierte. Sie wurde entführt! Mitten in München, auf offener Straße, an einem stinknormalen Donnerstagnachmittag im Hochsommer. Sie öffnete den Mund, holte tief Luft, doch statt eines markerschütternden Schreis kam nur ein leises Kieksen über ihre Lippen. Bevor sie sich räuspern und erneut ansetzen konnte, verfrachtete sie Timo kurzerhand auf den Rücksitz. Den Rucksack behielt er in der Hand. Er warf die Tür zu und ging zurück zu Melody.

Jenny ahnte, dass gleich zwanzig Euro den Besitzer wechseln würden. Das war ihre Chance! Hektisch tastete sie nach dem Mechanismus der Türverriegelung. Das Auto wirkte fast futuristisch. Alles war so neu, so modern. Wie ging das verdammte Scheißteil nur auf?

Hektisch fuhr ihre Hand über die Innenverkleidung, doch außer eines Haltegriffs war da nichts! Weder ein Fensterheber noch sonst etwas! Jenny sah nach vorne. Der Fahrerraum war durch eine Scheibe von der Rückbank getrennt. Sie hatte das schon öfter in Filmen gesehen, dort fuhren hochrangige Politiker solche Wagen. Und Geheimagenten. Verzweifelt hieb sie mit den Fäusten dagegen, presste sich dann, als sie merkte, dass ihre Bemühungen keinen Erfolg hatten, tief in die Lederpolster und trat mehrmals mit beiden Füßen zu. Sie wandte all ihre Kraft auf und war so in ihr Tun vertieft, dass sie erschrocken zusammenzuckte, als sich die Fahrertür plötzlich öffnete.

Timo Bauer, der ihre Anstrengungen von außen nicht hatte sehen können, hielt irritiert inne. Was war nur los mit dieser Hure? Wollte sie keine Geschäfte machen? Wenn er die Wahl gehabt hätte – niemals wäre er auf die Idee gekommen, ein derart hysterisches Weib kaufen zu wollen, aber so wie die Dinge nun mal lagen, hatte er die nicht. Er konnte nur hoffen, dass sie sich beruhigen würde, wenn er ihr erst die durchaus lukrativen Konditionen des Engagements genannt hatte, für das sie vorgesehen war. Seufzend stieg er ein. Den Rucksack warf er auf den Beifahrersitz. Ein Blick in den Rückspiegel verriet ihm, dass sein Fahrgast mittlerweile haltlos schluchzte. „Wenigstens versucht sie nicht mehr, die Scheibe einzutreten", dachte Timo und fädelte sich am Ende der Straße geschickt in den beginnenden Feierabendverkehr ein.

SIEBZEHN

Im Rechtsmedizinischen Institut, wo Elisabeth Schneider im Kellergeschoss ihrer Arbeit nachging, fanden Franz Branntwein und Susanne Nowak das Büro verwaist vor. Die gelben Jalousien an der Glasfront waren heruntergelassen, die Tür abgeschlossen.

„Sieht so aus, als müsstest du mit deinem Kaffee-Opfer noch warten", frotzelte Susi. „Sie wird wohl im Obduktionssaal sein."

Das hörte der Kriminalhauptkommissar gar nicht gerne. Trotzdem ging er die paar Meter weiter den Gang entlang und drückte tapfer auf den automatischen Türöffner, der dort an der Wand angebracht war. Die zwei schweren Metallflügel schwangen mit leisem Summton nach innen auf. *Zutritt für Unbefugte verboten*, stand in Augenhöhe auf dem rechten der beiden Türblätter. Branntwein fand, dass dieser Hinweis noch um die Worte *und geruchsempfindliche Personen* ergänzt werden sollte, denn obwohl die Räumlichkeiten mit einer effizient arbeitenden Lüftungsanlage ausgestattet waren, von der bayerische Schulen nur träumen konnten, hing hier unten der *Mief des Todes*, wie der Kommissar jedes Mal aufs Neue dachte. Und kalt war es außerdem. Er zog die Jeansjacke vor seiner Brust zusammen und ging mit Susi den mit Neonröhren beleuchteten und grauem PVC ausgelegten, kargen Flur entlang, der schließlich vor einer weiteren Doppeltür mit runden Sichtfenstern endete, die mehr an den Zugang zur Küche eines amerikanischen Diners erinnerte als an den eines Obduktionssaals.

Die Kriminalassistentin musste sich auf die Zehenspitzen stellen, um hineinspähen zu können. „Die Leiche ist schon zugeklappt", verkündete sie gleich darauf. „Wenn ich es richtig sehe, setzt Elisabeth gerade die letzten Stiche überm Schambein. Von Bruno keine Spur." Ihre Stimme klang enttäuscht.

Branntwein atmete auf. Auch wenn es sich in den Jahrzehnten seiner Berufslaufbahn nicht immer hatte vermeiden lassen – sobald er die Wahl hatte, verzichtete er lieber darauf, einer Leichenöffnung beizuwohnen. Den Anblick toter Lebewesen, deren Brustbein gewaltsam durchtrennt wurde, mochte er nur zum Erntedankfest.

Er klopfte an die Scheibe. Elisabeth Schneider hob den Kopf und sah zu ihnen herüber. Branntwein glaubte, das Lächeln unter ihrem Mundschutz mit dem Herzen fühlen zu können. Auf ihr Nicken hin drückte er die Klinke herunter, winkte Susi an sich vorbei und folgte ihr in den medizinisch-steril wirkenden, komplett gefliesten, grell ausgeleuchteten Raum.

„Hallo ihr zwei! Gut, dass ihr da seid!", rief die Rechtsmedizinerin. „Die Leiche hat sich als echtes Überraschungsei entpuppt."

„Servus Sissi, was meinst du damit?" Branntwein blieb bei der Tür stehen. „Spannung, Spiel und Schokolade?"

Schneider kicherte. „Vielleicht? Einen Moment nur, ich hab's gleich." Sie beugte sich erneut über den Toten.

„Du bist ja richtig aufgekratzt", stellte Susi fest. „Soll ich schon mal Kaffee aufsetzen, oder willst du uns etwas am Körper zeigen?" Ihr Blick streifte die Leiche, deren Teint sie an die Wachsfiguren des Musée Grévin erinnerte, das sie auf ihrer Reise nach Paris besucht hatte.

„Kaffee wäre super", sagte Branntwein, ohne die Antwort der Rechtsmedizinerin abzuwarten. „Ich helfe dir."

Amüsiert beobachtete Schneider, wie derselbe Mann, der beherzt mit gezogener Waffe in Wohnungen einbrach, Mörder zur Strecke brachte und sein Leben für die Bürgerinnen und Bürger der bayerischen Landeshauptstadt aufs Spiel setzte, mit größtmöglichem Abstand an der Bahre vorüberhuschte. „Ja, geht nur. Ich komme in einer Minute nach."

Branntwein brauchte durch sein Ausweichmanöver etwas länger als Susi, um zur Hintertür zur gelangen, die den Obduktionsraum von einem weiteren Gang trennte, der sowohl zu den Umkleiden als auch zum rückwärtigen Eingang von Elisabeth Schneiders Büro führte. Die Tatsache, dass Leichen in Fächern verwahrt wurden, war nicht die einzige Parallele, die das Institut mit den Katakomben Roms aufzuweisen hatte. Er lächelte seiner Freundin zu und hob den Daumen.

Plötzlich ein spitzer Schrei.

„Susi!" Branntwein fuhr herum und warf sich gegen die Tür. Ungebremst krachte er in den Rücken seiner Assistentin. Beide gingen zu Boden. Gleich darauf stürmte Elisabeth Schneider herbei. Sie hielt ein Skalpell in der Hand. Voller Wucht donnerte die untere Metallblesse der Tür auf Branntweins linken Knöchel, der vom Leinen des Turnschuhs nur unzureichend geschützt war. Fluchend rappelte er sich auf.

Die Rechtsmedizinerin erfasste die Situation mit einem Blick und zog sich grinsend wieder zurück.

„Tut mir leid, wenn ich dich erschreckt habe." Bruno Martinez reichte Susi die Hand, um ihr aufzuhelfen. Dabei hielt er mit der anderen das königsblaue Handtuch fest, das er um seine Hüfte geschlungen hatte. Offensichtlich kam er gerade aus der Dusche. Wassertropfen perlten aus seinen nassen, schwarzen Haaren und liefen in feuchten Spuren über die gebräunte Haut, unter der sich deutlich die Muskeln abzeichneten.

Susi schnappte nach Luft. Dann nach seiner Hand.

Der Kommissar zupfte Jacke und T-Shirt zurecht. „Ich geh' schon mal vor", sagte er zu niemand bestimmtem und legte die restlichen Meter im humpelnden Laufschritt zurück.

Im Büro angekommen, schloss er erleichtert die Tür hinter sich und befüllte die Kaffeemaschine. Lächelnd dachte er daran zurück, dass ihm eben diese Tätigkeit früher einmal einen äußerst kritischen Kommentar der Rechtsmedizinerin eingebracht hatte. Elisabeth konnte übergriffige Menschen nicht leiden, und er hatte damals eine ihrer unsichtbaren Grenzen überschritten. Heute war es völlig normal, dass er im Büro seiner Liebsten Kaffee kochte. Er fand, das war ein schönes Gefühl; mit ebenso vielen Endorphinen, wie sie gerade im Gang umher geschwirrt waren.

Branntwein schaltete das Gerät ein und schlenderte zum Aquarium hinüber, das die Rechtsmedizinerin vor kurzem angeschafft hatte. Es fasste bei einer Kantenlänge von achtzig Zentimetern einhundertsechzehn

Liter; natürlich abzüglich der Wasserverdrängung durch die große Mangroven-Wurzel, den sandigen Bodengrund und die drei schweren Drachensteine, die als Verstecke dienen sollten. Noch war die einzige Bewohnerin eine Blasenschnecke, die wohl zusammen mit den vielen Wasserpflanzen eingezogen war, die – teils auf die Wurzel gebunden, teils in den Sand gesteckt – das Aquarium mit Sauerstoff und CO_2 versorgten. In zwei bis drei Wochen, wenn der Nitrit-Peak sicher vorüber wäre, könnten die ersten Fische einziehen, hatte Elisabeth gesagt. Branntwein fand, dass das Becken auch jetzt schon eine beruhigende Ausstrahlung hatte und dem ansonsten eher tristen Büro eine persönliche Note gab.

Die Tür ging auf. Susi und Elisabeth kamen gemeinsam herein. Beide hatten verdächtig rote Wangen und ein Grinsen im Gesicht. „Typische Tratsch-Backen", dachte der Kommissar. Plötzlich fühlte er sich ausgeschlossen. „Ist es üblich, dass ihr nach dem Duschen halbnackt durch die Gänge hüpft, Bruno und du?", fragte er aggressiv. Bis zu diesem Moment hatte er noch überhaupt nicht in diese Richtung gedacht, die Bemerkung war ihm einfach herausgerutscht.

Schneiders gut gelauntes Lächeln erstarb. „Ich werde nicht einmal in Erwägung ziehen, diese Frage zu beantworten."

Branntwein, der seine Worte schon wieder bereute, runzelte die Stirn.

„Bruno war der Deckel seines Deorollers heruntergefallen und in den Türspalt der Herrenumkleide

gerollt", erklärte Susi. „Deshalb hat er die Tür ganz geöffnet. – Gerade in dem Moment, als ich vorbeikam."

Elisabeth Schneider hob die Hand. „Du musst die Situation nicht rechtfertigen", sagte sie. „Erstens geht das
keinen was an, und zweitens ist der Herr Kriminalhauptkommissar an den Tagen, an denen er von seiner
Tochter zum Joggen gezwungen wurde, in der Regel
sowieso nur schwer erträglich."

Branntwein sah an sich herab. „Ähm, ach so. – Also
das T-Shirt hab' ich nur ganz zuf ..."

„Interessiert mich nicht!"

Die Rechtsmedizinerin griff nach dem Arztkittel, der
über ihrem Bürosessel hing. Das weiße Leinen schaffte
automatisch eine gewisse Distanz, aber vielleicht bildete sie sich das auch nur ein. Sie würde jetzt ebenfalls
lieber unter der Dusche stehen, wie so oft nach einer
Leichenöffnung. Das hatte primär psychologische
Gründe, schließlich trug sie die Schutzkleidung nicht
umsonst. Elisabeth verscheuchte den Gedanken und
holte stattdessen drei Kaffeebecher aus dem Regal. *Haferl* hießen die hier, soviel hatte die gebürtige
Düsseldorferin schon gelernt.

„Bitte, nehmt Platz." Sie selbst ging zur Kaffeemaschine, füllte die Tassen und gab Milch und Zucker
hinzu, ohne zu fragen. Sie kannte die Vorlieben ihrer
Besucher. Die vertrauten Tätigkeiten beruhigten sie.
Elisabeth Schneider lächelte in sich hinein. Süß war es
ja schon, dass Franz ihr zutraute, einen so wesentlich
jüngeren Mann beeindrucken zu können. Gleichzeitig
aber natürlich furchtbar anmaßend und kränkend. Vertraute er ihr denn nicht? Die Rechtsmedizinerin
beschloss, dass jetzt weder der richtige Ort noch die

richtige Zeit dafür waren, dieses Thema abschließend zu klären. Sie nahm zwei der drei Tassen und stellte sie vor Branntwein und Susi auf den Schreibtisch. Dann setzte sie sich mit ihrer eigenen den beiden Ermittlern gegenüber.

„Danke." Branntwein räusperte sich. „Das Aquarium entwickelt sich wirklich prächtig."

„Mir ist gerade nicht so nach Smalltalk", beschied ihm Schneider und wandte sich fragend an Susi: „Wart ihr schon in der Kriminaltechnik?"

„Ja, wir kommen gerade von Conni. Anscheinend hat sich der Heisere Heiko die Manschetten selbst angelegt, an denen die Ketten befestigt waren, mit denen er an den Baum gefesselt wurde."

Schneider hob eine Augenbraue. Sie sah auf den kleinen Strudel, den ihr Löffel im Kaffeebecher hinterließ, während sie sprach: „Heiserer Heiko? Ist das sein Name?"

„Sein Spitzname", korrigierte Branntwein, was ihm einen lodernden Blick der Rechtsmedizinerin einbrachte.

„Passt zu ihm. Wobei Herausgeputzter Heiko auch treffend gewesen wäre."

„Wie meinst du das?", fragte Susi.

„Er hatte sich offensichtlich frisch rasiert, bevor er an den Baum gekettet wurde, und ich meine nicht nur im Gesicht, sondern am ganzen Körper. Die nachgewachsenen Haare in den Achselhöhlen sind genauso lang wie die an den Unterschenkeln und – na, überall eben. Außerdem waren die Fingernägel geschnitten und die Haare gewaschen."

„Das ist doch ganz normale Körperpflege", sagte Branntwein. „Also nicht unbedingt die Rasiererei, aber der Rest."

„Du vergisst, dass er ein Junkie war. Da liegen die Prioritäten oft etwas anders", erinnerte Schneider. „Nach den körperlichen Folgeschäden an den Schleimhäuten und den inneren Organen zu urteilen, hat er allerdings erst seit einigen Monaten harte Drogen konsumiert. Die genaue Analyse läuft zwar noch, aber ich tippe auf Methamphetamin."

„Crystal Meth? Das ist doch so ein synthetisches Zeug, oder?", hakte Branntwein nach.

Elisabeth Schneider musste gegen ihren Willen schmunzeln. „Synthetisches Zeug", wiederholte sie. „Da spricht ein wahres Kind der Sechziger! Aber es stimmt schon, wobei es sich deshalb noch lange nicht um eine neumodische Erfindung handelt. Methamphetamin wurde erstmals im späten neunzehnten Jahrhundert von einem Chemiker aus Japan synthetisiert und erfreute sich ab dato großer Beliebtheit. Bis es in Tablettenform ein deutsches Patent erhielt, vergingen allerdings noch einmal rund vierzig Jahre. Der Markenname lautete damals *Pervitin*, besser bekannt als Panzerschokolade und Fliegermarzipan. Es wurde nämlich unter anderem im Zweiten Weltkrieg bei den Blitzkriegen gegen Polen und Frankreich eingesetzt."

Susi hatte fasziniert zugehört. „Wir haben unsere Soldaten damals unter Drogen gesetzt?"

„Ja. Und nicht nur Deutschland. Die Amerikaner haben es im Vietnamkrieg ebenso gehalten. Es ist kaum zu glauben, aber wenn man drüber nachdenkt, liegen die Vorteile auf der Hand: keine Müdigkeit und weniger Schmerzempfinden, dafür eine hohe Angstschwelle, mehr Leistung und Konzentration. Oder beim Russlandfeldzug, nimm einfach mal die Schlacht um Stalingrad oder die Ardennenoffensive in Belgien: Mit Pervitin konnten die Soldaten viel länger durchhalten, weil auch das Hungergefühl gedämpft wurde." Sie sah nachdenklich über Susis Schulter hinweg ins Leere. „Eine fatale Spirale. Durch die künstlich ausgelöste Euphorie standen die Soldaten ständig unter Stress und hätten eigentlich sogar deutlich mehr Energie in Form von Kilokalorien benötigt als ohne Pervitin. Aber Dank der Droge haben sie das nicht einmal bemerkt. Vermutlich sind sie irgendwann einfach umgefallen."

Branntwein brach das darauffolgende Schweigen als Erster: „Der Zeuge, der meinte, den Toten auf dem Zeitungsfoto wiedererkannt zu haben sagte aus, dass der Heisere Heiko Vortänzer in einem Klub gewesen sei. In einer Art Käfig oder so", sagte er und kam sich dabei vor wie ein Fossil. Zu seiner Zeit hießen diese Etablissements Disco, und außerhalb der Tanzfläche wurde höchstens noch die Theke für wilde Verrenkungen zweckentfremdet. Aber nicht durch engagierte Profis, sondern von sturzbesoffenen Gästen, die von ihren Freunden unter Anfeuerungsrufen mühsam nach oben gewuchtet worden waren. Dass heutzutage für derartige Animation bezahlt werden sollte, war ihm suspekt.

„Das ist ein anstrengender Job", antwortete Schneider. „Es könnte schon sein, dass ihm das Methamphetamin anfangs dabei geholfen hat. In geringer Dosierung zumindest, bei der es dann meist nicht lange bleibt. Der Suchtfaktor ist immens. – Wobei ich damit nicht sagen möchte, dass jeder Go-Go-Tänzer auch Drogenkonsument sein muss. Aber offensichtlich hatten unserem Toten Tabletten irgendwann nicht mehr gereicht."

„Du hast vorhin gemeint, dass der Name zu ihm passen würde", sagte Susi fragend.

„Mhm, genau." Die Rechtsmedizinerin brauchte ein paar Sekunden, um ihre Gedanken neu zu sortieren. „Er litt unter sogenannten Stimmlippenpolypen. Das sind gutartige Wucherungen der Stimmlippenschleimhaut. Sie treten häufiger bei Männern als bei Frauen auf und haben einen entzündlichen Ursprung, weshalb Rauchen als der wichtigste Risikofaktor gilt."

„Hat er denn geraucht?", fragte Branntwein.

„Ja. Soll ich dir seine Lunge zeigen?"

„Ich – äh – nein, das ist nicht nötig."

„Es wäre nur ein Foto auf dem Rechner, das Original liegt wieder im Besitzer."

„Trotzdem nicht, vielen Dank. Du genießt mein volles Vertrauen."

Susi wuchtete ihre große Batiktasche auf den Schoß und suchte nach ihrem Smartphone. Sie wollte gleich ein paar weitere Fakten im sicheren Ordner hinterlegen. Leider befand es sich ärgerlicherweise nicht in der Seitentasche, wo es eigentlich hingehörte. Nun musste sie ihren „halben Haushalt" durchwühlen, wie ihre Mutter früher zu sagen pflegte. Aber es hatte sich schon des öfteren bewährt, auf alles vorbereitet zu sein.

„Sind denn Stimmbänder und Stimmlippen dasselbe?", fragte sie, auch um von dem Sammelsurium abzulenken, das sich auf Elisabeth Schneiders Schreibtisch zu stapeln begann. Gerade legte sie eine noch eingeschweißte Zahnbürste obenauf.

„Im Volksmund werden die Begriffe tatsächlich oft synonym verwendet, doch faktisch sind die Stimmbänder nur ein kleiner Teil der plica vocalis, die wiederum Teil des Kehlkopfs ist."

„Aha." Eine Rolle Panzertape, drei Energieriegel und ein Zollstock fanden den Weg aus der Tasche. „Ich hatte mal eine Schulkameradin, die konnte nicht mehr im Chor mitsingen, weil sie immer so heiser war. Die hatte aber so Knötchen auf den Stimmbändern, glaube ich."

„Ja, die gibt es auch. Meist sind sie anfangs ödematös und rühren von einer Überbelastung der Stimme her. Es ist aber ..." Schneider unterbrach sich und legte rasch eine Hand auf den Münchner Stadtführer, ehe er herunterrutschen und den ganzen Berg zum Einsturz bringen konnte. „Sag mal, kann ich dir eigentlich helfen, bevor sich mein Büro in einen Tante-Emma-Laden verwandelt?"

„Ich suche mein Smartphone."

„Das hattest du vorhin in der Hand, als wir uns im Flur vor der Umkleide begegnet sind. Wahrscheinlich hast du es in die Hosentasche gesteckt."

Susi klatschte die Hand auf die Stirn und errötete leicht. „Stimmt! Ich hatte Bruno ja die Fotos ... Na egal! Ich räum das nur mal schnell wieder auf."

„Ich helfe dir." Branntwein rutschte ein Stück näher und hielt die Tasche auf. „Diese Stimmbandpolypen ...", sagte er zu Elisabeth, während Susi ihre Sachen mit dem Unterarm über die Tischkante schob, „könnten die eine Erklärung dafür sein, dass der Mann vier Tage lang unbemerkt im Wald saß? Ich habe mich die ganze Zeit schon gefragt, weshalb er nicht um Hilfe gerufen hat. Klar – die Stelle ist sehr abgelegen, aber es sind auch nicht die Weiten Grönlands. Irgendjemand hätte ihn sicher gehört."

„Eher gut dreieinhalb Tage. Er wurde meiner Einschätzung nach vergangenen Samstagabend an den Baum gebunden. Und was deine Frage angeht: Mit den chronisch-entzündlichen Veränderungen der Glottis war er nicht in der Lage, lautstark auf sich aufmerksam zu machen. Vor allem nicht dauerhaft, also über einen längeren Zeitraum hinweg. Ich könnte mir vorstellen, dass er zwei-, vielleicht dreimal einen Schrei formen konnte, dann war Schluss. Und selbst die waren vermutlich nicht lauter als dein Fluchen neulich, als der TSV 1860 in der Schlussphase noch ein Tor kassiert hat."

Sie lächelten einander zu. Ein Waffenstillstand. Vielleicht sogar ein Friedensangebot. Branntwein war erleichtert. Er nahm sich vor, demnächst ein paar Leckerlis für Elisabeths Wellensittiche zu besorgen. Und Blumen. Fürs Frauchen.

Die Gedanken der Kriminalassistentin weilten indessen weder beim Fußballspiel noch im Zoogeschäft, sondern im Wald. Sie versuchte, sich die schrecklichen Stunden vorzustellen, die Heiko durchlebt haben musste. Das zunehmende Entsetzen, die Schmerzen und Krämpfe durch den Drogenentzug und die gezwungene Sitzhaltung, die Unfähigkeit sich zu befreien oder Rettung herbeizurufen. Vielleicht waren keine einhundert Meter entfernt Spaziergänger vorbeigekommen, und er hatte hilflos mitansehen müssen, wie ihre bunten Jacken und Rucksäcke zwischen den Baumstämmen immer kleiner wurden. Dazu der Durst, die Verdunstungskälte seines Schweißes, vor allem nachts. Unheimliche Geräusche, die er nicht zuordnen konnte. Vom Wind in den Bäumen. Von Eulen, Wildschweinen, Füchsen, Mardern und Dachsen. Vielleicht waren die Tiere ganz nah herangekommen, hatten an ihm geschnuppert, das getrocknete Salz von seiner Haut geleckt … ."

„Hallo? Susi? Bist du noch bei mir? – Erde an Susi, kannst du mich hören?"

Branntweins Stimme riss sie aus ihren grausigen Fantasien. „Hm? Was?"

„Du warst aber grad ganz weit weg, oder? Elisabeth hat gesagt, dass sie uns gleich die Überraschung zeigen möchte." Jetzt erst bemerkte Susi, dass die Rechtsmedizinerin nicht mehr hinter dem Schreibtisch saß. „Sie holt es gerade. – Ist denn alles in Ordnung mit dir?"

Die Kriminalassistentin nickte. „Ja, klar. Alles gut." Sie zog das Smartphone aus der Hosentasche, um endlich die Meldung für die Kollegen zu hinterlegen. Dabei stieß sie auf eine Nachricht von Mausi. Der Computerexperte hatte die Einsatzliste der Förstereimitarbeiter eingesehen und die Jäger abtelefoniert. Fehlanzeige. Niemand hatte sich im besagten Zeitraum – plus eine Woche zurück – in der Nähe des Fundorts aufgehalten oder wusste etwas Hilfreiches zu berichten. Außerdem hatte er im System einen Plan entdeckt, auf dem sämtliche Wildkameras eingezeichnet waren. Klaus Janssen hätte sein Wissen also von dort bezogen haben können. Susi las ihrem Chef die Neuigkeiten vor.

„Schade. Ein paar Verdächtige mehr wären schön gewesen", antwortete er.

„*Mehr* ist gut, wir haben ja nur den einen, und selbst da ist es eher ein komisches Gefühl als ein konkreter Verdacht. – Vielleicht liefern uns Daniel und Schorsch noch jemanden aus dem ehemaligen beruflichen Umfeld des Toten."

„So, hier ist es." Elisabeth Schneider stellte ein kleines Edelstahltablett auf den Tisch. „Ich freu' mich so, dass Conni tatsächlich dichtgehalten und euch noch nichts erzählt hat!"

„Was soll das sein?", fragte Branntwein.

„Ein durchsichtiges Plastikröhrchen mit Drehverschluss und Schlaufe, in dem eine kleine Metallglocke und ein Zettel liegen."

„Das sehe ich auch", sagte Branntwein und schickte seinen Worten schnell ein Lächeln hinterher. „Ich meine: Was ist das?"

„Die Frage lautet: Wo kommt es her?"

„Okay. Wo kommt es her?"

„Aus dem Rektum der Leiche."

Branntwein, der sich weit vorgebeugt hatte, um die eingetüteten Objekte besser sehen zu können, zuckte reflexartig zurück. „Aus dem ... Du meinst, du hast es ihm aus dem Hintern gezogen?"

Die Rechtsmedizinerin grinste. „Korrekt. Aus einem sehr sauberen Hintern, um deine Ausdrucksweise zu verwenden. Vor dem Einführen des Röhrchens wurde der Darm gespült. Vielleicht sogar mehrmals. Da ist jemand sehr gewissenhaft zu Werke gegangen. Es waren keine Stuhlanhaftungen daran, die mit bloßem Auge erkennbar gewesen wären."

„Bäh!" Branntwein verzog das Gesicht.

„Ich sagte: keine! Außerdem ist es natürlich mittlerweile gereinigt und desinfiziert."

„Trotzdem. – Diese Schlaufe sieht aus wie bei einem dieser Dings, dieser ..."

„Tampons", half ihm Schneider.

„Genau. Danke. Weißt du, wozu diese Röhrchen normalerweise verwendet werden?"

„Nein. Meiner Ansicht nach ist das eine Spezialanfertigung. Ziemlich dilettantisch gemacht. Es wurde einfach nur ein Stück gewachste Schnur durch ein Loch im Deckel geknotet."

„Ist ihm das Röhrchen prä- oder postmortal eingeführt worden?", fragte Susi.

„Das kann ich unmöglich sagen", erwiderte Schneider. „Aber nachdem er sitzend aufgefunden wurde, ist die Wahrscheinlichkeit hoch, dass er dabei am Leben war."

Susi nickte. „Stimmt. War eine doofe Frage. Gab es Spermaspuren?"

„Nein. Und auch keine Hinweise auf gewaltsames Eindringen, obwohl er über Jahre hinweg regelmäßig Analverkehr praktizierte. Das ist an kleinen Einrissen rund um den Anus sowie ersten Zeichen einer beginnenden dauerhaften Überdehnung des Schließmuskels zu erkennen."

„Aber keine Vergewaltigung", vergewisserte sich die Kriminalassistentin.

Schneider schüttelte den Kopf. „Nein."

„Und was ist das für ein Ding?" Susi zeigte auf das Glöckchen. „Sieht aus wie von einem Katzenhalsband."

Branntwein klatschte mit der Hand auf den Oberschenkel. „Stimmt! Jetzt, wo du es sagst ... Der Kater meiner Großmutter, Gott hab' die beiden selig, der hat so ein ähnliches Ding tragen müssen, damit er keine Vögel erwischt", erinnerte er sich.

„Das ist nur die Fassade; der Hersteller nennt es auf seiner Website 'Retro-Style'. Eigentlich handelt es sich bei der Glocke um einen Peilsender", erklärte Elisabeth Schneider.

Während den Ermittlern erwartungsgemäß die Gesichtszüge entglitten, griff sie nach dem Telefonhörer und drückte die Kurzwahltaste drei. „Conni? Elisabeth hier. Ich habe es ihnen gerade erzählt. – Ja! Sehr dumm sogar!", sie lachte. „Warte, ich stelle dich auf Lautsprecher."

„Also das nenn' ich mal eine Flaschenpost der besonderen Art!", dröhnte Conrad Fleischmanns Stimme gleich darauf durchs Büro der Rechtsmedizinerin. „Wenn auch nicht ganz so romantisch wie in diesem Film mit Kevin Costner." Als niemand etwas sagte, fuhr er fort. „Peilsender. Akkubetrieben. Laufzeit circa zweiundsiebzig Stunden. Reichweite im Freien, ohne Hindernisse wie Häuser oder so, bis zu eineinhalb Kilometer. Kostet zwischen zweihundertfünfzig und dreihundert Euro, wird weltweit übers Internet vertrieben."

„Kann es sein, dass wir deshalb keine Berichte von euch bekommen haben? Damit ihr uns live damit überraschen könnt?" Branntwein sah zwischen dem Telefon und seiner Freundin hin und her und spitzte die Lippen.

„Also die Stuberin wird heute tatsächlich fünfzig", wich Fleischmann aus. „Und einen Schoko-Muffin hab' ich auch gegessen."

Elisabeth Schneider musterte die Zimmerdecke.

„Kommen wir zum Röhrchen", fuhr der Kriminaltechniker fort.

„Is' scho' recht", sagte Branntwein.

Susi machte sich eifrig Notizen auf dem Smartphone.

„Nennt sich Zentrifugenröhrchen, kriegst du in jedem Laborbedarf mit und ohne Deckel. Die Schnur ist auch Alltagsware. Aber wenn du mir ein Knäuel bringst, könnte ich beweisen, dass sie von dem stammt – oder eben auch nicht. Das Loch wurde wahrscheinlich mit Hammer und Nagel gemacht. Vielleicht auch mit einem Korkenzieher oder so. Jedenfalls nicht maschinell."

„Aha."

„Und was den Zettel angeht ..."

„Den habe ich ihnen noch gar nicht gezeigt", warf Schneider ein.

„Ach so. Dann ... Hm. Jedenfalls stehen vierzehn Zahlen drauf, Schriftgröße zwölf Punkt, Times New Roman. Normales Papier, handelsübliche Tinte, keine Fingerabdrücke."

„Moment. Was für Zahlen denn?", fragte Branntwein.

„Zahlen halt, keine Ahnung, was sie bedeuten. Ich hab' Fotos gemacht, kommen mit dem Bericht." Pause.

„Du kannst das Röhrchen aber auch aufmachen und den Zettel rausholen, ich bin fertig damit."

„Ja klar, soweit kommt's noch", grummelte Branntwein. „Als ob ich anfassen würde, was jemandem im A ... im Hintern gesteckt hat."

„Aber essen, was andre schon im Maul g'habt haben!", tönte es amüsiert zurück. „Ich sag' nur: Gekochte Weidenochsenzunge mit Kartoffeln und Champignons."

„Jetzt versau' mir halt auch noch den Appetit!", blaffte der Kommissar, der dieses Gericht alsbald zubereiten wollte, wie Conrad Fleischmann sehr wohl wusste, schließlich hatte er ihm das Rezept selbst empfohlen.

„Möchte jemand noch Kaffee?", fragte Elisabeth unschuldig und hob die Kanne hoch. „Franz, du vielleicht?"

ACHTZEHN

Er wurde einfach nicht schlau aus dem Mädchen. Zum wiederholten Mal warf Timo Bauer einen forschenden Blick in den Rückspiegel. Sie hatten sich nun schon geschlagene fünfzehn Minuten durch den Feierabendverkehr gequält, und die Kleine heulte immer noch. Wenigstens hatte er sich das Gejammer nicht anhören müssen, die Trennscheibe zwischen ihnen war nach wie vor geschlossen.

Er setzte den Blinker und bog von der Geiselgasteigstraße links auf den Besucherparkplatz des Klinikums München-Harlaching ab. Langsam fuhr er an den Reihen abgestellter Fahrzeuge vorbei, bis er einen ruhigen Platz fand, wo sie ein paar Takte reden konnten, bevor er sie zum Doc brachte.

Nachdem Timo den Motor abgestellt und den Sicherheitsgurt gelöst hatte, drehte er sich so gut es ging in seinem Sitz zu ihr um und setzte ein freundliches Gesicht auf. Die Kleine drückte sich trotzdem ängstlich in die Ecke und starrte ihn an wie die Jungfrau den Klapperstorch. Das konnte nicht nur an seinem lädierten Gesicht liegen, obwohl ihm das ein zugegebenermaßen eher zwielichtiges Aussehen verlieh.

Die Nutte selbst sah auch nicht besser aus. Ihr Makeup war verlaufen. Schwarze, nasse Striche zogen sich von den Augen bis zum Kinn. Er hoffte nur, dass sie genügend Ausbesserungsmaterial dabei hatte. Jetzt schniefte sie und wischte sich mit dem Handrücken über die Nase.

Er drückte eine der Tasten auf dem Lenkrad. „Hey! Schmier mir das ja nicht auf die Ledersitze!", tönte seine Stimme scherzhaft aus einem Lautsprecher über der Abtrennung.

Die Kleine zuckte zusammen und versteckte schnell die Hand unter der Achsel.

Timo seufzte. „Das war nur Spaß. – Ich werde jetzt die Scheibe runterlassen und dir ein Taschentuch geben, einverstanden?" Sie reagierte nicht. „Du musst echt keine Angst haben", versicherte er, während sich das Glas mit leisem Summen senkte. „Ich meine, ich versteh' eh nicht, warum du ... – Hey!" Timos Arm schoss zur Seite und packte ihr Handgelenk. Sie hatte nach dem Rucksack greifen wollen. „Was ist da drin?", fragte Timo und riss das Teil an sich. „Hast du etwa doch 'ne Waffe dabei?"

Jenny sah hilflos zu, wie der Mann ihre Sachen durchwühlte. Der Mann, dessen Gefangene sie war. Der sie als Geisel genommen hatte, weil er dachte, dass sie eine Prostituierte wäre. „Du musst ihm die Wahrheit sagen. Jetzt gleich. Sofort! Sag ihm, dass du Studentin bist und für deine Bachelorarbeit im Fachbereich Soziale Arbeit recherchiert hast. Los! Sag es ihm!" Sie räusperte sich und holte tief Luft.

„Ah, Wechselklamotten. Wie praktisch. Und dein Handy ist schon aus", freute sich der Entführer. „Super. Ist mir auch lieber, wenn uns keiner stört."

„Aber ich ...", setzte Jenny tapfer an.

„Nein, du hast jetzt Sendepause. Ich muss dir einiges erklären, und ich hab' nicht mehr viel Zeit, also hör' zu. Erstens: Ich bin Timo. Und wer bist du?"

„Ich – äh – Jenny."

„Gut. Also, Jenny, ich weiß nicht, ob du mal im *Pool* warst und dort irgendwas Falsches über mich oder meinen Bruder aufgeschnappt hast, oder ob es einfach meine kaputte Visage ist, die dich so erschreckt, aber du musst dir echt keine Sorgen machen, klar? Zum Beweis leg' ich mal meine Knarre hier aufs Armaturenbrett." Er holte eine SIG Sauer aus dem Schulterholster und deponierte sie über dem Beifahrerairbag. „Zweitens: Ich hab' ein super Angebot für dich. Fünfhundert Euro bis Mitternacht. Nur ein Freier. Kostenloser Shuttleservice." Er grinste. „Na? Ist das cool, oder was? Für die Kohle stehst du dir auf'm Straßenstrich drei Tage die Beine in den Bauch und musst mindestens zwanzig Schwänze lutschen."

Er machte eine Pause, doch sie reagierte nicht. Also fuhr er fort: „Drittens: Du bekommst eine kostenlose Kosmetikbehandlung inklusive Entlausung, wir erledigen das gleich hier in der Klinik. Der Doc ist ein alter Freund von mir, dann musst du dir auch nicht mehr die Muschi blutig kratzen. Und weil ich heute meinen guten Tag habe, schenke ich dir zusätzlich dieses geile Outfit hier." Er warf eine Tüte von *Victoria's Secret* auf den Rücksitz. „Was sagst du dazu? Die Größe müsste einigermaßen hinkommen. Anscheinend steht der Freier auf starke Kontraste. Schwarzweiß", grinste er, in Anspielung auf ihre blasse Hautfarbe.

In Jennys Kopf rauschte es. Sie konnte kaum schlucken, geschweige denn klar denken. Wo war sie da nur hineingeraten? Während sie nervös Strapse, BH und Höschen befingerte, spürte sie zunächst eine Welle der Erleichterung, als ihr bewusst wurde, dass der Mann nicht vorhatte, sie jeden Moment zu vergewaltigen. Dann ließ sie seine Worte noch einmal Revue passieren. Offensichtlich wollte er sie quasi mieten. Aber nicht für sich selbst, sondern für jemand anderen. Und er bot viel Geld dafür. Ihr Blick fiel auf die Pistole. Ebenso skurril wie unerreichbar. Außerdem war sie nicht gerade eine zweite Lara Croft. – Gehörte dieser Timo zum organisierten Verbrechen oder wie man das nannte? Wie würde er reagieren, wenn sie ihm gestand, gar keine Prostituierte zu sein? Würde er sie einfach so gehen lassen? Jetzt, wo sie seinen Namen kannte? In seinem Auto mitgefahren war? Er musste davon ausgehen, dass sie sich das Nummernschild gemerkt hatte, vielleicht hatte Melody es sogar fotografiert! Und beschreiben konnte sie ihn auch … .“

„Was gibt's denn da so lange zu überlegen?“, durchbrach Timos Stimme ihre Gedanken. Langsam verlor er die Geduld. Madame Heulsuse schien sich für etwas Besseres zu halten. Timo stand massiv unter Druck. Wenn er diesen Auftrag vermasselte, würde ihm Nicki mehr als nur die Nase brechen. Die Anspielung auf Timos Himmelfahrt war keine leere Drohung gewesen.

Er beschloss, härtere Bandagen anzulegen. „Hör' mal zu, Schätzchen, was ich da gesagt habe, war keine Bitte.“ Er kramte ihren Geldbeutel aus dem Rucksack. „Du willst doch nicht, dass jemandem etwas passiert, oder?“, bestätigte er ihre schlimmsten Befürchtungen. „Deinen Eltern vielleicht, oder deinem Freund? Hast du Kinder?“

„Ich bin allein!“, stieß Jenny hervor. „Abgehauen. Schon ewig her.“

„Aber in München gemeldet." Er hielt ihren Personalausweis hoch.

„Das ist nur zum Schein, der Briefkasten einer Bekannten", log sie verzweifelt und fragte sich zeitgleich, woher sie den Mut dazu nahm. War jetzt auch Dirk in Gefahr? Oh Gott! Ihrem Freund durfte nichts passieren. Er hatte sie von Anfang an gewarnt!

„Den behalte ich solange." Timo steckte den Ausweis in die Hosentasche. „Besser, du spurst. – Warte, ich zeig' dir mal was. Die letzte, die sich geweigert hatte, sieht jetzt so aus." Auf dem Display seines Handys erschien ein Foto von Mimmie. Ohne Perücke und mit Blitzlicht aufgenommen. Die Verätzungen waren deutlich zu erkennen. Wo jetzt ein Glasauge saß, zeigte das Bild nur eine leere Höhle. – Die Lüge kam ihm glatt über die Lippen, diese Aufnahme hatte sich schon des öfteren bewährt.

Auch Jenny sog scharf die Luft ein und sah Timo entsetzt an. Der Mann schien zu allem fähig. Sie musste tun, was er verlangte. Zumindest für den Moment. Sie schluckte. „Okay."

Timo grinste. „Na also, Schätzchen, warum nicht gleich so? – Gehen wir rein, ich erklär' dir dann drinnen, wie alles läuft."

NEUNZEHN

„Wir haben einen Namen. Der Heisere Heiko hieß eigentlich Heiko Bohnenschäfer und hat fast zwei Jahre im *Pool* als Animationstänzer gearbeitet, nicht wahr?", ergriff Oberkommissar Daniel Baumann als erster das Wort. „Bis er dann Ende April entlassen wurde, weil er immer unzuverlässiger wurde. Das sagt zumindest der stellvertretende Geschäftsführer. Ein gewisser – äh ..."

„Steven Corny", half Georg Hinterhuber aus, der Daniel zur Befragung der Angestellten des Klubs begleitet hatte. „Er hat uns sogar eine Personalakte inklusive Passfoto von Bohnenschäfer zeigen können."

Mausi stand vom Besprechungstisch auf und ging zu seinem Computer zurück. Die Finger des IT-Experten huschten über die Tastatur.

Daniel nickte. „Genau. Danke Schorsch. – Wart ihr schon mal tagsüber in so einem Klub? Das ist echt düster, nicht wahr? Ohne die ganzen Lichter ... Alles wirkt so karg und still. Richtig gruselig. Außerdem sieht man den ganzen Dreck und die Flecken überall – auch auf den Barhockern und so." Der Schleswig-Holsteiner schüttelte sich.

„Das ist natürlich hochinteressant", warf Franz Branntwein ein. „Aber noch spannender wäre ein Hinweis darauf, weshalb der Kerl nackt im Wald saß."

Daniel zog eine Schnute und verschränkte die Arme. „Dieser Corny behauptet, dass es – außer wegen der Unzuverlässigkeit – nie Ärger mit ihm gegeben habe, und die anderen anwesenden Angestellten haben das bestätigt. Privaten Kontakt hatte angeblich keiner mit ihm."

„Aber?", fragte Susi. „Da kommt noch ein aber, stimmt's? Ich kenn' dich doch." Sie lächelte und schob ohne hinzusehen den Thermobecher näher zu Branntwein. Offensichtlich bestand beim Chef ein gewisses Koffein-Defizit, weil sie auf das zweite Haferl des von Elisabeth Schneider angebotenen Kaffees verzichtet und das Büro im Rechtsmedizinischen Institut direkt im Anschluss an das Telefonat mit Conrad Fleischmann verlassen hatten.

Daniel musste grinsen und fuhr fort: „Aber", er zog das Wort übertrieben in die Länge, „als wir nach der Befragung draußen auf dem Parkplatz waren, ist uns einer der Barmänner gefolgt. Ein süßer Kerl mit so einer Haartolle und hochgekrempeltem Jeanshemd. Ich hatte ja erst gedacht, der wäre ein ... Aber ich schweife schon wieder ab, nicht wahr?"

„Dass ich das noch erleben darf", murmelte Branntwein. „Er merkt es selbst."

„Was hast du gesagt, Chef?"

„Nur, dass dieser Warmhaltebecher echt Spitzenklasse ist", log der Hauptkommissar ungeniert. „Ein besseres Geschenk hättet ihr mir damals gar nicht machen können."

Daniel kniff misstrauisch die Augen zusammen. Susi stieg ihrem Chef unterm Tisch leicht auf den Fuß, während sie Daniel aufmunternd zunickte: „Ihr wart also auf dem Parkplatz und wurdet von dem Barkeeper angesprochen ..."

„Genau. Jimmy heißt der. Jimmy Smith. Also eigentlich Jakob Schmidt, aber er nennt sich lieber Jimmy. Jedenfalls hat er uns erzählt, dass der Heisere Heiko immer wieder Sex mit Klubgästen hatte. Auf den Toiletten, aber auch im Freien. Auf dem Parkplatz zum Beispiel oder hinter der Halle. Und dass er deshalb von Corny gefeuert wurde, nicht wahr?"

„Während ihr weg wart, hat noch jemand angerufen, der das Opfer auf dem Zeitungsfoto erkannt haben will", rief Mausi vom Schreibtisch herüber. „Er war sich sicher, den Mann öfter am Hauptbahnhof gesehen zu haben, angeblich sei er dort anschaffen gegangen. Als ich nachgefragt habe, woher der Anrufer das zu wissen glaubt, wurde aufgelegt. Die Nummer war unterdrückt."

Branntwein grunzte. „Diese beiden Aussagen erhärten unseren Verdacht, dass er sich prostituiert haben könnte."

„Und das wollte Steven Corny nicht an die große Glocke hängen", ergänzte Susi. „Verständlich. Wirft kein besonders gutes Licht auf den Laden. Apropos kein gutes Licht: Wusste Jimmy auch etwas über Bohnenschäfers Drogenkonsum zu berichten?"

„Wir haben ihn natürlich gefragt, genau wie den stellvertretenden Geschäftsführer", antwortete Daniel. „Corny war erstaunlich offen und hat zugegeben, dass ein Klub dieser Größenordnung keine Drogenfreiheit garantieren könne, nicht wahr?"

„Und was hat Jimmy gesagt?"

„Nix", antwortete Schorsch. „Der hat sich nur nervös umgeschaut und gemeint, dass er auf den Job hinter der Theke angewiesen sei."

„Er ist automatisch davon ausgegangen, dass ihr vermutet, Heiko hätte die Drogen im Klub gekauft? Das ist interessant!", sagte Branntwein. „Und schon eine halbe Bestätigung, dass es tatsächlich so war. – Mausi! Könntest du mal ..."

„Schon längst passiert. – Steven Corny, Jahrgang sechsundsechzig, geboren in Wales, seit über zehn Jahren in Deutschland, seit vier Jahren im *Pool* angestellt, die letzten beiden davon als stellvertretender Geschäftsführer. Vorbestraft wegen Verstoß gegen Paragraf zweiundfünfzig, Absatz eins des Waffengesetzes: unerlaubter Waffen- und Munitionsbesitz. Er hat sechs Monate abgesessen, damals noch in Frankfurt."

Branntwein horchte auf. „Wie sind die Beamten dort auf ihn aufmerksam geworden?"

„Ganz normale Verkehrskontrolle, soweit ich das auf die Schnelle sehen kann. Kein Verdacht jedenfalls auf einen terroristischen Hintergrund oder organisiertes Verbrechen. – Und Jakob Schmidt hat zwei Jugendstrafen wegen Ladendiebstahl und Körperverletzung. Er war damals minderjährig, ist heute zwanzig Jahre alt und noch bei seinen Eltern gemeldet. Das *Pool* selbst ist übrigens auch schon ein paarmal ins Visier der Drogenfahndung geraten, und einige hohe Tiere, die der Münchner Mafia zugeordnet werden, verkehren dort regelmäßig als Gäste – steht in den Berichten der Kollegen. Bislang hat dort allerdings weder eine Razzia stattgefunden noch sind weitreichendere Ermittlungen eingeleitet worden."

„Anscheinend wird das Personal des *Pool* nicht aufgrund seiner tadellosen Führungszeugnisse ausgewählt", bemerkte Branntwein.

„Hatte Heiko Bohnenschäfer eigentlich eine gültige Meldeadresse?", frage Susi.

Mausi tat empört. „Ja klar hatte er eine Meldeadresse. Wir leben schließlich in einem Rechtsstaat, da muss jedes Feld ordnungsgemäß ausgefüllt werden. Der Eintrag lautet: *ofW*."

Susi verdrehte die Augen. „Du bist einer der lustigsten Männer, die ich kenne. – Steht da auch, wohin seine Post geschickt wird?"

„Zum Jobcenter, wie üblich bei Personen ohne festen Wohnsitz, die dort registriert sind."

Sie seufzte. „Das hilft uns leider nicht wirklich weiter. – So gepflegt wie er war, glaube ich nicht, dass er auf der Straße gelebt hat." Sie sah zu ihrem Chef: „Denkst du, wir sollten nach seinen Sachen suchen? Ein paar Habseligkeiten wird er doch wohl gehabt haben. Wir könnten am Hauptbahnhof rumfragen, ob jemand weiß, wo er untergekommen war."

„Erfahrungsgemäß sind die Leute dort nicht besonders auskunftsfreudig", meinte Branntwein und zupfte sich am Ohr. „Was ist mit Bezugspersonen?", wandte er sich dann an Mausi. „Gibt es nahestehende Angehörige?"

Der IT-Experte tippte etwas ins Suchfeld und verkündetet gleich darauf: „Die Eltern leben beide noch und sind in München gemeldet. Ich kopiere euch die Adresse in den sicheren Ordner."

„Warum haben sie uns nicht kontaktiert?", wunderte sich Susi. „Lesen die denn keine Zeitung?"

„Gut möglich." Branntwein lehnte sich auf seinem Stuhl zurück. „Wobei es auch in der Online-Ausgabe erschienen ist. Am besten sprechen wir persönlich mit ihnen. Setz' das doch bitte gleich für morgen früh auf unsere Liste. – Gibt es sonst noch etwas, das ihr uns berichten möchtet?" Daniel und Schorsch verneinten.

„Gut. Dann kommen wir jetzt zu deiner weiteren Recherche, Mausi."

„Alles klar. Was den Halter des Segelbootes angeht: Die Suche läuft noch", teilte der Computerexperte mit, schob seinen Bürosessel zurück und setzte sich wieder zu den anderen. „Dafür hat sich inzwischen die Aussage des Försters bestätigt, dass tatsächlich niemand für Hege, Pflege oder Holzarbeiten in diesem Teil des Waldes unterwegs war, wie ihr wisst. Klaus Janssen hat also nicht gelogen. Und falls er nicht noch irgendwo im Ausland ein Konto unterhält, sind seine Vermögensverhältnisse völlig unauffällig."

„Wie hast du das denn so schnell ...? – Nein, warte, ich will es gar nicht wissen", wehrte Branntwein ab.

„Er hat übrigens tatsächlich telefoniert, gleich nachdem ihr weg wart."

„Wirklich?" Der Thermobecher verharrte auf halbem Weg zum Mund.

„Ja, wirklich. Mit dem Pizzadienst, vermutlich hatte er Hunger."

„Depp."

Mausi grinste. „Ich bin mit der Rückwärtssuche noch nicht ganz durch, aber die am häufigsten übers Festnetz kontaktierten Nummern sind allesamt unspektakulär und haben direkt mit dem Forstbetrieb zu tun. Bis auf den Lieferservice natürlich."

„Und mobil?"

„Jetzt kommt die große Überraschung: Es ist kein Handy auf Klaus Janssen registriert. Weder Prepaid noch Vertrag."

„Ungewöhnlich." Branntwein kratzte sich am Kinn.

„Ungewöhnlich vielleicht schon, aber nicht strafbar", meinte Susi. „Ehrlich gesagt imponiert es mir sogar, dass sich Janssen aus dieser Volkskrankheit der ständigen Erreichbarkeit ausklinkt."

„Aber doch nicht während der Arbeitszeit", widersprach Branntwein. „Was ist, wenn ihn dringend jemand sprechen muss, während er in seinem Revier unterwegs ist?"

„Dann hat derjenige eben Pech gehabt! – Nein, du hast recht", räumte sie ein. „Förster ist ein einsamer Beruf, der einen bei Wind und Wetter vor die Tür treibt. Er könnte ja auch selbst mal Hilfe brauchen oder jemanden erreichen wollen."

„Wenn er's nur zwecks der Arbeit hat, wird's halt auch auf den Arbeitgeber zugelassen sein", mutmaßte Schorsch.

„Nein." Mausi schüttelte den Kopf. „Das hab' ich schon überprüft. So spendabel ist der Freistaat nicht."

„Hm. Und wenn er sich mit jemandem eine Partner-SIM teilt oder wie das heißt?", überlegte Branntwein, der sich vage an eine entsprechende Fernsehwerbung erinnern konnte.

„Schorsch und ich haben so einen gemeinsamen Vertrag. Sehr praktisch und auch kostengünstig, nicht wahr? Vor allem, weil wir damit bei Bedarf zusätzlich auf das Datenvolu ..."

„Ja, ist gut jetzt. Verschieben wir das Thema für den Moment. Am besten fahrt ihr beide morgen noch mal zu Janssen und fragt ihn selbst. Jetzt wird er wohl schon im Feierabend sein", sagte der Kommissar mit Blick auf die Uhr. „Lasst uns lieber mit den Ergebnissen von Rechtsmedizin und SpuSi weitermachen. –

Habt ihr alle schon im sicheren Ordner nachgelesen, was Conni herausgefunden hat?"

„Sowieso. Bohnenschäfer hat sich selbst gefesselt", antwortete Schorsch. „Schon merkwürdig."

„Und die verwendeten Sachen waren nicht billig gewesen – im Gegensatz zum Rasierwasser und den Schuhen, die er bei seiner Auffindung trug", ergänzte Mausi.

Branntwein blickte zu Daniel, doch der sagte nichts. Er war beleidigt.

Seufzend übernahm der Hauptkommissar es selbst, den letzten Hinweis zu wiederholen: „Wer auch immer Heiko Bohnenschäfer in den Wald begleitet hat, um den Karabiner an den Ketten zu befestigen und die Kleidung, die er aller Wahrscheinlichkeit zuvor angehabt hatte, mitzunehmen, hielt es nicht für erforderlich, Handschuhe zu tragen."

„Also entweder ist er sehr dumm oder sehr dreist", sagte Mausi.

„Oder er hat gemeint, dass es legal war, was er getan hat", spekulierte Schorsch.

„Du hast die Tatortfotos doch gesehen", entrüstete sich die Kriminalassistentin. „Das Opfer hat massiv gelitten! Wie kann man denn denken, dass es schon okay ist, jemanden nackt und völlig hilflos im Wald zurückzulassen?"

Schorsch hob abwehrend die Hände. „Ich denk' doch nur laut. Klar war der Bohnenschäfer 'ne arme Sau. So 'nen Tod wünsch' ich keinem."

Daniel sprang seinem Freund bei: „Fest steht allerdings auch, dass wir nicht wissen können, ob er sich freiwillig selbst gefesselt oder ihn jemand bedroht und dazu gezwungen hat. Und falls der erste Fall zutreffen würde, hätte wohl offensichtlich keiner der beiden mit einem solchen Ausgang gerechnet, nicht wahr?"

„Dann war der Tod dieses jungen Mannes also bloß so was wie ein dummes Missgeschick?" Susi trank einen Schluck von ihrer Cola.

Daniel zuckte die Schultern. „Vielleicht. Jedenfalls sollten wir nichts außer Acht lassen, nicht wahr?"

„Da stimme ich Daniel zu", bekräftigte Branntwein. „Allerdings gibt noch weitere, höchst ungewöhnliche Hinweise, die Elisabeth herausgefunden hat, von denen ihr noch nichts wisst. Oder besser gesagt: heraus*gezogen*." Er begann mit den Stimmlippenpolypen, streifte kurz die penible Körperpflege, den Darmeinlauf und den bestätigten Drogenmissbrauch, bevor er mit dem geheimnisvollen Röhrchen samt Peilsender und Zahlenkombinationen im Colon des Toten die Bombe platzen ließ.

Bis auf den Straßenlärm, der von unten heraufdrang, wurde es still im Büro. Susi stand auf und schloss das Fenster. „Die Vorstellung, dass Heiko Bohnenschäfer über mehrere Tage und Nächte hinweg hilflos im Wald saß, setzt mir sehr zu", gestand sie leise, mit dem Rücken zu den Kollegen.

„Vor allem, wenn man bedenkt, dass er dabei so starke Schmerzen hatte, dass er sich beide Schultergelenke ausgekugelt hat und langsam verdurstet ist. Der Einlauf hat das sicher noch forciert, nicht wahr?"

Susi dreht sich um. „Danke Daniel. Sehr hilfreich."

„Es war ein langer, anstrengender Tag", sagte Branntwein. „Für uns alle. Und er ist noch nicht vorbei. – Was ich mich die ganze Zeit schon frage: Warum ein

Peilsender? Weshalb kein GPS? Das ist doch viel moderner, oder?"

Alle blickten erwartungsvoll zu Mausi. Der IT-Experte enttäuschte sie nicht. „Der prägnanteste Unterschied für unseren Fall ist die Tatsache, dass Peilsender auch dann funktionieren, wenn sie sich in einem Gebäude befinden. Deshalb benutzt man sie auch gerne im Haustierbereich, wenn die Katze ein Streuner ist, beispielsweise. Mit GPS wäre sie in einer Garage oder einem Keller nicht zu orten. Ich bin zwar kein Fachmann in diesem Bereich", er vorzog kurz den Mund, „aber ich könnte mir vorstellen, dass das auch für einen Enddarm gilt. Es gibt heutzutage leistungsstarke Geräte, die über einen Kilometer Signale senden, vor allem in ländlichen Gegenden, wo nicht alle paar Meter eine Hausfassade im Weg steht. Sie funktionieren mit Akkus, die – je nach Preisklasse – durchaus zwei bis drei Tage ohne neue Ladung auskommen."

„Sind diese Geräte denn zurückzuverfolgen?", erkundigte sich Branntwein.

„Nein. Ein weiterer Vorteil für manchen Verbraucher: Sie benötigen keine SIM-Karte, weil sie nicht über die Satelliten kommunizieren."

„Ja, das hat Conni auch gesagt, das mit der Reichweite und so", bestätigte Susi.

„Hast du ein Foto von dem Zettel mit den Zahlen gemacht? Die würde ich mir gerne anschauen." Mausi streckte die Hand aus.

„Äh … nein. Das hat sich irgendwie nicht ergeben", antwortete sie mit einem diskreten Seitenblick auf Branntwein, der ein paar nicht vorhandene Krümel von seinem T-Shirt wischte. „Aber die Berichte müssten mittlerweile eigentlich da sein."

„Ich schau' mal nach", sagte Mausi und stand auf.

„Ja, mach' das bitte." Branntwein erhob sich ebenfalls und schenkte sich einen weiteren Kaffee ein. „Der Fall wird immer dubioser. Und was mich am meisten stört: Wir haben keine Ahnung, was dahintersteckt. Genauer gesagt wissen wir nicht mal sicher, ob überhaupt etwas dahintersteckt. Ich hatte eigentlich vermutet, dass das Opfer absichtlich zum Sterben zurückgelassen wurde. Von wem und weshalb auch immer."

„Das kann doch sein", sagte Daniel. „Vielleicht sogar von einem Sadisten. Jemandem, der immer wieder mal vorbeischauen und sich an dem langsamen Todeskampf weiden wollte, nicht wahr? Vielleicht hat derjenige einen schlechten Orientierungssinn; deshalb auch der Peilsender."

„Du meinst, es war eine Frau? – Entschuldige Susi, Spaß beiseite. – Aber warum dann vorher noch Maniküre betreiben und den Darm spülen? Nein, das ergibt keinen Sinn."

„Ich glaub', ich hab' was!", rief Mausi aufgeregt dazwischen. „Diese Zahlen – ich weiß, was sie bedeuten."

ZWANZIG

Die Autotür ließ sich nur von außen öffnen. Ungelenk kroch Jenny heraus, beide Arme fest über der Brust verschränkt. Sie überlegte, ob sie Timo um ihre Sweatshirt-Jacke bitten konnte, verwarf den Gedanken aber sofort wieder, als er sie grob am Arm packte.

„Jetzt kein Wort mehr. Kopf nach unten." Jenny folgte. Sie war sich der Pistole, die wieder im Schulterholster steckte, sehr bewusst. Timo führte sie vom Parkplatz aus zu einem Nebeneingang der Klinik und von dort direkt ins Treppenhaus. Zwei Stockwerke stiegen sie hinunter und liefen anschließend durch ein Labyrinth aus Gängen, bis Timo endlich vor einer der graulackierten Türen stehenblieb. Er kramte einen Sicherheitsschlüssel aus der Hosentasche und schloss auf.

Bei dem Zimmer handelte es sich um eines der ehemaligen Krankenblattarchive, wie Jenny mit einem schnellen Blick auf das seitlich angebrachte Türschild lesen konnte. Vermutlich wurde es seit der erfolgreichen Umstellung auf größtenteils papierlose Verwaltung nicht mehr benötigt.

Timo fragte kurz, ob sie heute schon geduscht habe, was sie verwirrt bejahte. Dann befahl er ihr, sich auszuziehen – er selbst sei gleich wieder da.

Die Tür fiel hinter ihm ins Schloss. In dem fensterlosen Raum wurde es stockfinster. Jenny hörte, wie sich erneut der Schlüssel drehte. Er hatte sie eingesperrt! Hektisch tastete sie die raue Wand ab, bis ihre Finger schließlich den Lichtschalter fanden. Drei Neonröhren an der Decke erwachten sirrend und blinkend zum Leben. Ihr kühler Schein fiel auf ein von Fliesen umgebenes Waschbecken, eine Behandlungsliege, diverse Schränke und eine Kommode mit vielen Schubladen, auf der ein Plexiglasbehälter mit Verbänden und Wundauflagen stand – doch Jennys Blick verharrte auf dem für sie erschreckendsten Teil des Inventars. Einen vergleichbaren Stuhl hatte sie bislang nur an einem Ort gesehen: In der Praxis ihrer Gynäkologin.

Schluchzend krümmte sie sich zusammen, als ihr die Tragweite ihrer Situation mit einem Mal vollends bewusst wurde. Was sollte sie nur tun? Dieser Timo schien völlig auf sie fixiert zu sein. Weshalb auch immer – er würde sie nicht gehen lassen. Also Flucht? Bei diesem Gedanken keimte ein wenig Kampfgeist in ihr auf. Sie müsste nur etwas finden, das sie als Waffe einsetzen könnte. Eine Schere zum Beispiel, oder ein Skalpell. Ja, genau, ein Skalpell! Schließlich befand sie sich in einer Art Arztzimmer. Und niemand passte auf sie auf. Schnell wischte sie sich mit den Fingern über die Augen und zog laut die Nase hoch.

Ihr Blick huschte zur Tür. Was, wenn er sie dabei erwischen würde, wie sie die Schubladen durchwühlte? Sie musste an das Foto der Frau denken, das er ihr gezeigt hatte. Würde er das gleiche auch mit ihr machen, wenn sie sich ihm widersetzte? Die Unsicherheit kehrte zurück.

Obwohl der Kellerraum angenehm temperiert war, begann sie zu zittern. So wollte sie nicht enden! Entstellt für den Rest ihres Lebens. „Außerdem hat er deinen Personalausweis", fiel ihr dann ein. „Selbst wenn es dir gelingt, ihn außer Gefecht zu setzen, kann er dich jederzeit finden. Und Dirk auch. – Oh mein Gott! Dirk!" Ihr wurde schwindelig. Sie schaffte es gerade noch zum Waschbecken, wo sie keuchend und schwitzend die Reste des Hotdogs erbrach, den sie auf dem Weg zur U-Bahn gekauft hatte.

„Was ist denn hier los?" Timo hatte einen älteren Mann im Schlepptau, dessen weißer Kittel drei Nummern zu groß für den gebrechlichen Körper wirkte. Eine schwere, dickglasige Brille saß auf der rotgeäderten Nase. Ohne weiteres Wort war der Fremde mit zwei großen Schritten bei ihr. Er packte sie erstaunlich kraftvoll unter den Armen und bugsierte sie zur Untersuchungsliege. Dort schob er ihr eine Schaumstoffrolle unter die Knie. Jennys Kreislauf stabilisierte sich.

„Das muss der Doc sein", dachte sie erschöpft.

„Geht's wieder?" Der Alte wirkte ungeduldig. In seinem Blick lag keine Sorge. „Bist du auf Turkey?", fragte er dann.

„Ich ... nein."

Der Arzt runzelte die Stirn. Er schien ihr nicht zu glauben. „Na, mir soll's egal sein." Schulterzuckend wandte er sich um, ging zum Waschbecken und drehte den Hahn auf. Jennys Mageninhalt verschwand gluckernd im Ausguss.

Timo, der bis dahin in der Nähe der Tür stehengeblieben war, trat mit angewidertem Gesichtsausdruck näher. Er fächelte sich mit der Hand Luft zu, was dem Gestank nach Erbrochenem jedoch keinen Abbruch tat. „Warum bist du noch nicht ausgezogen?", herrschte er Jenny an. „Jetzt aber mal hoppladihopp!"

Das Wort klang merkwürdig aus seinem Mund. Fast hätte sie hysterisch aufgelacht. Schnell presste die junge Frau eine Hand auf die Lippen.

Timo hatte es trotzdem bemerkt. „Du findest das wohl witzig, ja?" Er beugte sich tief zu ihr hinunter. „Ich habe keine Ahnung, was mit dir los ist", zischte er. „Aber glaube mir – es ist besser, du provozierst mich nicht. Fünfhundert Euro sind eine Stange Geld für eine Nutte wie dich. Wird Zeit, dass du dafür mal den Arsch hoch kriegst."

„Komm' schon, Kleine, tu' was er sagt. Ich hab' keine Lust, dich wieder zusammenflicken zu müssen", schloss sich der Doc an.

„Ich brauch' keinen Fürsprecher", blaffte Timo und schoss in die Höhe. „Pass' du lieber auf, dass dich keiner zusammenflicken muss! Der Dom ist alles andere als begeistert darüber, dass du manche seiner Wünsche als unter deiner Würde betrachtest."

Der Schreck war dem Älteren deutlich anzusehen. Wieder einmal wurde dem Arzt bewusst, welch ein schrecklicher Fehler es gewesen war, sich auf einen Handel mit Dominik Bauer einzulassen. Doch als der ihm damals angeboten hatte, seine Spielschulden diskret zu übernehmen – immerhin ein hoher sechsstelliger Betrag – war es um mehr als nur Geld gegangen. Weder die Chefarztstellung in der Klinik noch seine Ehe hätten einen solchen Skandal überlebt.

Die Spielsucht hatte der Arzt schon lange überwunden, seine Abhängigkeit von Dominik Bauers Verschwiegenheit war geblieben. Zwei Jahre musste er noch durchhalten. Zwei Jahre bis zur Rente. Dann würde er mit seiner Frau in eine Finca nach Spanien ziehen und nie wieder behelligt werden. Das hatte der Dom ihm versprochen.

Umständlicher als nötig fummelte er zwei Einmalhandschuhe aus der Spenderbox. „Ist doch wahr", murmelte er dabei im wenig überzeugenden Versuch, einen Rest Würde zu bewahren. „Zum Schluss bleibt die Arbeit ja doch wieder an mir hängen."

Timos Sorge darüber, was sein Bruder mit ihm anstellen würde, wenn er diesen Auftrag vermasselte, schlug in Wut um. Er holte aus und ließ seine Faust auf die Liege krachen. Jenny stieß einen erschrockenen Schrei aus. „Jetzt steh' endlich auf und zieh' die Scheißklamotten aus, verdammt noch mal!", brüllte er zornig.

„Und du halt gefälligst die Schnauze und mach' deinen Job, alter Mann!"

Keine drei Minuten später lag Jenny mit weit gespreizten Beinen auf dem gynäkologischen Untersuchungsstuhl. Direkt über ihr flimmerte eine Neonlampe. Sie schloss die Augen. Noch nie in ihrem Leben hatte sie sich so gedemütigt gefühlt. Die Steigbügel aus Metall fühlten sich kalt an, das Krepppapier kratzte unangenehm auf der nackten Haut.

Der Doc hatte seiner Patientin weder einen Untersuchungskittel angeboten noch ein Laken über sie gebreitet. Er kam gar nicht auf die Idee, dass sie sich schämen könnte. Mit der rechten Hand griff er nach oben und justierte den Schwenkarm des am Stuhl befestigten Strahlers so, dass dessen Licht auf Jennys Vagina fiel.

„Ich glaub' sie hat sich Sackratten eingefangen", sagte Timo und blieb etwas auf Abstand.

Der Doc holte ein Fläschchen aus der Schublade.

181

„Nein, rasier' sie einfach blank. Ich hab' jetzt keine Zeit für diesen Behandlungsmist. Hauptsache, es sieht danach alles gesund aus."

Wortlos legte der Mediziner die Permethrinlösung zurück und nahm stattdessen den Einmalrasierer zur Hand. Mit zwei Fingern teilte er das kupferfarbene Schamhaar an verschiedenen Stellen, um den Schweregrad des Filzlausbefalls einzuschätzen. Sollte es schon zu Reizungen oder gar eitrigen Entzündungen gekommen sein, würde er eine antibiotische Salbe benötigen. Und eine getönte Zinksalbe, wie sie zur Behandlung von Akne verwendet wird. Nach wenigen Versuchen runzelte er die Stirn, blickte aber nicht auf. „Das sollte kein Problem sein", versicherte er Timo und wandte sich dann an Jenny: „Rutsch mal ein bisschen vor, ich muss auch hinten rankommen."

Jenny tat, wie ihr geheißen. Bange fragte sie sich, ob der Arzt sie verraten würde, doch er begann schweigend mit der Rasur. Sie biss die Zähne zusammen und versuchte, sich weg zu träumen. An einen schöneren Ort. „Ich bin gar nicht hier", dachte sie. „Ich liege am Strand von Bibione. Es ist heiß. Die Wellen rauschen, Kinder spielen im Sand. Dirk ist gerade losgelaufen, um uns ein Eis zu kaufen ..." Erstaunlich deutlich manifestierte sich die Erinnerung an den vergangenen Sommerurlaub vor ihrem inneren Auge. Doch nachdem der Arzt die Rasur beendet hatte und ihre Schamlippen spreizte, um mit zwei Fingern in sie einzudringen, zuckte sie erschrocken zusammen und das Bild zerplatzte.

Gleich darauf spürte Jenny die Kühle des Spekulums. Sie kannte den Vorgang. Auf diese Weise konnte der Mann ihre Scheide entfalten, um den Gebärmutterhals und den Muttermund zu untersuchen. Die Gynäkologin hatte Jenny das Procedere bei ihrem ersten Frauenarztbesuch in Ruhe erklärt.

„Ist das denn wirklich nötig?", knurrte Timo und sah auf die Uhr.

„Wenn ich einen Abstrich machen soll, schon", gab der Doc zurück. „Es ist der normale Ablauf bei den neuen Mädchen, das weißt du so gut wie ich."

„Aber die hier wird sofort eingesetzt. Sie ist der heutige Fang. Bis die Ergebnisse vorliegen, ist es also eh schon zu spät."

„Wie du meinst." Der Ältere machte Anstalten, das Spekulum zu entfernen, hielt dann aber inne. „Hm ..."

„Was ist jetzt wieder los?", raunzte Timo. „Schieb ihr endlich die antiseptischen Zäpfchen in die Löcher und gut ist's! – Hier hab' ich noch das Röhrchen. Diesmal kommt es in die Muschi." Er warf den Plastikbehälter aufs Tablett. Ein zusammengefalteter Zettel und ein kleines Glöckchen lagen darin, am Deckel befand sich eine Schlaufe.

Der Doc stand auf, legte das medizinische Instrument ins Waschbecken und zog die Handschuhe aus. Langsam drehte er sich um. „Sie ist schwanger."

„Was?!" Timo ballte die Fäuste.

Jenny keuchte laut und stützte sich auf die Ellbogen. Verblüfft starrte sie die Männer an. Das konnte doch nicht sein! Sie steckte mitten im Studium! Dirk verwendete konsequent Kondome, und außerdem hatte sie doch ihre Periode gehabt, das war vor ... Siedend heiß wurde ihr bewusst, dass sie sich nicht genau erinnern konnte.

„Ich müsste natürlich noch einen Vaginalultraschall machen", hörte sie die Stimme des Arztes wie aus weiter Ferne sagen. „Aber die Gebärmutter ist aufgelockert und leicht vergrößert, und der Muttermund hat die typische blass-blaue Färbung."

Timo stapfte in dem kleinen Raum auf und ab. „Für uns ändert sich dadurch überhaupt nichts." Er blieb stehen. „Schwangere können auch ficken."

„Jedenfalls werde ich ihr keine Zäpfchen einführen", erklärte der Doc kategorisch. „Die können fruchtschädigend sein."

„Na und? Sie wird das Balg ja wohl nicht behalten wollen!"

Die beiden Männer sprachen, als wären sie allein im Raum. Jenny fühlte unvermittelt eine Welle der Zärtlichkeit in sich aufsteigen, die sie bis dahin so noch nicht gekannt hatte. Ein Baby. In ihr drin! Instinktiv legte die werdende Mutter schützend die Hände auf ihren nackten Bauch.

Der alte Arzt sah die Geste und irgendwo in seiner abgestumpften Seele rührte sich ein Funken Empathie. Dieses Mädchen war keine gewöhnliche Straßennutte, das war ihm schon klargeworden, als er ihren Anus gesehen hatte. Zudem hatte sie die Filzläuse offensichtlich nur vorgetäuscht. Aber es war gefährlich, Timo Bauer – und damit auch den Dom – zu belügen. Viel gefährlicher, als der Kleinen bewusst zu sein schien.

„Du hast natürlich recht", sagte der Doc. Er richtete seine Worte an Timo, sprach aber eigentlich zu Jenny.

„Geschlechtsverkehr an sich ist unbedenklich, der schadet dem Embryo nicht. Außerdem hast du ja einen Deal mit ihr, den muss sie natürlich einhalten. Jeder weiß, dass ein Deal mit dir so verbindlich ist wie ein Deal mit dem Teufel."

Timo fuhr herum. „Was laberst du da für einen Scheiß?"

„Ich labere gar keinen Scheiß, ich zähle lediglich ein paar Fakten auf", widersprach der Arzt mit allem Mut, den er aufbringen konnte.

„Hm ..." Timo kniff die Augen zusammen und machte einen Schritt auf ihn zu.

„Soll ich jetzt das Röhrchen platzieren?", fragte der Doc mit ruhiger Stimme.

Timo grunzte und gab ihm einen Stoß. „Ja. Tu', wofür wir dich bezahlen, alter Mann."

Die nächsten Minuten rannen wie in Trance an Jenny vorüber. Sie hatte immer den gleichen Gedanken, der sich, wie die Kugel beim Roulette, in ihrem Kopf drehte – *rien ne va plus* –, bis er ratternd in die Rille hüpfte: „Ich bekomme ein Kind!" Dann kreiste die Scheibe erneut.

Der Doc brachte das zuvor desinfizierte Plastikröhrchen in die Scheide ein und machte sie auf die Schlaufe zum Herausziehen aufmerksam, dann durfte sie aufstehen. Timo reichte Jenny die Tüte von *Victoria's Secrets* und zeigte auf einen stoffbezogenen Paravent. Erstaunlicherweise gewährten ihr die Männer beim Anziehen der Reizwäsche mehr Privatsphäre als beim Entkleiden zuvor. Als sie sich umgezogen hatte und wieder hervortrat, musterte Timo sie mit den abschätzenden

Blicken eines Rinderzüchters. Er schien zufrieden zu sein mit dem, was er sah, und nickte mit dem Kopf zum Doc hinüber, der daraufhin seinen Kittel auszog und ihn Jenny reichte. Hastig schlüpfte sie hinein und knöpfte ihn zu.

„Ich bring' ihn dir zurück", sagte Timo und schubste die junge Frau zur Tür. „Spätestens am Wochenende, da findet sicher auch eine Jagd statt."

Er erhielt keine Antwort.

Wieder ging Jenny mit gesenktem Kopf die Gänge entlang und die zwei Stockwerke nach oben. Der Arztkittel passte ihr besser als seinem ursprünglichen Besitzer und reichte fast bis zum Schaftende der Springerstiefel. Sie wirkte damit unauffälliger als in ihrem selbstgewählten Nutten-Outfit, das nun in der *Victoria's Secrets* Tüte steckte, die Timo in der Hand hielt. Er hatte die Geisel untergehakt, sein Schritttempo war zügig.

Erst im Auto ließ seine Anspannung etwas nach. Jenny wurde diesmal auf den Beifahrersitz verfrachtet, ihr Rucksack und die Tüte landeten auf der Rückbank. Timo drückte eine Taste am Lenkrad und die Kindersicherung rastete ein.

Wieder war sie eingesperrt, doch diesmal war es Jenny egal. Die Tatsache, dass sie schwanger war, hatte alles verändert. Sie musste nun nicht mehr nur sich selbst und Dirk schützen, auch das Leben des ungeborenen Kindes hing von ihrem Verhalten ab. Der Gedanke machte ihr Angst und gab ihr gleichzeitig Kraft. „Ob ich wohl ...", sie musste sich räuspern. „Ob ich wohl mein Handy haben könnte? – Ich würde gerne Bescheid geben, dass ich später komme."

„Ich dachte, du bist allein", sagte Timo spöttisch und fuhr los. „Nein, vergiss es, wir sind eh schon knapp dran und ich muss dich noch einweisen. Vor lauter Baby-Gedöns hab' ich das glatt vergessen. Also hör' zu ..."

Als sie keine Viertelstunde später einen unscheinbaren, nicht befestigten Waldweg im Perlacher Forst entlang holperten, war Jenny nicht nur genauestens darüber informiert, was von ihr erwartet wurde, sie wusste auch über die Vorlieben des Kunden Bescheid und wo sie später ihre Bezahlung finden würde.

„Die Kohle ist ein Zeichen unseres Vertrauens. Damit du weißt, dass ich dich nicht verarsche. Ich könnte sie dir genauso gut geben, wenn ich dich um Mitternacht wieder abhole, okay?" Timo lenkte den Wagen nach links, direkt auf ein Gebüsch zu.

Jenny sog scharf die Luft ein. Was machte der Trottel denn? Sah er denn nicht ... Sie klammerte sich an den Türgriff.

„Keine Sorge, Schätzchen!" Timo gluckste. „Wir haben den passenden Sender." Das Gebüsch glitt auseinander. Grinsend ließ Timo das Auto ausrollen. Jenny drehte sich um. Die Zufahrt war geschickter getarnt als Peeta Mellark im Film *Tribute von Panem*.

„Falls der Typ früher fertig ist, musst du eben warten", fuhr Timo fort. „Das Nest ist so gelegen, dass die Jagd für die Freier letztendlich wie ein Rundweg ist. Dein Kunde hat sein Auto also in der Nähe stehen. Für die ganz Blöden hängt auch noch ein Plan am Kühlschrank. – Alles klar soweit?"

Jenny nickte.

Timo war erleichtert, dass sich die Kleine anscheinend in ihr Schicksal ergeben hatte. „Fünfhundert Euro sind eben doch ein gutes Argument", dachte er. Es dämmerte bald, sie mussten sich ranhalten. „Gib' mir den Arztkittel, den brauchst du nicht mehr."

Er griff nach hinten und hievte den Rucksack auf den Schoß. Für einen Moment dachte die Studentin, er würde ihr vielleicht doch noch erlauben, kurz zu telefonieren, aber Timo kramte lediglich ihr Schminktäschchen hervor. „Du siehst aus wie ein verheulter Zombie. Zwei Minuten zum Aufhübschen. Danach werde ich dir die Augen verbinden – wir wollen doch nicht, dass du aus Versehen zur Spielverderberin wirst."

Jenny klappte folgsam die Sonnenblende herunter. Die Frau, die ihr aus dem kleinen Spiegel entgegenstarrte, wirkte wach und entschlossen. Mit Hilfe des Kajalstifts und einer dicken Schicht Kompaktpuder beseitigte sie geschickt die äußeren Spuren ihrer Verzweiflung. Die Frisur bedurfte keiner Verbesserung. Im Gegenteil: Der Messy-Bun sah geglückter aus als heute Nachmittag. – War es wirklich erst ein paar Stunden her, dass sie in der Toilette am Ostbahnhof gestanden und sich für die Straßenstudie zu ihrer Bachelorarbeit zurechtgemacht hatte? Wie zufrieden sie darüber gewesen war, sich gegen Dirk behauptet zu haben. Wie selbstgerecht und arrogant.

„Hoffentlich muss mein Baby nicht für diese Dummheit bezahlen", dachte sie, als Timo den Knoten des Seidenbandes an ihrem Hinterkopf festzog, das ihm auch schon beim Heiseren Heiko und einem Dutzend anderer gute Dienste geleistet hatte.

„Ich hab' einen schönen Platz für dich ausgesucht", hörte sie ihn sagen. „Und du hast genau die passenden Schuhe dafür an."

Mausis Aufschrei, dass er die Bedeutung der Zahlenkombination in Rekordzeit entschlüsselt hatte, rief im
Polizeipräsidium München kein Erstaunen hervor –
schließlich wussten alle, was sie an ihrem Computerspezialisten hatten, – um was es sich konkret dabei
handeln sollte, jedoch schon.

Franz Branntwein verabschiedete sich von dem Gedanken, mit Elisabeth Schneider ein gemütliches
Feierabendbierchen im Hirschgarten zu trinken, wie sie
es eigentlich vorgehabt hatten. Einem neuen Hinweis
im Todesfall Heiko Bohnenschäfer musste selbstredend
umgehend nachgegangen werden, wenn auch nicht
zwingend mit Begeisterung.

„Er hatte also tatsächlich Koordinaten im Hintern?",
vergewisserte sich Branntwein und trat näher, um besser auf den Monitor sehen zu können. Daniel, Susi und
Schorsch hatten dieselbe Idee – es wurde eng hinter
Mausis Schreibtisch.

„Ja. Zwischen den einzelnen Ziffernpaaren stehen
Apostrophe, seht ihr? Es gibt drei unterschiedliche
Zahlenformate, in denen geografische Koordinaten
dargestellt werden können. Dieses hier nennt sich Sexa-
gesimalformat. Das heißt, ein Grad wird in sechzig
Minuten unterteilt, eine Minute wiederum in sechzig
Sekunden."

„Aber da fehlen doch diese kleinen Kreise, nicht
wahr? Ihr wisst schon, das Zeichen für Grad, wie bei
der Temperaturangabe", sagte Daniel.

Schorsch nickte. „Und außerdem müssten da noch ein N und ein E stehen", fügte er hinzu. „Für North und East."

„Da kennt sich aber jemand aus", neckte Susi.

„Schorsch und ich gehen am Wochenende gerne zum Geocaching, habt ihr davon schon mal gehört? Das ist eine Art Schatzsuche im Gelände. Gut für die Fitness und wirklich spannend, nicht wahr? Wir könnten das doch beim nächsten Betriebsausflug machen! Da sind wir auch gleich an der frischen Luft. Man muss sich nur eine entsprechende App herunterla ..."

„Wieso bist du so sicher, dass es sich um Koordinaten handelt, wenn die Hälfe der üblichen Darstellungen fehlt?" Branntwein hatte keinen Nerv für Daniels begeisterte Ausführungen.

„Deshalb." Mausi klickte auf eine Landkarte, der Ausschnitt zoomte automatisch heran. „Die Abfragen für Telefonnummern, Bankkonten und Schließfächer laufen zwar noch, aber ..."

„Das ist ja der Perlacher Forst!", rief Susi.

„Genauer gesagt ist die Stelle nur fünfhundert Meter vom Fundort der Leiche entfernt. Sie liegt etwas abseits von einem der Zufahrtswege, die ausschließlich von der Autobahnmeisterei genutzt werden. Wenn Brückenpfeiler überprüft werden müssen, zum Beispiel. Oft benutzt die jahrelang kein Mensch."

„Gibt es dort Videoüberwachung?", fragte Branntwein.

Mausi schüttelte den Kopf. „Nein. Und die Satellitenaufnahmen sind auch nicht besonders aufschlussreich. Ihr seht es ja selbst: Fast nur Baumkronen und -spitzen."

„Der perfekte Ort, um etwas zu verstecken oder zu verheimlichen", sagte Schorsch. „Fragt sich nur, was."

„Lasst uns nachsehen!" Susi zwängte sich am Chef vorbei, um ihre Tasche zu holen.

Der hob die Hand. „Jetzt mal langsam. – Immerhin steckte der Zettel im Körper eines Toten. Wir sollten gut nachdenken, bevor wir da so einfach aufmarschieren." Er holte seinen Thermobecher vom Besprechungstisch und ging damit zum Sideboard. „Heiko Bohnenschäfer trug einen Peilsender. Er sollte also von irgendjemandem gefunden werden", stellte er fest und schenkte sich frischen Kaffee ein. „Oder wiedergefunden, wie auch immer." Er gab vier Stück Würfelzucker in das dunkle Gebräu. „Da liegt die Vermutung doch nahe, dass die Koordinaten ebenfalls für denjenigen – äh – deponiert wurden. Für den, der Bohnenschäfer finden sollte, meine ich."

„Wozu denn?", wunderte sich Mausi. „Und warum ausgerechnet dort? Man hätte ihm die Zahlen doch auch um den Hals hängen können – oder von mir aus auf den Körper schreiben."

„Wozu, weiß ich auch nicht", sagte Schorsch. „Aber was die Stelle angeht ... Nach allem, was wir wissen, war Heiko Bohnenschäfer ein homosexueller Stricher, und er saß nackt im Wald. Vielleicht sollte es ein besonderer Kick sein, ihm das aus dem frisch gespülten Po ziehen zu müssen. Oder zu dürfen."

Der Computerexperte hob die Augenbrauen, sagte aber nichts.

„Vielleicht so eine Art Schnitzeljagd?", überlegte Branntwein.

„Könnt' sein." Schorsch zuckte die Schultern. „Erst muss man den Peilsender orten und dann die Koordinaten entschlüsseln."

„Ganz schön extravagant für 'ne Schnitzeljagd", sagte Susi. „Ich kenne das mit bunten Bändern, die an Sträucher gebunden werden."

Branntwein stellte die Milch in den Kühlschrank zurück. „Nicht nur extravagant, sondern auch aufwendig. Wir wissen, dass mindestens noch eine weitere Person an der ganzen Sache beteiligt war. Trotzdem ist Bohnenschäfer verdurstet. Weil ihn niemand gefunden hat, oder wurde er gar nicht gesucht? Und weshalb hat ihn derjenige dann nicht gerettet, der ihn zuvor an den Baum gefesselt hat?" Der Hauptkommissar seufzte. „Die Fragen werden nicht weniger, sondern mehr."

„Lasst uns hinfahren", drängte Susi erneut. „Vielleicht können wir dann ein paar davon beantworten. Außerdem ist nicht auszuschließen, dass noch mehr Menschen gefangen gehalten werden oder in Gefahr sind. Vielleicht genau dort." Ihr Finger tippte auf den Bildschirm.

Der letzte Satz gab den Ausschlag. Die Ermittler einigten sich darauf, zu viert zum Perlacher Forst zu fahren. Branntwein und Susi würden die Zufahrtsstraße nehmen, Daniel und Schorsch etwas abseits parken und von der anderen Seite durch den Wald laufen. Branntwein bat Mausi, das SEK darüber in Kenntnis zu setzen, dass es vielleicht gebraucht werden würde. Ihm war bewusst, dass sich das Sondereinsatzkommando sowieso immer in Alarmbereitschaft befand, aber ohne nähere Hinweise kaum Vorbereitungen treffen konnte.

Doch vielleicht sparte die prophylaktische Ankündigung im Fall des Falles trotzdem kostbare Minuten.

Als Franz Branntwein und Susanne Nowak eine halbe Stunde später das Verkehrsschild ignoriert hatten, das die Nutzung des Verkehrsweges den Mitarbeitern der Autobahnmeisterei vorbehielt und die Zufahrtsstraße entlang rollten, senkte sich die Dämmerung herab. Der Hauptkommissar schaltete das Abblendlicht ein und verwünschte zum ersten Mal den lauten Dieselmotor seines neuen alten Mercedes'.

Auf der Fahrbahn lagen hier und da kleinere Äste und Zweige, ein paar Zapfen waren auf den rissigen Asphalt gerollt. Farne und Sträucher hatten begonnen, ihren Lebensraum zurückzuerobern, engten die Straße aber nicht wesentlich ein.

Nach Mausis Hinweis, dass diese Sackgasse nur selten genutzt wurde, hatte Branntwein mit deutlicheren Zeichen der Verwahrlosung gerechnet. „Wenn man das überhaupt so nennen kann", überlegte er. Und noch etwas anderes war merkwürdig. Er kam nur nicht drauf, was es war.

„Es liegt kein Müll rum", antwortete Susi auf seine Bemerkung hin. „Und auch kein Hausrat. Es gibt doch kaum noch einen abgelegenen Ort, den du mit dem Auto erreichen kannst, an dem nicht mindestens eine Waschmaschine und ein kaputter Kunststoffkanister abgeladen wurden. Diese wilden Sperrmülldeponien werden zunehmend zum Problem."

Branntwein fiel ein, dass auch der Fundort rund um die Leiche frei von menschlichen Hinterlassenschaften gewesen war. Conni hatte das sogar extra erwähnt.

„Nicht mal Taschentücher oder Kronkorken", waren seine Worte gewesen, wenn sich der Kommissar recht erinnerte. – Ob jemand aufgeräumt hatte? Hier – und dort, im Wald?

Bevor er diesen Gedanken laut aussprechen konnte, sagte Susi: „Wir sind gleich da." Die eingegebenen Koordinaten waren auf dem Display ihres Smartphones als rotes Fähnchen dargestellt, sie selbst, beziehungsweise ihr Handy, näherte sich der Markierung in Form eines blinkenden Punktes. „Einhundert Meter .... fünfzig ... Hier ist es. Und dann noch ungefähr siebenundzwanzig Meter geradeaus zwischen den Bäumen durch."

Branntwein wendete den Wagen. „Ein Tipp, den mir vor vielen Jahren ein Ausbilder in der Polizeischule gegeben hat", erklärte er auf Susis fragenden Blick. „Stell' dein Auto bei einem gefährlichen Einsatz immer so ab, dass du zur Not schnell wegkommst."

„Denkst du das denn? Also, dass der Einsatz gefährlich werden könnte, meine ich."

„Man kann nie wissen", antwortete ihr Chef. „Die Informationen, die uns vorliegen, geben zu wenig her, um das zu beurteilen. Vielleicht finden wir gar nichts – vielleicht stehen wir aber auch gleich einem zehnköpfigen Verbrecherring gegenüber. – Wie dem auch sei: Du bist eine hervorragend ausgebildete Kriminalassistentin in Begleitung eines erfahrenen Kollegen – was soll da schon schiefgehen?"

„Eben." Susi drückte auf den Knopf des kabellosen Bluetooth-Kopfhörers, den sie im Ohr trug. „Daniel? – Ja, wir sind jetzt am Waldrand. – Mhm, alles klar. Bis gleich." Sie beendete die Verbindung. „Die beiden stehen vierzig Meter entfernt und nähern sich jetzt langsam der Stelle. Aktuell ist nichts Ungewöhnliches zu entdecken."

„Dann mal los!" Branntwein stieg aus.

„Chef?"

„Ja?"

„Du musst noch den Stöpsel ins Ohr tun."

Die schusssicheren Westen hatten sie schon im Polizeipräsidium angelegt und vereinbart, gar nicht erst versuchen zu wollen, wie harmlose Spaziergänger zu wirken, sondern den Platz gezielt von vier Seiten einzukreisen und den Radius dabei immer enger zu ziehen.

Mit Taschenlampen ausgerüstet bahnten sich Susi und Branntwein ihren Weg durchs Unterholz. Zwischen den Bäumen blitzten in der Ferne zwei Lichter auf. Branntwein wandte sich nach links, Susi blieb stehen. Erst als ihr Chef den Strahl seiner Taschenlampe in den Himmel richtete und ihr damit zu verstehen gab, dass er seine Position erreicht hatte, setzte auch sie wieder langsam einen Fuß vor den anderen. Das Lichterpaar gegenüber verhielt sich ebenso.

Es war ruhig um sie herum. Kein Vogel zwitscherte, nicht einmal die Bäume schaukelten im Wind. Der Wald schien den Atem anzuhalten.

Susi musste aufpassen, wohin sie ihre Schritte setzte, der Boden war von Ranken überwuchert. Der Geruch nach Fichtennadeln und Erde hing in der Luft.

Plötzlich zerriss ein dröhnendes Brummen die Stille. Keine zwanzig Meter von ihnen entfernt startete ein Motor.

Susi sah, wie sich die Lichtstrahlen dreier Taschenlampen in die Richtung drehten, aus der das Geräusch kam, zeitgleich hörte sie Branntweins Stimme an ihrem Ohr: „Bleibt, wo ihr seid!"

Das Auto beschleunigte unbeleuchtet, der Fahrer fand den Weg offensichtlich auch ohne Scheinwerfer. Wenig später war er im Wald verschwunden.

„Ein dunkler SUV", sagte Daniel leise. „Kennzeichen war leider nicht zu erkennen. Da haben wir wohl jemanden aufgescheucht, nicht wahr?"

„Weitergehen. Wachsam sein", befahl Branntwein.

Es war, als hätte das Röhren nicht nur die Ermittler, sondern auch die Natur aufgerüttelt. Aus allen Richtungen schien es zu rascheln, während die Sicht außerhalb des Taschenlampenradius' immer schlechter wurde. Der Abend ging endgültig in die Nacht über.

Huh-huh-huuuh rief es ganz in der Nähe. Die Antwort des Weibchens folgte prompt: *Ku-witt! Ku-witt!* Als der Waldkauz gleich darauf so dicht über Susis Kopf hinwegflog, dass sie den Luftzug seiner Schwingen spüren konnte, wäre die Kriminalassistentin um ein Haar gestolpert. Sie atmete tief durch und packte den Gurt ihrer Tasche, die ihr schräg über der Brust hing. Das vertraute Gewicht beruhigte sie.

„Hier geht's nicht weiter", meldete Schorsch. Er hatte gerade den Waldweg überquert, den das Auto genommen haben musste. „Wir hätten eine Machete mitbringen sollen."

„Stopp! Waschbetonplatten." Branntweins Flüstern klang angespannt. „Sie führen zu einem ..."

„Zirkuswagen", raunten Daniel und Susi zeitgleich. Der Strahl ihrer Taschenlampen huschte über einen gut zwei Meter breiten und sechs Meter langen Anhänger mit dunkelgrauem Bogendach. Die Außenfassade war – ebenso wie die geschlossenen Fensterläden – in verschiedenen Grün- und Brauntönen lackiert, die Reifen hinter Farnen verborgen. Susi fühlte sich an ein Tarnfahrzeug der Bundeswehr erinnert.

„Ein ehemaliger Waldkindergarten ist das jedenfalls nicht." Mausis Hinweis drang so deutlich aus den Kopfhörern, als würde er direkt neben ihnen stehen.

„So sieht es auch nicht aus", flüsterte Branntwein zurück. „Schorsch, wo bist du?"

„Gleich da. Ich seh' eure Lichtkegel. Wie wollen wir vorgehen? Denkst du, da ist jemand drin?"

„Ausschließen können wir es jedenfalls nicht. – Susi und Daniel, ihr sichert die Fenster an der Seite. Schorsch, du übernimmst das hintere. – Ich geh' mal die Treppe hoch und schau' mir die Tür näher an."

Das Team bestätigte knapp den Befehl und wartete mit gezogenen Waffen im Schutz der Bäume auf weitere Anweisungen.

„Von außen abgeschlossen", informierte Branntwein kurz darauf. „Bügelschloss." Er sog die Luft ein und brüllte: „Hier ist die Polizei! Machen Sie sich bemerkbar!"

Die Kollegen zuckten zusammen.

„Ich glaube, mein Trommelfell ist geplatzt, nicht wahr?"

„Bei mir pfeift's auch", antwortete Schorsch.

„Jetzt seid's halt mal still, Zefix! Ich hör' ja sonst nix."

„Willkommen im Club", murmelte Susi und steckte die Waffe ein. Stattdessen nahm sie die Taschenlampe in den Mund und kramte ein kleines Etui aus den Untiefen ihrer Umhängetasche. „Vielleicht kann ich helfen, Chef", sagte sie nach einer Weile, als alles ruhig blieb, und streifte Einmalhandschuhe über. „Ich hätte ein paar Dietriche dabei."

Daniel und Schorsch stellten sich diagonal zum Wagen, falls doch noch jemand versuchen sollte, aus den Fenstern zu steigen, während Branntwein seiner Assistentin leuchtete. Das Vorhängeschloss war schnell geknackt, Susis Training hatte sich bezahlt gemacht. Mit einer Kopfbewegung wies Branntwein sie an, neben dem Anhänger in Deckung zu gehen, dann zog er vorsichtig am Riegel.

Die Tür schwang lautlos auf. Kein Quietschen oder Knarzen, wie es Branntwein eigentlich erwartet hatte. „Polizei!", rief er wieder und richtete die Pistole ins Innere des Wagens. „Heben Sie die Hände und zeigen Sie sich!"

„Strom wird's da wohl keinen geben", meldete sich Mausi aus dem Büro. „Aber es könnten akkubetriebene Bewegungsmelder installiert sein."

Branntwein machte einen vorsichtigen Schritt hinein. Tatsächlich blitzten sofort acht LED-Strahler auf, wie sie auch an machen Innentreppen oder in Kleiderschränken Verwendung finden. An jeder Wand und der Decke zwei, jeweils einer an Front und Heck, tauchten sie das Innere des Zirkuswagens in sanftes Licht.

„Mausi? Das SEK kannst du zurückpfeifen, aber informier' bitte die SpuSi. Und such' mir die Nummer des diensthabenden Staatsanwalts raus, wir brauchen einen Durchsuchungsbeschluss. Hierbei muss alles seine Ordnung haben."

„Wird erledigt, Chef. – Die Funkzellenabfrage hat übrigens nichts gebracht."

„Welche Funkzellenabfrage denn?"

„Na, wegen dem Auto vorhin. Außer euch hat sich niemand mit eingeschaltetem Smartphone in der Nähe aufgehalten."

„Ah! Gut mitgedacht, Danke. Wie hast du das so schnell hinbekommen?"

„Das möchtest du gar nicht wissen", antwortete Mausi.

ZWEIUNDZWANZIG

Verdammt! Das war knapp gewesen! Timo Bauer ballte die Hand zur Faust und schlug wütend auf das Lenkrad ein. Er hatte es gewusst! Die Bullen waren nicht so blöd, wie Nicki behauptet hatte. Wenn er die Klamotten der Kleinen nur ein paar Minuten später ins Nest gebracht hätte – er wäre ihnen direkt in die Arme gelaufen! Dass es sich bei den vier Gestalten um Zivilpolizei gehandelt hatte, stand für ihn außer Frage. Wer sonst würde sich so verhalten? Verirrte Wanderer bestimmt nicht. Zum Glück hatte er wie immer Handschuhe angezogen, bevor er ins Nest gegangen war.

Und was jetzt? Das Spiel musste abgesagt werden, so viel war klar. Hoffentlich war es noch nicht zu spät dafür. Wenn der Fänger den ersten Hinweis, nämlich wo er das Ortungsgerät für den Peilsender finden würde, schon bekommen hatte, könnten die Dinge außer Kontrolle geraten. Timo drückte aufs Gas.

Mittlerweile hatte er den Wald verlassen, die Scheinwerfer längst eingeschaltet. Sein Blick fiel auf den alten Schulrucksack im Fußraum des Beifahrersitzes. Eigentlich hatte er den ebenfalls ins Nest legen wollen, dann aber irgendwie vergessen. Glück im Unglück. Je weniger Hinweise die Bullen fanden, desto besser. Er fluchte erneut, leiser diesmal. Nicki würde alles andere als begeistert sein, und wem er ungerechterweise die Schuld an der ganze Scheiße geben würde, das stand ebenfalls fest.

Beim Gedanken an die Reaktion seines Bruders brach Timo der Schweiß aus. Unwillkürlich fasste er sich an die malträtierte Nase. Verletzungen dieserart wären bald sein geringstes Problem. Zu oft hatte er miterleben müssen, wie Dominik Bauer Menschen wegen deutlich geringerer Vergehen foltern ließ. Und töten. Heute standen viel mehr als das halbe Bitcoin auf dem Spiel, das dem Kunden nun zurückgezahlt werden musste. Es wäre Timo sogar eine Freude, die Summe selbst zu übernehmen, wenn er sich dadurch Nickis Zorn entziehen könnte.

Dass das Versteck aufgeflogen war, bedeutete einen unverzeihlichen Rückschlag, auch für kommende Geschäfte. Es würde sich nicht so schnell ersetzen lassen, doch am schwersten wog etwas ganz anderes: Der makellose Ruf des Dom war in Gefahr.

Timo lenkte das Auto in eine Parkbucht und schaltete sein Handy ein. Während es hochfuhr, überlegte er verzweifelt, was genau er seinem Bruder sagen sollte. Und vor allem wie. Auf keinen Fall durfte der Eindruck entstehen, dass er dem Dom selbst in irgendeiner Form die Verantwortung für das Schlamassel gab, in dem sie steckten. Andererseits musste er aber auch vermeiden, sich selbst als Sündenbock zu präsentieren. Er schluckte. Dieser Anruf konnte über sein weiteres Leben entscheiden. Blut war nicht dicker als Wasser, das hatte ihm sein Bruder heute Vormittag im *Office* klar zu verstehen gegeben.

Erst beim zweiten Anlauf gelang es Timo, den PIN-Code korrekt einzugeben. Das Smartphone meldete eine neue Nachricht: Nicki. Er hatte ihm auf die Mailbox gesprochen. Schlagartig wurde Timos Mund so trocken wie eine Reiswaffel im Süden Nevadas. Konnte es sein, dass sein Bruder schon Bescheid wusste? Er tippte auf den Pfeil für Wiedergabe und hörte seine schlimmsten Befürchtungen bestätigt: „Du hast es mal wieder versaut, du mieser, kleiner Versager! Die Bullen sind im Nest. Schieb sofort deinen Arsch hierher! Pronto!"

Timos Schultern sackten nach vorne. Natürlich. Wie hatte er nur so blöd sein können. Die Polizei musste sich Zugriff verschafft und dabei die Alarmanlage ausgelöst haben. Resigniert klemmte er das Handy in die Halterung am Armaturenbrett und startete den Motor. Ein Gefühl vertrauter Leere löste die Angst ab, die er zuvor noch verspürt hatte. Als er wenig später am hell erleuchteten Klinikum München-Harlaching vorüberfuhr, fragte er sich, ob es der Doc sein würde, der später seine Blessuren versorgte, oder ob ihn sein teuflischer Bruder direkt ins *Caelum* schicken würde – den einzigen Himmel auf Erden, der heißer war als die Hölle.

Wie jeden Abend war das *Pool* schon eine halbe Stunde nach Einlass gerammelt voll. Morgen würde die Schlange auf dem Bürgersteig vor der hellblauen Doppeltür mit den Bullaugen noch länger sein. Freitag und Samstag waren die beliebtesten Tage um abzufeiern, da bildete der Münchner Klub keine Ausnahme.

Timo fuhr an den Wartenden vorbei und in die Tiefgarage hinab. Er stellte den SUV auf seinem Privatparkplatz ab, um den Weg übers Treppenhaus zu nehmen.

Bevor er die Brandschutztür mit der Schulter aufdrücken konnte, musste er einen siebenstelligen Sicherheitscode eingeben. Dass der noch funktionierte, versuchte Timo als positives Zeichen zu werten. Während er die Stufen zwar lässig, aber mit der gebotenen Eile erklomm, war er sich der Kameras um ihn herum sehr bewusst. Oben angekommen, erwarteten ihn zwei Security-Leute, die beide aussahen wie Gossenschläger, die *Men in Black* spielten. Vielleicht taten sie das auch. Er nickte ihnen zu, und sie machten respektvoll Platz; einer hielt sogar die Tür auf.

Die hinteren Räumlichkeiten des Klubs waren nur den engeren Vertrauten und Geschäftspartnern des Dom zugänglich. Hauptsächlich Drogendealer und Waffenhändler, aber auch der Geschäftszweig Zwangsprostitution florierte Dank des Krieges, der Europa in Atem hielt. Die Frauen mussten nicht länger mit falschen Versprechungen geködert oder gar entführt werden – sie kamen freiwillig. Die meisten von ihnen mit dem festen Glauben an die Großzügigkeit und Hilfsbereitschaft der Deutschen und einem gültigen Reisepass in der Tasche.

„Nur schade, dass sie keine roten Haare haben", dachte Timo, während er den neonbeleuchteten Gang entlanglief. „Das hätte meinen beschissenen Tag heute ein bisschen einfacher gemacht."

An der Tür zum Büro vermied er den Blick in die im Rahmen eingebaute Überwachungskamera ebenso wie noch einmal tief durchzuatmen oder seine Kleidung zu ordnen. Der Dom würde das als Schwäche werten und ihn erst recht wie einen Prügelknaben behandeln. Also klopfte er nur kurz an und ging hinein.

Das Bild, das sich ihm bot, war nicht so wie er erwartet hatte. Sein Bruder fläzte entspannt auf seinem ledernen Bürosessel, statt wie ein Bär im Käfig auf und ab zu wandern. Neben ihm standen eine Flasche Champagner und zwei Gläser. Eins davon war benutzt.

Timo blieb in sicherem Abstand zum Schreibtisch stehen. Sich auf einen der Besucherstühle zu setzen, wagte er nicht. „Hallo Nicki", er musste sich räuspern. „Ich bin so schnell gekommen wie ich konnte."

Der Dom stand auf und umrundete seinen Schreibtisch mit weit ausgebreiteten Armen. „Ich bin vermutlich der einzige Mann auf der Welt, der sich darüber freut, so etwas aus deinem Mund zu hören", lachte er und küsste Timo rechts und links auf die Wange. Eine Geste, die er sich bei Carlos abgeschaut hatte und zeigte, dass er nicht mehr ganz nüchtern war.

Timo war verblüfft. Mit allem hatte er gerechnet, sogar mit einem Messer im Rücken, als brüderliche Umarmung getarnt, obwohl sich der Dom normalerweise nicht selbst die Hände schmutzig machte, doch die folgenden Worte trafen ihn völlig unvorbereitet:

„Dank deiner Blödheit habe ich heute zweieinhalb Millionen Euro verdient, ohne auch nur einen Finger zu rühren! – Jetzt schau' mich nicht so an, als wären mir plötzlich zwei Schwänze aus dem Gesicht gewachsen! Tarkan Tekin, das ist der türkische Investmentbanker, der heute eigentlich auf Pussi-Fang gehen wollte, hat nicht nur sehr verständnisvoll auf unsere Absage reagiert – er hat mir gleich die ganze Geschäftsidee abgekauft!" Dominik drückte seinem Bruder eine gefüllte Champagnerflöte in die Hand. „Auf die perversen Osmanen!"

„Prost", erwiderte Timo, der nicht wusste, was er sonst sagen sollte.

„Offiziell beteiligt er sich natürlich an einem seriösen Zweig des Bauer'schen Imperiums. Wir hatten an die Im- und Exportläden gedacht, vor allem an den Teppichbereich. Am Montag werden die Verträge unterschrieben." Der Dom trank sein Glas in einem Zug leer und setzte sich wieder hinter den Schreibtisch. „Dich will er auch kennenlernen. Schließlich weißt du über den ganzen Kram am besten Bescheid."

Timo verzog keine Miene. „Ich werde da sein." Heute war Donnerstag, bald Freitag. Für die nächsten drei bis vier Tage schien sein Überleben gesichert zu sein. „Es freut mich, dass du eine so gute Lösung arrangieren konntest", fügte er hinzu.

„Du wirkst nicht sonderlich überrascht darüber, dass das Nest aufgeflogen ist", wechselte Dominik das Thema.

Der vermeintlich harmlose Tonfall konnte den Jüngeren nicht täuschen. „Ich hab' die Bullen gesehen", gab er zu. Vermutlich hatte sich sein Bruder das anhand der Kameraaufzeichnungen sowieso schon ausgerechnet und wollte mit der Bemerkung nur seine Aufrichtigkeit prüfen. „Nachdem ich die Klamotten der Kleinen ins Nest gelegt hatte, sind sie gekommen. Aber ich war schnell genug weg, außer einem dunklen Auto haben sie mit Sicherheit nichts erkennen können."

„Und die fünfhundert Euro?"

„Habe ich wie immer bei der Kleidung deponiert."

„Du wirst mir das Geld erstatten müssen", sagte sein Bruder.

Timo erlaubte sich ein kleines Lächeln.

„Na gut!" Der Dom klatschte mit beiden Handflächen auf die Schreibtischplatte und stand auf. „Die Arbeit ruft, obwohl ich viel lieber weiter diese Idioten beobachten würde." Erst jetzt bemerkte Timo, dass die Überwachungskameras immer noch Bilder vom Zirkuswagen sendeten. „Die Kleine mit der Patchwork-Hose ist ganz süß, aber an Maren reicht sie nicht heran."

Timo hatte andere Sorgen: „Kann man denn das Signal nicht zurückverfolgen? Soweit ich weiß, läuft es zwar erst einmal rund um die Welt, aber vielleicht wäre es doch besser, die Verbindung zu unterbrechen. Vorsichtshalber."

Dominik schnaubte. „Würde ich ja gerne, aber Chris ist nicht erreichbar. – Das kostet ihn mindestens einen Finger. Oder besser ein Ohr, das braucht er nicht zum Tippen. Mich mitten in einer Krise so hängen zu lassen!"

Es hätte ein unnötiges Risiko bedeutet, den Dom darauf hinzuweisen, dass Chris von der Krise nichts ahnen konnte, zumal der nächste Befehl seines Bruders Timo völlig aus dem Konzept brachte: „Am besten fährst du direkt zum *Caelum*. Ich hab' schon Bescheid gegeben, dass du mit einer Stute kommst."

Stute war der Codename für eine Frau. Damit die Mitarbeiter des Tierkrematoriums wussten, auf was sie sich einstellen mussten. *Katze* stand für Baby oder Embryo, *Hund* für Kleinkind bis jugendlich und *Ochse* für Mann. Zum Glück musste Timo Haustiere eher selten anmelden.

„Aber ..."

„Was aber?" Dominik Bauer hob unwillig den Blick. Für ihn war die Unterhaltung vor zehn Sekunden beendet gewesen.

„Ich ... ich hab' die Kleine nicht."

„Was?!" Der Dom sprang auf. Dass die Champagnerflasche dabei umfiel und zu Boden kullerte, kümmerte ihn nicht. Wütend stapfte er um den Schreibtisch herum und baute sich vor Timo auf.

Der bemühte sich, ruhig stehenzubleiben. „Sie ist noch im Wald." Sein Blick streifte die geballten Fäuste seines Bruders. „Aber ich hab' ihren Ausweis und ihr Handy. Ich hol' die Kleine, Nicki", erklärte er hastig. „Versprochen. Jetzt gleich. Ich fahr' hin, und ..."

„Du bist so ein erbärmlicher Idiot", unterbrach ihn der Dom. „Der Wald ist voller Bullen. Die haben ihre Klamotten gefunden, schon vergessen?" Er ging ein paarmal auf und ab. Plötzlich blieb er stehen. „Tekin wollte sie gefesselt und geknebelt, richtig?"

Timo nickte unsicher.

„Sie kann also nicht um Hilfe rufen, sich nicht bemerkbar machen?", vergewisserte sich sein Bruder.

Der Jüngere zögerte kurz, dann sagte er langsam: „Nein, kann sie nicht."

Dominik legte den Kopf in den Nacken und lachte. „Und an wen erinnert uns das jetzt? – Timo, Timo, Timo ... Du hast echt Sinn für Humor."

Der Gedanke an Heiko tat weh, genau wie Nicki beabsichtigt hatte. „Dann soll ich sie morgen holen?" Timo ließ sich den Schmerz nicht anmerken.

„Nein, wir lassen sie da im Wald verrecken. Das ist sicherer. Du musst nur irgendwann die Leiche holen, bevor sie jemand findet." Er sah seinem Bruder in die Augen. „Verkack das nicht."

„Ich könnte vorsichtig sein."

Der Dom grunzte. „Nein, vergiss es, das Thema ist durch. Wir ziehen einen dicken Strich unter das alles. Ehrlich gesagt freu' ich mich schon drauf, mir etwas Neues einfallen zu lassen. Lorenzo und Hans-Dieter kümmern sich heute Nacht noch um den Förster, bei dem waren die Bullen nämlich auch." Er grinste. „Janssen freut sich schon auf seine Finca in Spanien. Er hat sich eine am Meer gewünscht, damit er dort segeln kann. Wahrscheinlich sucht er gerade seine Schwimmflügel zusammen. – Und jetzt lass' mich in Ruhe."

Timo befolgte den Befehl schweigend. Jennys Schwangerschaft erwähnte er nicht. Ihm war klar, dass sich sein Bruder nicht dafür interessierte, ob ein oder zwei weitere Menschen sterben mussten, um ihn und sein Imperium zu schützen.

DREIUNDZWANZIG

Die Teleskopfüße des akkubetriebenen Strahlers schrammten unsanft über die empfindliche Haut am Schienbein des Kriminalhauptkommissars. „Hey! Pass' halt auf, du Depp! Ich kann fei nix dafür, dass du dein Zeug zweimal in drei Tagen durch den Wald schleppen musst."

„Selber Depp", gab Conrad Fleischmann zurück. „Dann steh' halt ned im Weg rum."

„Ja, ja, is' scho' recht", murmelte Branntwein, was – frei übersetzt – so viel wie *Du mich auch* bedeutete. „Wozu brauchst du das Ding denn überhaupt noch? Leuchtet doch eh schon alles heller als die Blutskirche in Sankt Petersburg." Er bückte sich, um seinen vorderen Unterschenkel auf Verletzungen hin zu überprüfen.

„Davon verstehst du nichts", fertigte Fleischmann ihn ab, blieb nach zwei Schritten wieder stehen und seufzte. „Brauchst du ein Pflaster? Ich bin sicher, Susi hat eins in der Tasche."

„Susi hat wahrscheinlich ein komplettes chirurgisches Nähset inklusive Wundhaken und Knochensäge dabei", stimmte Branntwein ihm zu. Die Freunde grinsten sich an. „Aber es geht schon, danke, Conni."

„Alles klar, ich ruf' dich dann, wenn ihr rein könnt."

„Wart' mal kurz. Der Anhänger ist nicht mobil, oder? Wegen der Reifen, meine ich."

„Nö. So wie's aussieht, steht der da schon länger. Wirkt aber von außen zumindest sehr gepflegt. Drinnen war ich ja noch nicht."

„Okay – dann bis später."

Fleischmanns Frage nach dem Pflaster hatte den Kommissar daran erinnert, dass er noch bei seiner Freundin, der Fachärztin für Rechtsmedizin Doktor Elisabeth Schneider anrufen und ihren gemeinsamen Abend absagen musste. Dafür ein ruhiges Plätzchen zu finden, schien aussichtslos. Überall streiften weiß gekleidete Männer und Frauen wie zu groß geratene Maden auf der Suche nach Zigarettenstummeln, hängengebliebenen Fasern und sonstigen Spuren durchs Unterholz, rammten Markierungsfähnchen in den Boden und leuchteten die Stämme ab. Ständig riefen sie sich irgendetwas zu. Der Lärmpegel war enorm.

Branntwein erspähte seine Kollegen, die brav hinter dem blau-weißen Flatterband ausharrten, das Conrad Fleischmann in einem Radius von fünfzehn Metern rund um den Zirkuswagen hatte spannen lassen. Daniel begann, hektisch zu winken. Branntwein bedeutete ihm mit einer Handbewegung, dass er gleich bei ihnen sein würde und lehnte sich kurzerhand an den nächsten Baumstamm. Es war eine Eiche. Einen Finger im Ohr, am anderen sein Handy, wartete er darauf, dass die Verbindung mit Elisabeth zustande kam.

„Servus Franz", meldete sie sich.

„Servus Sissi! Du, wir haben leider einen Einsatz. Es wird also nichts mit unserem Biergartenbesuch."

„Ach schade! Wo seid ihr denn?"

„Wieder im Perlacher Forst."

„Eine zweite Leiche? Soll ich kommen?"

„Nein, nein. Zum Glück nicht. Aber Mausi hat die Zahlen aus dem Röhrchen entschlüsselt. Es waren Koordinaten. Sie haben hierher geführt. Zu so einer Art

Zirkuswagen, um genau zu sein, den müssen wir uns jetzt ansehen. Könnte also länger dauern."

„Verstehe. Ist Conni schon da?"

„Und wie!"

Elisabeth lachte. „Lass' mich raten: Er war nicht begeistert darüber, seine Sachen schon wieder durch den Wald tragen zu müssen."

„Du hast es erfasst." Branntwein grinste. „Darf ich denn später noch vorbeikommen? Auf einen Schlummertrunk und ein warmes Plätzchen in deinem Bett?"

„Ich glaube, das wird mir dann heute zu spät, Franz. Nicht böse sein, aber ich habe immer noch einen der beiden Toten vom Verkehrsunfall in der Schublade liegen. Die Untersuchung ist zwar, bis auf die innere Leichenschau, soweit abgeschlossen, aber trotzdem. Ich hoffe, du verstehst das."

„Natürlich", versicherte der Kommissar. „Das verstehe ich. – Schlaf gut, Sissi, und träum' was Schönes. Bis morgen, Bussi!"

„Du auch Franz. Bis morgen, Bussi!"

Branntwein steckte das Handy ein und ging zu seinem Team hinüber, das unverändert zwischen dem Absperrband und der wild gewachsenen Sträucherhecke stand, durch die der dunkle SUV geflüchtet war. „Nur wie?", wunderte er sich.

Die Antwort wartete in Form eines sehr aufgeregten Schleswig-Holsteiners auf ihn. Nicht zum ersten Mal sagte sich Branntwein, dass Daniel Baumann völlig aus der Art gefallen sein musste, wenn man dem gängigen Klischee des kühlen, wortkargen Norddeutschen Glauben schenken durfte.

„Schau' mal hier, Chef, schau' mal hier! Aber du musst ganz genau hingucken, nicht wahr?" Daniels Gesichtsausdruck erinnerte an den eines Kindes Weihnachten. „Da ist ein Tor!", platzte er heraus, bevor Branntwein auch nur ansatzweise nah genug herangekommen war, um etwas zu erkennen. „Und ich habe es gefunden!"

„Hoffentlich habt ihr nichts angefasst", erwiderte Branntwein und bedauerte umgehend seine Worte.

Schorsch, der bis dahin nachsichtig lächelnd zu seinem Freund gesehen hatte, hob den Blick und runzelte die Stirn. Auch Daniels Strahlen erlosch. Susi verschränkte die Arme vor der Brust.

„Tut mir leid", sagte Branntwein, „das war dumm von mir. Natürlich habt ihr nichts angefasst. – Schließlich kennt ihr alle Connis Temperament und wollt die Nacht überleben!", fügte er mit schiefem Grinsen hinzu. Er räusperte sich. „Jedenfalls gute Arbeit, Daniel. Magst du's mir mal zeigen? Ich glaub', ich find' das gar nicht allein."

„Latsch' aber nicht in mögliche Reifenabdrücke, Chef", konnte sich Susi nicht verkneifen zu sagen.

Tatsächlich war die Zufahrt extrem gut getarnt. „Wie hast du das entdeckt?", wunderte sich Branntwein, aufrichtig erstaunt.

„Ich habe es erschnuppert, nicht wahr? Riech' doch mal."

Branntwein nahm Witterung auf. „Du hast recht, es riecht nach Schmieröl. Wahnsinn! Ich glaube, wir zwei sollten im Herbst mal zusammen in die Schwammerl gehen."

„Vor ihm ist kein Pfifferling sicher", bestätigte Schorsch und zwinkerte Daniel zu. Der Schleswig-Holsteiner lächelte geschmeichelt und machte zwei Mitarbeitern der Spurensicherung Platz, die damit begannen, Hecke und Tor zu fotografieren.

„Ihr habt Conni also schon davon erzählt", stellte Branntwein fest.

„Sowieso." Schorsch nickte.

„Apropos Conni", sagte Branntwein. „Er denkt, dass der Zirkuswagen schon seit geraumer Zeit nicht mehr bewegt worden ist."

„Ja und?", fragte Susi.

„Findet ihr das nicht merkwürdig? Wenn die Koordinaten immer die gleichen sind, könnte sich der Standort des Wagens doch herumsprechen. Immerhin ist es ein – hm – sehr privater Ort", umschrieb Branntwein seinen ersten Eindruck vom Inneren.

„Ist doch egal. Der *Leierkasten* ist auch ein sehr privater Ort – und jeder weiß, wo er steht."

„Ingolstädter Straße achtunddreißig", antwortete einer der beiden Fotografen prompt. Sein Kollege senkte die Kamera, der spontane Sprecher sah fünf Augenpaare auf sich gerichtet. „Was denn?! Das ist historisches Fachwissen. Schließlich reden wir von Münchens ältestem Bordell. Außerdem gibt's dort gutes Essen." Er wandte sich wieder seiner Arbeit zu.

„Ihr könnt jetzt rein!" Fleischmanns plärrende Stimme enthob die Ermittler einer Antwort.

Das erste, was Susi beim Betreten des Wagens ins Auge fiel, war ein riesiges Bett mit gusseisernem Rahmen. Die Spitzen der vier Pfosten ließen sie an die Schmuckelemente eines antiken Zauns denken – allerdings hingen an denen in der Regel keine gepolsterten Schlaufen mit verstellbaren Gurten. Die Matratze nahm fast die gesamte Breite des Wagens ein, lediglich rechts und links gab es zwei schmale Seitenteile, in die eine Musikanlage mit Lautsprechern integriert war. Vermutlich batteriebetrieben. Die grellen Scheinwerfer der Spurensicherung entzauberten die intime Atmosphäre des Bettes, doch die Kombination aus bordeauxfarbenen Seidenbezügen und schwarzem Metall wirkte noch immer edel und verrucht.

Das Farbzusammenspiel aus Dunkel und Rot verteilte sich – durch vereinzelte Goldelemente aufgelockert – über die gesamte Einrichtung des circa zwölf Quadratmeter großen Raumes. Wer auch immer diesen Wagen eingerichtet hatte – er oder sie verstand sich auf stilvolle, effektive Raumnutzung.

„Wow!" Susi war beeindruckt. Nicht nur die Stofftapeten im Wechsel mit fast schwarzen Holzelementen, auch die samtgepolsterten Stühle erinnerten sie stark an die Verfilmung von *Mord im Orient-Express,* dem berühmten Kriminalroman von Agatha Christie. Das gewölbte Dach untermauerte den Eindruck eines Eisenbahnwagons zusätzlich.

„Hast du mal Handschuhe für mich?"

„Was?!" Susi schnellte herum, unvermittelt aus den 1930-er Jahren zurück in die Gegenwart gerissen. Hart krachte die schwere Umhängetasche gegen Branntweins Beckenknochen.

„Autsch! Erst das Schienbein, jetzt die Hüfte – ihr wollt mich wohl umbringen!"

„Nur manchmal", murmelte Schorsch.

„Entschuldige bitte, du hast mich erschreckt, ich war grad ganz weit weg", erklärte Susi ihrem Chef.

„In den Armen von Sean Connery möchte ich wetten, nicht wahr?", sagte Daniel und bewies damit einmal mehr seine Kombinationsgabe und sein Einfühlungsvermögen.

Susi lächelte ihm zu und reichte Branntwein einen Frischhaltebeutel mit Zipper, den sie aus ihrer Tasche gekramt hatte. Branntwein fischte ein Paar Handschuhe heraus und reichte die Tüte dann an Schorsch weiter.

Der wehrte ab. „Danke Franz, aber wir sind versorgt."

„Kann ja nicht jeder eine Susi haben, die für ihn mitdenkt", sprach Conrad Fleischmann grinsend aus, was alle dachten. „Am Schloss waren übrigens keinerlei Fingerabdrücke. Nicht mal deine, Franz."

„Sehr lustig. Was ist mit der Tür dahinten?"

„Die führt zu einer Nasszelle, ähnlich wie in einem Camper, dort gibt's aber nicht viel zu sehen", antwortete Fleischmann. „Da hat die Kommode schon mehr zu bieten." Er zog die Schubladen auf. „Bitte schön! Ob Blümchensex oder Hardcore, ob Fetisch oder BSDM – hier finden Sie alles, was Sie für ein befriedigendes Beischlaferlebnis brauchen; inklusive Kondomen und Gleitgel in allen Farb- und Geschmacksrichtungen. – In der Minibar stehen Orangensaft, Wasser, Ayran und Champagner sowie ein paar Dosen mit alkoholischen Mixgetränken zu Ihrer Verfügung."

„Kein Bier?", fragte Branntwein irritiert und machte Anstalten, selbst noch einmal nachzusehen.

„Und das in Bayern", nickte Fleischmann. „Aber meine Leute haben noch etwas anderes gefunden, das euch interessieren wird. Frauenkleidung. Sehr kurze Jeans, so modern kaputt, weit ausgeschnittenes T-Shirt ohne Ärmel, Unterhose, Bikinioberteil und Netzstrumpfhose. Lag alles zusammen mit fünf einhundert-Euro-Scheinen auf dem Stuhl dort. Wir haben die Sachen schon eingetütet und rausgebracht, bevor's noch jemand auf den Boden schmeißt. Ist halt doch ein wenig eng hier drin."

„Und die Schuhe?", erkundigte sich Susi.

„Waren keine da."

Daniel seufzte. „Das ist schlecht, nicht wahr?"

„Ausweis? Handy? Irgendein Hinweis, wem die Sachen gehören?", bohrte Susi weiter.

„Nein." Fleischmann hob bedauernd die Schultern. „Bettzeug und Laken sind jedenfalls frisch gewaschen und Spuren, die auf einen Kampf hindeuten, haben wir auch nicht gefunden."

„Duschklo ist sauber!", rief eine Stimme aus dem Hintergrund. „Chlorreiniger. Da war seit dem letzten Reinemachen keiner mehr drin."

„Da hört ihr's", sagte Fleischmann. „Wenn ihr dann so gut wärt ..." Er zeigte zur Tür. „Ich würde jetzt gerne den Rest auseinandernehmen."

„Was ist mit der Kamera?", fragte Daniel und deutete auf ein Aktgemälde über dem Bett. „Läuft die noch? – Dieser angebliche Schmuckstein in der Haarklammer der Frau – das ist doch eine Kamera, nicht wahr?"

„Was? Wo?!" Fleischmann drängte Branntwein rüde zur Seite. „Ja Kreizkruzifix, Scheißdreck nochamal", fluchte er gleich darauf. „Du hast recht." Er stapfte zum Bild auf der gegenüberliegenden Seite. „Und da schaut's aus'm Arschloch raus! – Peter!", brüllte er aus Leibeskräften. „Sofort her zu mir!"

„In Peters Overall möchte ich jetzt nicht stecken", flüsterte Branntwein Susi zu. „Am besten verschwinden wir." Er gab Daniel und Schorsch das Zeichen zum Rückzug. Zu Fleischmann sagte er: „Wir warten draußen, Conni. Sag uns Bescheid, wenn du mehr weißt."

Fleischmanns Knurren war Antwort genug.

„Ich bin gespannt, wie Klaus Janssen das erklären will", meinte Schorsch und machte Platz für einen jungen Mann, der mit blassem Gesicht an ihnen vorbei und in den Wagen huschte. „Als Revierförster muss er doch gewusst haben, dass hier ein Anhänger steht."

„Das werden wir ihn morgen auf jeden Fall fragen, wenn wir uns nach seinem Handy erkundigen", antwortete Branntwein, „aber jetzt würde ich mir gerne erst mal die Kleidung ansehen, die Conni gefunden hat."

„Ich glaube, die liegt dort drüben. Auf dem Tisch unter dem Faltpavillon." Susi ging voraus.

Sämtliche Stücke waren einzeln in Tüten verpackt und beschriftet. „Nach katholischem Mädcheninternat sieht das jedenfalls nicht aus", brummte Branntwein und hielt den durchsichtigen Beutel mit dem pinken Bikinioberteil in die Höhe.

„Nein", stimmte Susi zu. „Genauso wenig wie die Kombi aus Netzstrumpfhose und Hotpants." Sie legte die Cellophantüten zurück und spitzte den Mund. „Aber nicht jede Frau, die sich so kleidet, ist automatisch im horizontalen Gewerbe tätig."

„Du vergisst die fünfhundert Euro", erinnerte Branntwein. „Und die Verbindung zum Heiseren Heiko, ohne den wir jetzt gar nicht hier stünden."

„Seine Klamotten sind aber nach wie vor verschwunden", sagte Schorsch.

„Okay, jetzt mal langsam." Branntwein lief ein paar Schritte auf und ab. „Gehen wir mal davon aus, jemand wäre im Besitz des Ortungsgeräts für den Peilsender, den Bohnenschäfer – ähm – den Bohnenschäfer bei sich trug. Dadurch hätte er auch auf die Koordinaten Zugriff gehabt, die ihn – vermutlich gemeinsam mit Bohnenschäfer – hierher gelotst hätten. Soweit alles klar. – Aber jetzt liegen keine Männersachen im Anhänger, sondern Frauensachen. Vielleicht war er als Transvestit unterwegs?"

„Nette Idee, aber dann würde hier ein Gürtel fehlen", sagte Susi. „Erinnerst du dich daran, wie schmal der gebaut war? Die Hotpants wären ihm glatt von der Hüfte gerutscht. Größe sechsundvierzig würde ich schätzen." Die Männer sahen sie verständnislos an. „Das ist relativ weit", erklärte sie. „Ich zum Beispiel trage Größe achtunddreißig, manchmal auch vierzig. Die Frau, der die Hose gehört, ist also eher gut gepolstert."

„Ich finde, dass das alles einen sehr professionellen Anstrich hat, nicht wahr?", meldete sich Daniel zu Wort. „Ich meine: Wir sind hier mitten im Wald. Trotzdem ist das Bett frisch bezogen und die Toilette geputzt. Es gibt eine riesige Auswahl an Sexspielzeug, eine gut gefüllte Minibar ..."

„Ohne Bier", unterbrach Branntwein.

„Genau. Und auch ohne Schorlen oder Softdrinks. Dafür aber mit Ayran. Das allein ist schon merkwürdig, nicht wahr? Ich tippe darauf, dass der Kühlschrank individuell bestückt wird. Dass derjenige, der das Ortungsgerät für den Peilsender hat, sich aussuchen kann, was er trinken möchte. – Und wenn wir diesen Gedanken weiterspinnen, könnte es auch sein, dass er – oder sie – sich ebenfalls aussuchen kann, mit wem er – oder sie – hier landen möchte. Also ob Mann oder Frau, groß oder klein, dick oder dünn, jung oder alt, schwarz oder weiß, hetero oder ...“

„Ja, wir haben's verstanden, Daniel!“ Branntwein kratzte sich die Nase. „Das ist ganz schön heftig, was du da sagst. Sex auf Bestellung mit einem gefesselten Opfer deiner Wahl, das Ganze hübsch verpackt als Teil einer Schatzsuche in Münchens grünen Wäldern.“

„Moralisch vielleicht verwerflich, aber so krass nun auch wieder nicht“, widersprach Susi. „Für die *Opfer*, wie du es ausdrückst, ist es nur ein Job. Fünfhundert Euro sind eine Menge Geld.“

„Um dafür im Wald zu verrecken?“

„So habe ich das nicht gemeint, und das weißt du auch ganz genau, Schorsch.“

„Nicht streiten, Kinder!“ Conrad Fleischmann war unbemerkt zu ihnen unter den Pavillon getreten. In den weißen Overalls sahen die SpuSi-Mitarbeiter alle gleich aus. „Also: Die Kameras laufen. Insgesamt fünf an der Zahl. Vier sind auf die Spielwiese gerichtet, eine ist in der Nasszelle versteckt. Modernste Technik. Ich hab' schon mit Mausi gesprochen“, nahm er Branntweins nächste Frage vorweg, „er glaubt nicht, dass er sie zurückverfolgen kann, wir lassen sie aber erst mal eingeschaltet. Dann gibt es noch eine Alarmanlage, die anspringt, wenn nicht innerhalb eines bestimmten Zeitraums ein Zahlencode eingegeben wird. Das Display ist unter einer Klappe hinter der Tür versteckt. Es ist ebenfalls mit dem System gekoppelt, weshalb Mausi auch hier eher schlechte Chancen sieht."

„Und das will was heißen", warf Susi seufzend ein. „Wir wurden also die ganze Zeit beobachtet?"

Fleischmann nickte. „Ja, kann gut sein, aber mach' dir keine Sorgen, du siehst super aus."

Die Kriminalassistentin verdrehte die Augen.

„Wird nur Bildmaterial übermittelt oder existiert auch eine Tonspur?", erkundigte sich Branntwein, während er überlegte, was sie im Wagen genau besprochen hatten.

„Nein, keine Wanzen. Nur die Kameras." Fleischmann trat von einem Bein aufs andere. „Ich muss mich für meinen Mitarbeiter entschuldigen. Das mit der Datenübertragung ohne unser Wissen hätte nicht passieren dürfen."

„Wir machen alle mal Fehler. Peter wird daraus lernen."

„Also keine offizielle Beschwerde?"

„Spinn' dich aus, Conni, natürlich nicht!"

„Danke."

„Mal was anderes. Wir sind gerade am Überlegen, ob es sein könnte, dass schon wieder irgendwo ein Mensch nur mit Schuhen bekleidet in unserem schönen Perlacher Forst hockt und auf Hilfe wartet, nämlich die Frau, deren Sachen du gefunden hast. Gibt es irgendwelche Hinweise in der Richtung?"

„Ich wüsste nicht, welche", gab Fleischmann unumwunden zu. „Aber auch keine, die dagegen sprächen. Wie wär's mit einer Hundestaffel?"

„Sehr gute Idee!"

Das sah Frau Doktor Sigrid Schwalbe, die zuständige Staatsanwältin, mit der Branntwein vor einer knappen Stunde schon einmal telefoniert hatte, um sich den Segen für die Durchsuchung des Zirkuswagens geben zu lassen, allerdings völlig anders: „Auf keinen Fall werde ich mitten in der Nacht die Hundeführer in den Wald scheuchen, nur auf Ihre vage Vermutung hin", teilte sie Branntwein rigoros mit.

„Aber wer auch immer der Eigentümer dieses Zirkuswagens ist – er weiß, dass wir ihn entdeckt haben. Und wir wissen, dass er aller Wahrscheinlichkeit nach schon einmal einen Menschen hat sterben lassen", wandte der Kommissar ein.

„Sie sagen es selbst, Herr Branntwein: wahrscheinlich. Aber wahrscheinlich reicht eben nicht, um einen so kostspieligen Einsatz zu rechtfertigen. Genauso gut kann es sein, dass die Frau in dem Auto saß, das bei Ihrem Eintreffen davonfuhr."

„Dann brauche ich nach einem Hubschrauber mit Wärmebildkamera vermutlich gar nicht zu fragen", stellte Branntwein fest.

„Witzbold."

„Dachte ich mir. Was werden Sie nun also unternehmen?"

„Gar nichts. Wir werden abwarten, ob eine Vermisstenmeldung eingeht, die zu diesem Szenario passt."

Die Verbindung wurde unterbrochen.

„Eine Vermisstenmeldung! In welchen Sphären fliegt diese Schwalbe denn, zefix?" Wütend trat Branntwein gegen den Pfosten. Der Faltpavillon schwankte bedenklich.

„Hey! Den wollten wir eigentlich selbst abbauen." Fleischmann hielt seinen Freund am Arm fest und suchte Blickkontakt. „Du hast getan was du konntest, Franz. Lass' es gut sein für heute."

Branntwein atmete tief durch. „Du hast recht."

„So ist's brav. Meine Leute packen auch gleich zusammen, und dann können sich hier Fuchs und Hase endlich in Ruhe 'Gute Nacht' sagen."

***

Die klamme Luft trug schwer am Geruch nach Fäulnis und Moos. Tippelnde Pfoten huschten leise über nasse Steine.

Mit weit aufgerissenen Augen starrte Jenny in die Dunkelheit. Eine Dunkelheit, so undurchdringbar wie die Angst, die sie in ihren klaustrophobischen Klauen hielt.

„Höchstens eine halbe Stunde", hatte Timo versichert.

Wie lange war das nun her?

VIERUNDZWANZIG

Kehrwoche. Neun Buchstaben, im vorigen Jahrtausend mit einem Lötkolben ins Holz gebrannt und mit einer Paketschnur versehen, so hing das Schild heute am Stahlnagel neben der Wohnungstür des Branntwein'schen Haushalts im ersten Stock. Wobei der Ausdruck Kehrwoche irreführend war; denn wer an der Reihe war, musste das Treppenhaus samt Fahrradkeller und Trockenraum nicht nur kehren, sondern auch feucht wischen.

Antonia seufzte. Sie hatte sich in einem Anflug jugendlichen Mitleids, wie sie betont hatte, bereit erklärt, die alle zwölf Wochen anfallende Reinigungsaktion zu übernehmen. Aber wenn sie ehrlich war, kam das ihrem schlechten Gewissen ebenso entgegen wie der Lendenwirbelsäule ihres Vaters. Zu oft hatte sie sich in der Vergangenheit vor dieser lästigen Pflicht gedrückt.

Das Mehrfamilienhaus besaß drei Etagen. Antonia beschloss, ganz oben anzufangen und sich von dort aus in den Keller vorzuarbeiten. Zuerst wollte sie mit einem Besen aus Rosshaar die groben Verschmutzungen zusammenkehren, damit später beim Wischen nicht so viel im Mopp hängenblieb, was sie mit den Fingern wieder herauspopeln musste. „Haare zum Beispiel, oder tote Spinnen", dachte sie schaudernd.

Sie stellte gerade die Fußmatten vor den Dachgeschosswohnungen zur Seite, als sie hörte, wie ein Stockwerk tiefer die Wohnungstür ihrer Nachbarn aufschwang. Lächelnd beugte sie sich übers Geländer. „Guten Morgen, Dirk!", rief sie fröhlich.

Der Angesprochene blieb stehen und sah sich um. Seine Bewegungen wirkten seltsam verzögert, fast wie in Zeitlupe.

„Hier oben!", lachte die junge Frau und winkte.

Dirk legte den Kopf in den Nacken. Die Lippen fest zusammengepresst, sah er wortlos zu ihr hoch.

Erst jetzt bemerkte Antonia, dass er weinte. „Um Himmelswillen!" Sie ließ achtlos den Besen fallen und eilte die Treppe hinunter. „Was ist denn los?", fragte sie ein wenig außer Atem und umfasste die Oberarme des deutlich größeren Mannes mit beiden Händen. Er zuckte klagend mit den Schultern und schüttelte zeitgleich den Kopf.

„Ihr Besen ist umgefallen! Müssen Sie jedes Mal so einen Krach machen bei der Kehrwoch'!", empörte sich eine Stimme von oben.

„Ja, jedes Mal! Danke fürs Aufheben", gab Antonia ebenso lautstark zurück, kramte ihren Schlüsselbund aus der Hosentasche und zog Dirk kurzerhand mit in die Wohnung. Dort führte sie den sichtlich verwirrten Nachbarn in die Küche und drückte ihn auf einen Stuhl. Er ließ alles wortlos mit sich geschehen. Sein Zustand beunruhigte die Medizinstudentin. Nachdem sie ihm ein Glas Wasser eingeschenkt hatte, setzte sie sich direkt vor ihn, ihre Knie berührten sich fast. „Also, Dirk, was ist passiert?"

„Ist Jenny bei dir?" Sein Blick irrte durch die Küche, als würde er damit rechnen, dass seine Freundin jeden Moment aus dem Kühlschrank springen oder unter dem Tisch hervorkriechen könnte.

„Jenny?", wiederholte Antonia. „Nein, ist sie nicht. Ich habe sie schon seit ein paar Tagen nicht mehr gesehen." Der Mann schloss die Augen, sein Kopf sackte nach vorne. Antonia griff nach seiner Hand und zählte den Puls. „Dirk! Schau' mich an. Was ist los? Hattet ihr Streit? Ist sie abgehauen?"

„Ja ... Nein ... Wir haben uns gestritten, aber sie ist bestimmt nicht abgehauen."

„Trink' mal einen Schluck." Antonia drückte ihm das Wasserglas in die Hand. Dirk leerte es in einem Zug. „Wie lange ist sie denn schon weg?", erkundigte sie sich dann.

„Gestern früh habe ich sie zum letzten Mal gesehen. Sie ist die ganze Nacht nicht nach Hause gekommen." Er weinte wieder. „Das hat sie noch nie gemacht. Das ist gar nicht ihre Art!"

„Wahrscheinlich ist sie einfach bei einer Freundin versumpft. Hast du's schon mal auf ihrem Smartphone probiert?"

„Natürlich!" Dirk sprang auf und fuhr sich durch die Haare. „Was denkst du denn?! Tausendmal! Außerdem habe ich sämtliche Bekannte, Freunde und Kommilitonen abtelefoniert. Sogar ihre Eltern in Saarbrücken habe ich angerufen! Niemand weiß wo sie ist, oder hat etwas von ihr gehört." Er ließ sich wieder auf den Stuhl fallen. „Ich war gerade auf dem Weg zur Polizei, um eine Vermisstenmeldung aufzugeben. Aber das ist vermutlich sowieso Blödsinn, weil sie noch keine vierundzwanzig Stunden verschwunden ist, stimmt's? Die werden erst mal nichts machen."

„Da geht es nicht um Zeit", korrigierte Antonia. „Das mit den vierundzwanzig Stunden ist Quatsch. Paps hat gesagt, dass die Polizei nur dann nach Erwachsenen sucht, wenn drei bestimmte Kriterien erfüllt sind: Sie müssen ihren gewohnten Lebensraum verlassen haben, ihr Aufenthaltsort muss unbekannt sein, und ihr Leben oder ihre Gesundheit müssen mutmaßlich in Gefahr sein."

„Aber das trifft doch alles zu!", rief Dirk aufgeregt.

Antonia runzelte die Stirn. „Wie kommst du denn darauf? Hältst du Jenny etwa für suizidal?"

„Nein, das nicht, aber ..." In knappen Worten erzählte er Antonia, worum es beim Streit mit seiner Freundin gegangen war.

Familie Bohnenschäfer bewohnte ein Reiheneckhaus im Westen Münchens. Die Siedlung bestand aus akribisch rechtwinklig angelegten Straßen, die einzelnen Gebäude, allesamt mit weißen Kunststofffenstern, in sanftem Hellgelb gestrichen und mit roten Ziegeln gedeckt, unterschieden sich primär durch die Hausnummern. Sogar die Carports waren identisch.

„Sechzehn, vierzehn, zwölf... – hier muss es sein." Susanne Nowak steckte ihr Handy ins Seitenfach ihrer Umhängetasche. „Sag mal, Chef, würdest du so wohnen wollen? Wo bleibt denn da der Individualismus? Die Kreativität?"

„Da hast du deine Kreativität." Franz Branntwein deutete auf einen Gartenzwerg mit Lederhose und Gamsbart an der Zipfelmütze. Offensichtlich war er fest im Waschbeton der Mülltonnenbox des Nachbarhauses verschraubt. Er hielt ein Schild in die Höhe, auf dem stand: Hier wache ich!

„Das ist so blöd, das ist schon wieder witzig", befand der Kommissar und legte seine Jeansjacke ins

Auto zurück. Es war warm geworden und er konnte es sich leisten. Bei der morgendlichen T-Shirt Auswahl hatte er heute besser achtgegeben als gestern und ein für seine Verhältnisse dezentes Exemplar gewählt, das ihn lediglich als Jazz-Fan auswies.

„Na ja", entgegnete seine Assistentin. „Über Geschmack lässt sich bekanntermaßen nicht streiten. Vielleicht wohnen hier ja auch nur Rentner. Im Alter ist man nicht mehr so individuell, oder?"

Die Musik seines Handys enthob Branntwein einer Antwort. Antonia war der einzige Kontakt, der einen eigenen Klingelton hatte, und auch das nur, weil sie ihn selbst eingerichtet hatte. Ihr Vater wüsste gar nicht, wie das geht.

Alle meine ... „Entchen! Was gibt's? Findest du den Allzweckreiniger nicht?", meldete er sich grinsend. Doch je länger er zuhörte, desto mehr verging ihm das Lächeln. „Ich kann hier jetzt nicht einfach so weg", antwortete er schließlich, „aber ..." – „jetzt lass' mich doch ausreden!" – „Schon gut, kein Problem, ich verstehe deine Aufregung. Also: Richte Dirk bitte aus, dass er sich in einer Stunde im Präsidium einfinden soll, ich werde mich der Angelegenheit dann persönlich annehmen." – „Genau. So gegen zehn." – „Meine Herren, bist du misstrauisch! Warum denn nicht ich persönlich? Darf ich mir etwa keine Sorgen machen?" Branntwein verdrehte die Augen, während er der Stimme seiner Tochter lauschte. „Ich habe mich weder geschwollen ausgedrückt noch weiche ich dir aus! Außerdem darfst du nicht alles glauben, was deine Großmutter – Gott hab' sie selig – dir erzählt hat. Wenn sie wirklich immer gewusst hätte, wann ich als Kind gelogen habe, wäre mein Hintern heute vermutlich so platt und rau wie ein Reiberdatschi", argumentierte er. „Und jetzt muss ich arbeiten." – „Ja, ich hab' dich auch lieb, Entchen. Bis heute Abend." Er unterbrach die Verbindung.

„Schlechte Nachrichten?" Susis Mine war besorgt.

„Vielleicht", entgegnete ihr Chef. „Ganz auszuschließen ist es leider nicht. Meine Nachbarin von gegenüber, Jennifer Heinrich, wird seit gestern Abend vermisst."

„Und weiter? Das kann doch nicht alles sein", hakte Susi nach.

Branntwein seufzte. „Nein. Gestern früh habe ich zufällig gehört, wie sie sich mit ihrem Lebensgefährten, Dirk Sommer, gestritten hat. Sie studiert Soziale Arbeit und wollte für ihren Bachelor recherchieren. Auf dem Straßenstrich. Als Prostituierte."

„Auf dem Straßenstrich! Als Prostituierte!", rief Susi erstaunt. Eine Gassi gehende ältere Dame, deren Pudel denselben Lilastich im Fell wie sie selbst auf dem Kopf hatte, sah irritiert zu ihnen herüber.

„Ja, sie möchte später beratend in diesem Milieu tätig sein", sagte Branntwein und hob grüßend die Hand.

„Das ist ja alles schön und gut", meinte Susi. „Die Welt kann mehr Sozialarbeiter brauchen, aber was für eine schwachsinnige Idee ist es bitte, sich da selbst hinzustellen! Verständlich, dass das ihrem Freund nicht gefallen hat."

„Jedenfalls ist sie von ihrem Undercover-Einsatz nicht zurückgekehrt", stellte Branntwein fest.

Susi verstand. „Du möchtest diesem Dirk die Kleidung zeigen, die Conni gestern im Zirkuswagen sichergestellt hat."

„Genau. Wenn er sie identifizieren kann, was ich nicht hoffe, wird Staatsanwältin Meise jedenfalls nicht mehr um eine Hundestaffel herumkommen."

„Schwalbe", korrigierte Susi. „Die Frau heißt Schwalbe."

„Meise passt aber besser", beharrte Branntwein.

Susi ging darüber hinweg. „Was für eine Figur hat deine Nachbarin denn?"

„Die Hosengröße könnte schon hinkommen", seufzte Branntwein.

„Scheiße!", murmelte Susi.

„Da hast du ein wahres Wort gelassen ausgesprochen", antwortete der Kommissar und straffte die Schultern. „Konzentrieren wir uns zunächst auf die Gegenwart. Hoffentlich wissen Bohnenschäfers schon, dass ihr Sohn tot ist."

„Unser Sohn ist bereits vor Jahren gestorben", berichtigte der Mann, dem sie wenig später gegenübersaßen, mit der lauten Stimme eines Schwerhörigen. Seine knochigen Finger krallten sich in die Quasten eines bestickten Samtkissens, das auf dem Sofa lag.

Er war nicht aufgestanden, als seine Frau die Vertreter der Kriminalpolizei ins Wohnzimmer geführt hatte. Neben ihm lehnte ein weißer Stock an der Wand, seine wässrigen Augen starrten blicklos an den Ermittlern vorbei. Helge Bohnenschäfer war blind. Ein harter Zug lag um seinen Mund, tiefe Falten rechts und links verliehen ihm das Aussehen eines verbitterten Nussknackers.

Das Ehepaar musste spät Eltern geworden sein. Branntwein schätzte das Alter des Mannes auf über siebzig Jahre, seine Frau schien nur unwesentlich jünger zu sein, obwohl ihr streng zurückgebundenes Haar immer noch tiefschwarz war. Züchtig wie eine Klosterschülerin, saß sie neben ihrem Gatten, die Knie unter dem grauen Faltenrock fest zusammengepresst. Über der bis oben hin geschlossenen weißen Bluse baumelte ein kleines, goldenes Kreuz. Trotz der Hitze trug die Frau eine hellgraue Strickjacke.

Sie räusperte sich umständlich: „Mein Mann meint damit, dass wir uns von Heiko abgewandt haben, nachdem wir von seiner ... seiner Homosexualität erfahren hatten."

„Das interessiert die Leute nicht, Sonja!", herrschte Helge Bohnenschäfer sie an.

„Doch, doch", korrigierte Susi. „Das interessiert uns sogar sehr."

„Und jetzt ist er also tatsächlich gestorben?", fragte Frau Bohnenschäfer mit zitternder Stimme.

„Ja", nickte Susi. „Unser aufrichtiges Beileid."

„Pah!" Helge Bohnenschäfer rutschte unruhig auf dem Sofa hin und her. „Wir brauchen ihr Beileid nicht! Heiko war eine Missgeburt. Ein Fehler der Schöpfung!"

Die Mutter zuckte zusammen, legte ihm aber begütigend eine Hand auf den Arm. „Sag so etwas nicht, Helge. Er war unser Sohn! Gott macht keine Fehler."

Bohnenschäfer schlug ihre Hand weg, seine Kiefer mahlten. „Wir haben schon lange keinen Sohn mehr", wiederholte er starrsinnig.

Seine Frau senkte den Kopf und verschlang die Finger ineinander. „Sagen Sie mir: Wie ist Heiko gestorben? War es ein Unfall?"

„Wir wissen es nicht genau, Frau Bohnenschäfer", antwortete Branntwein wahrheitsgemäß. „Letztendlich ist er verdurstet."

Sie nickte, als wäre diese Todesart in deutschen Breitengraden die natürlichste Sache der Welt. Ein entschlossener Ausdruck huschte über ihr Gesicht, der so gar nicht zu den folgenden Worten passen wollte: „Oh je, Sie müssen mich für eine schreckliche Gastgeberin halten! Darf ich Ihnen etwas zu trinken anbieten? Ein Glas Wasser vielleicht, oder eine Tasse Hagebuttentee?"

„Kaffee wäre mir lieber", rutschte es Branntwein heraus, was ihm einen rügenden Blick seiner Assistentin einbrachte.

„Für Stimulanzien ist in diesem Haus kein Platz", raunzte Helge Bohnenschäfer prompt.

Wenn der Mann dem Kommissar nicht sowieso schon unausstehlich vorgekommen wäre – spätestens jetzt hätte er sämtliche Sympathiepunkte verspielt.

„Nein danke, wir brauchen nichts", versicherte Susi. „Wann hatten Sie denn das letzte Mal Kontakt zu Ihrem Sohn?", wollte sie dann wissen.

„Nicht doch ein Glas Wasser? Ich könnte frischen Zitronensaft hinzugeben." Sonja Bohnenschäfer sprang auf. Ihre Blicke schienen die Ermittler förmlich zu durchbohren.

Helge Bohnenschäfer schnalzte gereizt mit der Zunge. „Sei nicht aufdringlich, Sonja. Du hast gehört, dass sie nichts ..."

Susi schaltete schnell. „Doch, gerne, das hört sich erfrischend an. Kann ich Ihnen helfen?"

„Das wird nicht nötig sein. Ich bin gleich wieder da."

Susi und Branntwein sahen sich an und zuckten die Schultern. Da der alte Mann kein Interesse daran zu haben schien, ihre Frage zu beantworten, vergingen die nächsten Minuten schweigend. An den Wänden hingen Ölschinken mit Jagdszenen, die erschreckend blutrünstig waren. Überall Hunde, die sich in waidwunden Hirschkehlen verbissen oder ihre Zähne in die Hinterläufe von Rehen gruben.

Susi war froh, als Frau Bohnenschäfer zurückkam. Die Frau stellte das Glas auf den Tisch, legte einen Finger an die Lippen und reichte der Kriminalassistentin einen quadratischen Notizzettel, den diese vorsichtig entgegennahm: „Ich kann vor meinem Mann nicht sprechen. Warten Sie bitte hinten im Garten auf mich." Das runde Schriftbild erinnerte an das eines Kindes. Susi nickte und zeigte das Papier ihrem Chef, ohne es aus der Hand zu geben.

„Warum sagt keiner etwas?", verlangte Helge Bohnenschäfer zu wissen. „Was geht hier vor?"

„Gar nichts, Helge", beeilte sich seine Frau zu beteuern. „Ich bin nur nicht sicher, ob du den Herrschaften schon gesagt hast, wann wir Heiko zum letzten Mal ..."

„Nein. Das habe ich nicht!", fiel er ihr barsch ins Wort. „Und du wirst es auch nicht tun. – Wenn Sie Ihr Glas ausgetrunken haben, das meine Frau Ihnen unnötigerweise aufdrängen musste, bitte ich Sie, mein Haus umgehend zu verlassen."

Branntwein erhob sich. „Ganz wie Sie wünschen, Herr Bohnenschäfer, Sie sind zu keiner Aussage verpflichtet."

„Ich bin gespannt, was sie uns erzählen möchte", sagte Susi. Sie schlichen ums Haus herum. Der Rasen des kleinen Gartens war englisch getrimmt, es gab weder ein Blumenbeet noch einen Zierstrauch. An allen drei Seiten verliefen hohe immergrüne Hecken.

„Ich auch", stimmte Branntwein zu. „Was meinst du? Ob Heiko Bohnenschäfer hier aufgewachsen ist? Für einen lebenslustigen jungen Menschen muss eine solche Atmosphäre doch furchtbar bedrückend sein."

„Die leben teilweise wirklich noch im letzten Jahrhundert. Hast du das Wählscheibentelefon gesehen? Sogar mit Schonüberzug aus besticktem Samt!"

„Hatte meine Großmutter auch", sagte Branntwein.

„Du hast das Gott hab' sie selig vergessen", stichelte Susi. „Wollen wir uns schon mal ein wenig umsehen?"

„Von mir aus ..." Branntwein trat auf die völlig leere Terrasse und konnte nur mit Mühe einen Aufschrei verhindern. Helge Bohnenschäfer stand keine zwei Meter entfernt von ihm hinter der Scheibe und sah ihn direkt an. Nein – er starrte ins Nichts. Branntwein keuchte. Auch Susi fühlte sich unbehaglich.

Die Situation wurde noch skurriler, als Sonja Bohnenschäfer mit einem großen Einkaufskorb über dem Arm zu ihnen trat. „Dort steht er meistens, aber keine Sorge, er kann uns ja nicht sehen, und hören tut er ebenfalls nicht mehr gut. Außerdem sind die Fenster schallisoliert." Sie seufzte. „Ich würde gerne behaupten, dass Helge vor der Geschichte mit der

Hornhautablösung ein anderer Mensch gewesen sei, ein netterer Mensch, aber das wäre gelogen." Sie seufzte erneut und trat auf die Wiese. „Kommen Sie bitte, ich möchte Ihnen etwas zeigen."

Die Frau führte die Ermittler zu einem winzigen Gerätehäuschen, in dem neben dem Rasenmäher, einem Rechen und einer großen Schachtel Schneckenkorn auch eine Umzugskiste und ein Koffer lagerten. „Das ist alles, was Heiko noch besessen hat", sagte sie leise. „Ich habe ihm erlaubt, die Sachen hier unterzustellen, nachdem er sein Appartement nicht mehr bezahlen konnte."

„Sie hatten also regelmäßigen Kontakt zu Ihrem Sohn?", vergewisserte sich Branntwein.

Sonja Bohnenschäfer nickte vehement. „Ich bin doch seine Mutter! Wir haben uns oft gesehen. Mindestens einmal die Woche, manchmal auch zwei- oder dreimal. – Sagen Sie, Herr Kommissar: Ist er wirklich verdurstet? Ich verstehe das nicht. Wie kann das sein?"

„Er wurde von einem Spaziergänger im Wald gefunden", wich Branntwein aus. Keinesfalls würde er hier und jetzt preisgeben, dass Heiko fast vier Tage lang qualvoll gestorben war.

„Sie möchten es mir nicht sagen", stellte Bohnenschäfer fest. „Warum nicht?"

Branntwein nestelte am Kragen seines T-Shirts herum. „Nun ja, ich ..."

„Vielleicht ist es besser so." Sonja Bohnenschäfer bückte sich und hob ein kleines rotes Pferdchen aus Lackleder aus der Umzugskiste. „Das hatte er zu seinem ersten Geburtstag geschenkt bekommen", erzählte sie leise. „Es heißt Pferdi." Sie streichelte es sanft, in Erinnerungen versunken.

„Wie liefen die Treffen zwischen Ihnen und Ihrem Sohn ab, Frau Bohnenschäfer? Hat er auch hier drin geschlafen?"

„Hier? Nein! Er hat immer wieder woanders übernachtet. Wenn ich konnte, habe ich Heiko etwas Geld zugesteckt, meist waren es nur ein paar Münzen für die öffentlichen Duschen. Helge kontrolliert die Haushaltskasse. Aber ich habe wenigstens seine Sachen gewaschen. Der Junge braucht doch saubere Wäsche!" Nun weinte sie. „Es muss Ihnen merkwürdig erscheinen, wo er doch obdachlos war und keine Arbeit mehr hatte, aber er war auf einem guten Weg. Eine Mutter fühlt so etwas." Sie fingerte ein Taschentuch aus dem Ärmel ihrer Strickjacke.

„Was meinen Sie damit?", fragte Susi.

Die Mutter lächelte unter Tränen. „Mein Sohn war verliebt! In einen Mann aus dem Tanzlokal, in dem er früher gearbeitet hat."

„Kennen Sie auch seinen Namen?"

„Timo. Der Mann heißt Timo. *Wie in ti amo, Mama, und er liebt mich auch.* Ja, das hat Heiko gesagt."

Branntwein räusperte sich. „Frau Bohnenschäfer … Ist Ihnen bekannt, womit Ihr Sohn in jüngerer Zeit – hm – sein Geld verdient hat?" Die Mutter hob den Kopf. War das Trotz in ihrem Blick? Branntwein war sich nicht sicher.

„Ja, Herr Kommissar. Um an Geld für Drogen zu kommen, hat Heiko seinen Körper verkauft. Er hätte auch kriminell werden können, aber das entsprach nicht seinem Charakter. Heiko war ein guter Mensch!"

Branntwein verzichtete auf den Hinweis, dass sowohl das Konsumieren harter Drogen als auch die Beschaffungsprostitution durchaus kriminell waren, denn er verstand, was die Frau meinte. Heiko hatte sich so verhalten, dass er nur sich selbst schadete. Und darauf war sie stolz. „Hat er ihnen auch genauer von seiner – na ja – seiner Arbeit erzählt? Ob er zum Beispiel Stammfreier hatte?"

Bei dem Wort Stammfreier zuckte die Mutter zusammen. „Nein. Das wäre ihm nie in den Sinn gekommen."

„Vielleicht gab es Streit mit jemandem? Hatte er Schulden, die er nicht zurückzahlen konnte?", bohrte Branntwein weiter.

„Davon weiß ich nichts", wehrte Sonja Bohnenschäfer ab. Sie nestelte an dem kleinen Kreuz, das um ihren Hals hing, und sah zur Terrasse. Ihr Mann stand immer noch hinter der Scheibe. „Muss ich ...", sie räusperte sich. „Muss ich meinen Jungen noch identifizieren?", wollte sie dann wissen.

„Nein", antwortete Branntwein. „Das ist nicht nötig. – Sie können aber in der Rechtsmedizin einen Termin vereinbaren, falls Sie ihn noch einmal sehen möchten."

Die Mutter nickte stumm.

„Wir würden die Sachen gerne mitnehmen", sagte Susi nach einer kurzen Pause und reichte ihrem Chef ein Paar Handschuhe.

„Ja, tun Sie das. Es müssten auch CDs in der Kiste sein, die ihren Geschmack treffen, Herr Kommissar. Die dürfen Sie gerne behalten."

Branntwein sah an sich herab. „Das wird leider nicht möglich sein", antwortete er. „Aber trotzdem vielen Dank."

„Gut. Lehnen Sie die Tür einfach an, wenn Sie fertig sind. Ich werde nun hineingehen und behaupten, meine Geldbörse vergessen zu haben. – Es ist traurig, aber Helge hat Heiko und mich zu perfekten Lügnern erzogen."

***

Jenny zitterte unkontrolliert. Die teuren Dessous schützten nicht vor der Kälte, die unbarmherzig von ihr Besitz ergriff.

Ihre Kehle fühlte sich ausgedörrt und wund an. Plötzlich musste sie husten. Brennende Schmerzen schossen von den nach hinten gedrehten Schultergelenken ausgehend durch ihren Körper.

Sie würgte trocken, atmete hektisch durch die Nase. Ein verzweifelter Kampf gegen die drohende Panik.

Der Knebel dämpfte ihr hilfloses Wimmern, die Finsternis verschluckte ihre Tränen.

War draußen Tag oder Nacht?

„Höchstens eine halbe Stunde", hatte Timo versichert.

Wie lange war das nun her?

FÜNFUNDZWANZIG

Heute stand keine Tasse auf der Bank vor dem Sauerlacher Forstrevier. Daniel Baumann rüttelte an der Tür. „Abgeschlossen", stellte er fest. „Und Auto steht auch keines da. Merkwürdig, nicht wahr?" Der Oberkommissar trat einen Schritt zurück und sah an der weiß verputzten Fassade zu den Fenstern im ersten Stock hinauf, als würde er von dort eine Antwort erwarten. „Dabei habe ich doch gestern extra noch eine E-Mail geschrieben und unser Kommen angekündigt!"

„Die hat er wohl nicht gelesen", mutmaßte Schorsch.

Daniel schnaubte und stemmte die Hände in die Hüften. „Doch! Ich habe ja sogar eine Lesebestätigung von ihm erhalten."

„Dann weiß ich auch nicht." Schorsch zuckte die Schultern. „Am besten ruf' ich mal die Zentralnummer der Forstbetriebe an, vielleicht hat er sich ja krank gemeldet."

Wenig später teilte ihm eine gelangweilte Sekretärin mit, dass das nicht der Fall war. Klaus Janssen hätte eigentlich an seinem Schreibtisch sitzen müssen. „Und dass er irgendwo im Wald unterwegs ist? – Aha. Nein, schon gut, verstehe. Ach! Da fällt mir ein: Könnten Sie mir bitte seine Mobilfunknummer geben? – Was? Wieso Datenschutz? Gnädige Frau, ich bin für den Schutz einer kompletten Landeshauptstadt mitverantwortlich, da werde ich doch noch auf so ein paar Zahlen aufpassen können. – Hallo!? – Aufgelegt."

„An der ist dein oberbayerischer Charme wohl abgeprallt, nicht wahr?", grinste Daniel. „Und was jetzt?"

„Fahren wir zu Janssen nach Hause, würde ich sagen", antwortete Schorsch. Im selben Moment klingelte sein Handy. „Wie auf Bestellung", sagte er mit Blick aufs Display. „Hallo Mausi! Dich wollte ich auch grad' anrufen. – Oha! Warte, ich schalt' dich mal auf laut. – So. Jetzt."

„Ich hab' die Segelyacht gefunden, auf der Janssen posiert hat", tönte die Stimme des IT-Experten aus dem Lautsprecher. „Der Hafenmitarbeiter hat bestätigt, dass Janssen regelmäßig damit rausgeschippert ist. Und zwar als Einziger. Er war sogar der Meinung, dass Klaus Janssen der Bootseigner sei – so wie er sich aufgeführt hat. Aber das stimmt nicht. Das Schiff gehört einer Fischrestaurantkette namens Goldbarsch. Und jetzt kommt's: Der Firmensitz ist in Frankfurt."

„Schon wieder Frankfurt", rief Daniel. „Dort war doch der Geschäftsführer des Klubs inhaftiert, in dem Heiko Bohnenschäfer bis vor kurzem gearbeitet hatte, nicht wahr?"

„Steven Corny, genau", bestätigte Mausi. „Das ist mir auch aufgefallen, deshalb habe ich noch etwas tiefer gegraben: Die Goldbarsch-Kette hat Ableger in Berlin, Hamburg und München. Und jetzt ratet mal, was der Eigentümer neben Restaurants, Tattoo-Studios und Im- und Exportläden sonst noch betreibt."

„Tanzklubs", antwortete Schorsch. „Und vermutlich gehört ihm auch das *Pool*. Sonst würdest du es nicht so spannend machen."

„Spielverderber", murrte Mausi. „Aber du hast recht. Wir haben also eine Verbindung zwischen Heiserem Heiko und *Pool* und auch zwischen Klaus Janssen und *Pool*. – Was hat der eigentlich zu dem Zirkuswagen in seinem Revier gesagt?"

„Nichts, deshalb wollte Schorsch dich ja erreichen, nicht wahr? Wir stehen hier vor verschlossenen Türen und brauchen die private Meldeadresse", antwortete Daniel. „Hast du den Chef schon über die neuen Erkenntnisse informiert?"

„Mach' ich gleich. Er ist noch mit Susi bei den Eltern. Ich wollte erst euch Bescheid sagen, falls ihr Janssen gleich damit konfrontieren möchtet."

Daniel wiegte den Kopf. „Ob das so eine gute Idee ist? Vielleicht wecken wir damit auch nur schlafende Hunde, nicht wahr? Am besten bringen wir ihn zur Vernehmung mit aufs Präsidium."

„Oder so", stimmte Mausi zu.

Schorsch nickte ebenfalls.

„Dann gebe ich euch jetzt mal die Adresse. Hoffentlich habt ihr da mehr Glück."

Mausis Wunsch erfüllte sich nicht. Als die Ermittler an der schicken Doppelhaushälfte in Oberhaching ankamen, parkte zwar der blaue Volvo in der offenstehenden Garage, aber niemand reagierte auf ihr Klingeln.

Daniel griff über das niedrige Türchen zum Vorgarten und drückte von innen die Klinke nieder. Eine Gießkanne lag neben dem Blumenbeet, an der Hauswand lehnte ein Spaten.

Die Ermittler riefen und klopften laut an die mit Buntglas-Elementen verzierte Eingangstür. Keine Reaktion.

Schorsch ging zurück und presste erneut seinen Finger auf den Klingelknopf. Die Glocke funktionierte, Daniel konnte sie bis nach draußen hören.

„Der is' ned do!", erklang eine forsche Frauenstimme aus dem Nachbargarten.

Schorsch wandte sich um. „Wissen Sie, wo er ist?"

„Wos woitsn ihr vo eam?", fragte es misstrauisch zurück.

Der Oberbayer zückte seinen Ausweis. „Hinterhuber. Kriminalpolizei. Das ist mein Kollege, Daniel Baumann. – Wir wollen nur mit ihm sprechen, sonst nichts."

Die Frau legte eine Hand auf ihre üppige Oberweite. „Kriiipo!", rief sie mit einer Mischung aus Entsetzen, Neugier und Faszination. „Hod a ebbs ogschdellt?"

Schorsch schwieg. Er würde die Frage nicht beantworten, ob Janssen sich etwas hatte zuschulden kommen lassen. Daniel hielt ebenfalls den Mund. Er verstand nur die Hälfte. Maximal.

„Zwoa Manner hom eam obgholt. Glei in da Fria, fast no bei da Nacht. Do umaranand war ois no finsta. I hobs grod zuafällig gseng, weil i mim Hund hob nausmiassn. Der is no kloa, vastengans? Der kos no ned so hoitn." Sie trat näher heran und senkte die Stimme. „An Kufern hod a in da Hand ghabt, und so an deppatn Flamencohuat mit so Bommerl aufm Kopf. Wia a mi gseng hod, nochad hod a gwunkn und gsogt: *Adiós, Frau Gansel,* hod a gsogt, *für mich fängt ein neues Leben an.*"

„Ah ja. Moment bitte, ich übersetz' das kurz. – Mein Partner kommt nämlich aus Schleswig-Holstein", fügte Schorsch mit einem schiefen Grinsen hinzu.

Frau Gansel verschränkte die Arme vor der Brust, hob eine Augenbraue und nickte verständnisvoll.

„Also, Daniel, Klaus Janssen wurde heute früh, fast noch in der Nacht, von zwei Männern abgeholt. In den anderen Häusern brannte noch kein Licht. Frau Gansel hat das beobachtet, weil sie mit ihrem Welpen vor die Tür musste. Janssen hatte einen Koffer bei sich und trug einen Flamenco-Hut auf dem Kopf. – Was er zu ihr gesagt hat, hast du ja verstanden." Er wandte sich wieder an die Nachbarin: „Wie haben die zwei Männer denn ausgesehen?"

„Mei, es war no dunkel", antwortete sie, hörbar ums Hochdeutsche bemüht. „Normal halt, würd' ich sag'n."

„Normal also, aha." Schorsch kratzte sich am Kopf. „Geht's auch ein bissal genauer?"

„Sonnenbrillen!" Frau Gansel reckte den Finger. „Sonnenbrillen hams aufgehabt. Alle beide! Obwohl's ja noch gar keine Sonne gegeben hat, die geschienen haben könnte, gell? Des war komisch."

„Und sonst? Größe, Haarfarbe, Kleidung, Statur ...?"

„Hm ... Alles ganz normal." Ein Strahlen huschte über ihr Gesicht. „Aber der Herr Janssen, der hat noch gesagt, dass ich mich nicht wundern soll, weil: In den nächsten Tagen würde jemand kommen, also eine Firma, und die würden alles abholen. Auch das Auto und überhaupt alles halt."

„Und weiter?"

„Nix weida. Die ham ihn dann recht resolut ins Auto 'zogen. Fast scho neigschmissn. Aber der Janssen hat die ganze Zeit g'rinst wie ein Lebkuchenmannderl."

„Haben Sie sich vielleicht das Kennzeichen gemerkt, oder die Automarke?", fragte Daniel.

Gansel schüttelte den Kopf.

„Was war es denn für ein Fahrzeug?"

„Ein weißes. Da bin i sicher. Ein großes weißes."

Schorsch und Daniel tauschten einen Blick. Mehr würden sie aus der Zeugin nicht herausbekommen.

„Bfüht enna und oan schähner Toog no, nicht wahr?", sagte Daniel langsam und betont deutlich.

Frau Gansels Busen wogte immer noch vor Lachen, als der Wagen der Ermittler schon um die nächste Ecke gebogen war.

Im Polizeipräsidium München blieben die von Franz Branntwein und Susanne Nowak noch auf die Schnelle besorgten Butterbrezen zunächst unbeachtet auf dem Besprechungstisch liegen. Der Kommissar hatte dem üblicherweise hohen Verkehrsaufkommen auf der A96 ausweichen wollen und war dafür prompt in einen Stau auf der Fürstenrieder Straße geraten, wo ein Linienbus den Lieferwagen eines Paketboten touchiert hatte. Entsprechend spät waren sie nun dran, um den Termin mit Dirk Sommer einhalten zu können.

Branntwein hatte gerade noch Zeit, seine Jacke auf den Boden zu werfen und sich einen Becher Kaffee einzuschenken, als der diensthabende Polizist vom Empfang den Besucher auch schon meldete.

„Mausi, wir brauchen die Fotos von den Kleidungsstücken, die gestern im Zirkuswagen sichergestellt wurden. Du weißt schon, die Frauensachen. Kannst du die bitte gleich auf den Flachbildschirm projizieren? Dann hole ich Dirk unten ab."

„Kein Problem, wird erledigt", nickte der IT-Experte. Susi hatte die Wartezeit im Stau genutzt und den Kollegen im Kommissariat über das Verschwinden der Nachbarin des Chefs informiert. Welch schrecklicher Verdacht sich dadurch ergeben hatte, brauchte sie ihm nicht zu erklären. „Drücken wir die Daumen, dass sich die Sache schnell aufklärt und alles ganz harmlos ist", hatte er geantwortet und Susi seinerseits vom morgendlichen Aufbruch des Försters inklusive Koffer erzählt, den Daniel und Schorsch gemeldet hatten.

Branntwein hatte Klaus Janssen daraufhin umgehend zur Fahndung ausschreiben lassen.

Die Aufteilung des Teams, mit Joachim Mayer als zentralem Ansprechpartner im Büro, hatte sich wieder einmal bewährt.

Sämtliche Flughäfen, auch der nahegelegene Salzburg Airport, waren verständigt, ebenso die Zug- und Busbahnhöfe. Und da sie sich in Mausis E-Mail-Verteiler für Fahndungen mit Fluchtgefahr ins Ausland befanden, hefteten sogar Fährenbetreiber und Rezeptionisten von Segelflughäfen das mitgeschickte Foto des Försters an ihre Pinnwände.

Dank der kreativen Lösungsansätze ihres IT-Experten war die Mordkommission bei der Überprüfung der offiziellen Passagierlisten eigentlich nicht auf die Mitarbeit des Personals der Beförderungsdienstleister angewiesen, obwohl eine offizielle Anfrage natürlich gestellt worden war. Aufgrund von Janssens Abschiedsgruß hatte Mausi sich zunächst auf Ziele in Spanien konzentriert, bislang jedoch ohne Erfolg.

Trotz seiner Körpergröße von einem Meter zweiundneunzig wirkte Dirk Sommer seltsam klein, als er gemeinsam mit Franz Branntwein das Büro betrat. Der Rücken war gebeugt, seine Schultern hingen nach vorne. Er war auffallend blass, nur um die Augenlider zeigten sich rote Flecken. Offenbar hatte er geweint und hielt sich nur mühsam aufrecht.

Susi holte zwei Dosen Cola aus dem Kühlschrank und stellte eine vor den Besucher auf den Tisch. „Oder lieber einen Kaffee?", fragte sie. „Mineralwasser wäre auch noch da."

„Hm? Nein danke, das passt schon", antwortete Sommer und sah sich unsicher um. „Warum sind wir denn hier? Ich dachte eigentlich, dass ich erst mal einen Haufen Papierkram ausfüllen muss, oder so." Er fummelte ein zusammengefaltetes DIN A5 Blatt in einer Klarsichtfolie aus der Gesäßtasche und hielt es in die Höhe. „Das ist ihre ..., ihre Geburtsurkunde. Braucht ihr die?"

„Im Moment nicht", antwortete Branntwein und nahm ebenfalls Platz. „Dirk, ich möchte dir gerne ein paar Aufnahmen zeigen. Fotos von Kleidungsstücken. Vielleicht kannst du uns sagen, ob die Jenny gehören."

„Was?! Warum? Was ist mit ihr?!" Sommer sprang auf. „Habt ihr ihre Leiche gefunden? Soll ich sie daran identifizieren, oder wie das heißt? – Oh mein Gott!" Er machte Anstalten, Branntwein am Kragen zu packen.

„Setz' dich!", verlangte der Kommissar energisch und zog den Anderen auf den Stuhl zurück. „Es handelt sich um nichts dergleichen. Und wenn du jetzt hysterisch wirst, hilft das niemandem. – Also", er deutete auf den Flatscreen, „konzentriere dich bitte."

Mausi zeigte zunächst eine Sammelaufnahme, dann die einzelnen Stücke noch einmal der Reihe nach. Ohne es zu merken, hielten die Ermittler den Atem an. Außer dem Klicken der Computermaus und dem schniefenden Geräusch von Sommers tröpfelnder Nase war es still im Büro.

„Das sind nicht ihre Sachen", sagte Dirk nach einiger Zeit in das Schweigen hinein. „Der Bikini ist viel zu klein und überhaupt ..." Er schlug mit der Hand auf den Tisch und lachte erleichtert auf. „Verdammt, nein! Ich hab' das Zeug noch nie gesehen!" Aufgeregt sah er zwischen Susi, Branntwein und Mausi hin und her. „Das sind gute Nachrichten, oder?" Völlig unvermittelt griff er nach der Coladose, stürzte den Inhalt fast in einem Zug hinunter, klopfte sich mit der Faust auf den Solarplexus und rülpste laut.

„Schulz!", kommentierte Schorsch, der soeben mit Daniel zur Tür hereinkam. Die beiden Kommissare nickten grüßend und gingen zu ihren Arbeitsplätzen, ohne die kleine Gruppe am Besprechungstisch weiter zu stören.

Susi grinste und wandte sich wieder Sommer zu: „Jedenfalls sind es keine schlechten Nachrichten."

„Und du bist dir ganz sicher?", hakte Branntwein nach.

„Hundertprozentig. Ich kenne Jennys Kleiderschrank", antwortete Sommer. „Vielleicht die Unterhose, aber die sieht aus wie tausend andere. Nee, nee, das muss alles jemand anderem gehören. – Also, Franz, wie geht's nun weiter?" Das kalte Zuckerwasser schien seine Energiereserven neu gefüllt zu haben.

Auf dem Großbildschirm tauchte eine Darstellung von Jennifer Heinrichs Personalausweisfoto auf. „Ist das Bild noch aktuell?", fragte Mausi.

„Nein, die Haare sind viel länger. Bestimmt so", Sommer zeigte es den Ermittlern. „Aber ich habe haufenweise Schnappschüsse auf dem Handy."

„Gut. Dann bringe ich dich jetzt zu den Kollegen, die die Vermisstenmeldung aufnehmen werden", sagte Branntwein und stand auf.

Mausi hob die Hand. „Vielleicht könnten Sie mir vorher noch kurz die Mobilfunknummer Ihrer Freundin geben, Herr Sommer."

„Ja klar, aber Sie werden das Handy nicht orten können. Es ist ausgeschaltet." Er diktierte ihm die Zahlen.

„Gute Idee", murmelte Branntwein und trat hinter den Schreibtisch des IT-Experten, um ihm über die Schulter zu sehen. „Einen Moment nur", sagte er zu Sommer, der inzwischen ungefragt eine der Butterbrezen in sich hineinstopfte. „Wir schauen nur schnell, wo sie zuletzt ... – ok. Dann mal los."

Nachdem der Hauptkommissar den Kollegen von der Abteilung *abgängige Personen* die Hintergründe dargelegt und ihnen ohne weitere Erklärung den Tipp gegeben hatte, die Suche am Ostbahnhof aufzunehmen, kehrte er wieder ins Büro zurück.

„Wenn sie ihr Handy dort ausgeschaltet hat, ist es mehr als wahrscheinlich, dass sie sich zu den Damen in der Friedenstraße gesellt hat. Wollen wir hoffen, dass Antonia recht hatte und sich Jenny über Nacht nur bei einer Freundin verkrochen hat. Und dass kein traumatisches Erlebnis dahintersteckt", fügte er hinzu und klopfte abergläubisch auf den Tisch. Die vier Teammitglieder folgten seinem Beispiel. – „So. Und jetzt widmen wir uns wieder unserem eigentlichen Fall. Wo stehen wir? Susi hat erzählt, Klaus Janssen sei untergetaucht?"

„Sieht ganz danach aus, nicht wahr?", antwortete Daniel. „Er ist unentschuldigt der Arbeit ferngeblieben, und eine Nachbarin hat gesehen, wie er im Morgengrauen auffallend gut gelaunt samt Koffer zu zwei Männern in ein Auto gestiegen ist."

„Grund genug zum Verschwinden hätte er", meinte Susi. „Erst entdecken wir das Versteck im Perlacher Forst, und dann stößt Mausi auf die Verbindung zwischen ihm und Bohnenschäfer."

„Das *Pool*", warf Schorsch ein.

Susi widersprach. „Die eigentliche Verbindung ist nicht der Klub, sondern der Klubbesitzer. Seiner Restaurantkette gehört das Schiff, das Janssen benutzt hat, als wäre es sein eigenes. Wir haben keinen Hinweis darauf, dass der Förster jemals im *Pool* war, oder dass er Heiko Bohnenschäfer dort getroffen hätte."

„Stimmt, den haben wir nicht", seufzte Branntwein. „Ich denke aber, wir können davon ausgehen, dass Klaus Janssen von dem versteckten Liebesnest in seinem Revier gewusst und für die Geheimhaltung dieses Wissens bestimmte Vergünstigungen erhalten hat, wie zum Beispiel ab und zu mal einen Törn mit der Yacht. – Wobei er sich ja nicht gerade wie ein Verbrecher auf der Flucht verhalten hat, wenn ich das richtig verstanden habe."

„Stimmt", sagte Schorsch. „Eher wie ein frühberenteter Auswanderer."

„Er besitzt jedenfalls keine Immobilie im Ausland", warf Mausi ein, „und es sind auch keine Gelder von seinem Konto ins Ausland transferiert worden."

Branntwein schnaubte. „Das wäre auch zu einfach gewesen! Ich könnte meine Plattensammlung darauf verwetten, dass ihm jemand hilft. Jemand, der sich mit Abtauchen auskennt und alles organisiert, aber wer?"

Susi wickelte nachdenklich eine Haarsträhne um den Finger. „Vermutlich derjenige, der sich schon früher sein Schweigen gesichert hat."

„Dominik Bauer", soufflierte Mausi und ließ das Foto aus dessen Strafakte auf dem Bildschirm erscheinen. „Ihm gehören sowohl das Segelschiff als auch das *Pool*."

Susi nickte. „Wir sollten mit ihm sprechen."

„Ist dir klar, was du da sagst?" Daniel lehnte sich in seinem Stuhl zurück und verschränkte die Arme. „Du hast doch gehört, was uns Mausi über das *Pool* erzählt hat. Obwohl dort Mitglieder des organisierten Verbrechens ein und aus gehen und die Drogenfahndung den Klub im Visier hat, fand dort noch keine einzige Razzia statt, nicht wahr? Dominik Bauer hat vermutlich eine ganze Flut von Anwälten, die uns nicht mal in seine Nähe lassen. Und Staatsanwältin Schwalbe wird niemals eine Vorladung ohne konkrete Beweise ausstellen. Weder als Zeuge noch als Beschuldigtem. Es war für Schorsch und mich schon schwierig genug, zu Steven Corny vorgelassen zu werden."

Branntwein verzog den Mund, musste Daniel aber insgeheim recht geben. Im Münchner Nachtleben zu ermitteln, konnte knifflig sein, wenn nicht gar gefährlich.

Es war Fakt, dass Dominik Bauer ein polizeibekannter Krimineller war. Und er hatte den Toten gekannt. Dass der Förster von ihm geschmiert worden war, damit der Zirkuswagen nicht gemeldet wurde, lag für den Kommissar ebenfalls auf der Hand. Alles zusammengenommen ließ keinen Zweifel aufkommen, dass Dominik Bauer zumindest über weitere Informationen verfügte. Aber das mochte Frau Meise-Schwalbe anders sehen. Es gab keine belastenden Beweise. Nur Spekulationen und Indizien. Schlimmstenfalls würden sie Bauer nur warnen, wenn sie die Sache zu unvorbereitet angingen.

Mausis Überlegungen schienen in eine ähnliche Richtung zu gehen: „Auf den Bericht von der SpuSi brauchst du jedenfalls nicht zu hoffen, Franz, der ist nämlich schon da. Wer auch immer für die Reinigung des Zirkuswagens zuständig war, hat ganze Arbeit geleistet. Da war keine verwertbare DNA zu finden."

„Apropos Zirkuswagen", fiel Branntwein ein, „bist du bei der Rückverfolgung der Überwachungskameras weitergekommen?"

„Weitergekommen schon." Mausi stieß die Luft aus. „Sogar sehr weit und immer noch weiter und noch weiter. – Der Programmierer ist ein verdammtes Genie. Die Dinger schicken ihr Signal mehrmals um den Globus. Jede Kamera arbeitet dabei für sich. Keine Chance, das tatsächliche Ziel herauszufinden, obwohl sie immer noch senden, was mich ehrlich gesagt ziemlich wundert."

„Oh." Es kam so selten vor, dass Mausi an seine beruflichen Grenzen stieß, dass Branntwein zunächst gar nicht wusste, wie er darauf reagieren sollte. „Aber wir können davon ausgehen, dass die Aufnahmen aus Sicherheitsgründen gemacht werden, oder was meint ihr?"

„Ein erpresserisches Motiv kommt meiner Ansicht nach nicht in Betracht, obwohl die Kameras versteckt angebracht wurden", sagte Daniel. „So etwas würde sich schnell herumsprechen, und in kürzester Zeit bliebe die Kundschaft aus, nicht wahr? Ich denke, dass sie vor allem den Wagen selbst schützen sollten. Und vielleicht auch die Prostituierten."

„Sowieso", stimmte Schorsch zu.

Branntwein nickte. „Das bringt uns zur nächsten Frage: Wie und wo findet der Kontakt zwischen den – äh – Interessenten und Anbietern statt? Falls wirklich Dominik Bauer dahinter steckt, wird er kaum Flyer auslegen. Und der Perlacher Forst gehört schließlich immer noch zum Sperrbezirk."

Mausi beäugte ihn misstrauisch. „Das ist nicht dein Ernst, oder Franz? Bist du echt so naiv? Im Darknet natürlich! Dem anonymen Schlaraffenland für alle Kriminellen, Pädophilen und Gesetzlosen. Ich bin da schon dran, aber die Suche ist nicht einfach. Selbst für mich nicht."

„Und das will was heißen." Der Hauptkommissar freute sich, dass das Ego seines Computerspezialisten offensichtlich nicht unter dem Misserfolg bei der Rückverfolgung der Kamerasignale gelitten hatte.

„Ich hätte da eine Idee, wie wir vielleicht doch noch mehr über Dominik Bauers Geschäftspraktiken erfahren können, ohne ihn vorladen zu müssen." Susi hatte sich während des Gesprächs um die Videoüberwachung ihre eigenen Gedanken gemacht. „Sonja

Bohnenschäfer, die Mutter von Heiko, hat uns doch vorhin erzählt, dass ihr Sohn in einen Mitarbeiter des *Pool* verliebt gewesen sei. Sein Name ist Timo. Angeblich wurde diese Liebe erwidert. Der Mann dürfte über Heikos Tod nicht erfreut sein. Vielleicht verrät er uns etwas. Aus Rache oder so."

Mausi horchte auf. „Timo? – Moment!" Er ging zu seinem Schreibtisch hinüber. „Den Namen hab' ich doch erst kürzlich irgendwo ..."

Branntwein nutzte die Gelegenheit, sich einen frischen Kaffee einzuschenken, Schorsch streckte sich, gähnte herzhaft und tätschelte Daniel den Oberschenkel.

„Ha! Wusst' ich's doch!", triumphierte Mausi. „Hier ist es: Timo Bauer. Dominik Bauers jüngerer Bruder. Die beiden leben zusammen mit Dominiks Frau Maren und den gemeinsamen Kindern der Eheleute in einer Villa an der Isar. – Da staunt ihr, was?"

„Allerdings." Branntwein gab vier Stück Würfelzucker in seinen Becher. „Timo Bauer soll also zugelassen haben, dass sein Bruder seinen Geliebten an einen Baum kettet, samt Peilsender und Koordinaten im Allerwertesten, die den ehrlichen Finder zum Zirkuswagen führen, wo er ihn dann vernaschen darf. – Hört sich für mich nicht gerade plausibel an."

„Dass Dominik Bauer selbst Hand anlegt, ist unwahrscheinlich. Dafür hat er sicher seine Leute, nicht wahr?

„Aber an den Bruder werden wir genauso wenig rankommen", unkte Schorsch.

„Wisst ihr, was mich echt wahnsinnig macht?" Branntwein warf die Kühlschranktür lauter zu als nötig. „Wir hebeln eine neue Baustelle nach der anderen auf. Schaffen Ermittlungsansätze für Betrug, Amtsmissbrauch, Sittendezernat und Drogenfahndung, aber ob wir – die Mordkommission – überhaupt einen Fall haben, steht nach zweieinhalb Tagen Arbeit immer noch nicht fest! – Wir übersehen irgendetwas, das sagt mir mein Bauchgefühl."

„Du meinst den Engel, der in deiner Wampe sitzt", feixte Mausi und spielte damit auf einen alten Fall an, bei dem der Hauptkommissar auf seine innere Stimme hatte vertrauen müssen.

„Ja, ja, mach' dich nur lustig," murrte Branntwein.

„Eigentlich dreht sich doch alles nur um die eine Frage", stellte Susi fest: „Warum musste Heiko Bohnenschäfer verdursten?"

***

Wasser. Sie konnte es riechen und von den Wänden tropfen hören.

Wenn Jenny den Schmerz ignorierte und sich ganz weit streckte, spürte sie die Feuchtigkeit des Mooses unter ihren Fingerspitzen.

Und da war noch etwas anderes, dort am Rohr, an das sie gekettet war: Das Handrad eines Ventils. Stand sie unter einer Art Dusche? Würde der Wasserstrahl den Kleber des Panzertapes lösen, mit dem sie geknebelt war? Die Fesseln an ihren Handgelenken aufweichen?

„Höchstens eine halbe Stunde", hatte Timo versichert.

Wie lange war das nun her?

SECHSUNDZWANZIG

„Moment mal, Susi!" Franz Branntwein erstarrte, den Kaffeebecher in der Hand. „Was hast du da gerade gesagt? Wiederhol' das noch mal."

Die Kriminalassistentin stutzte. „Du meinst, dass es eigentlich nur darum geht, weshalb Heiko Bohnenschäfer verdursten musste? – Was ist damit?"

„Sch-sch-sch", Branntwein kniff die Augen zusammen und fuchtelte mit der freien Hand in der Luft herum. „Es ist ganz nah! Ich kann's fast greifen!"

„Vielleicht sollten wir besser Elisabeth anrufen", schlug Daniel vor. „Sieht ganz so aus, als könnte der Chef einen Arzt gebrauchen, nicht wahr?"

„Elisabeth!", rief Branntwein und riss die Augen auf. „Das ist es!" Er knallte den Thermobecher aufs Sideboard. Drei Tropfen Kaffee spritzten auf die Platte, nur der Deckel verhinderte Schlimmeres. „Ich könnte dich küssen, Daniel! Du hast den Engel in meiner Wampe zum Reden gebracht." Er machte zwei große Schritte auf den völlig verdattert dreinblickenden Kollegen zu – fast schien es, als würde er seinen Worten Taten folgen lassen –, doch in letzter Sekunde wich er zurück und verwuschelte dem Schleswig-Holsteiner lediglich die Frisur. „Elisabeth hat doch am Fundort gesagt, dass sie Bohnenschäfers Leiche erst am nächsten Tag obduzieren kann, weil sie vorher noch die Verkehrstoten vom Tisch kriegen will", führte er seine Gedanken aufgeregt aus.

„Na ja, so ähnlich hat sie sich schon ausge ..."

„Und dass dieser Unfall letzten Samstagabend ganz in der Nähe geschehen sei", unterbrach der Kommissar seine Assistentin. „Also ganz in der Nähe vom Perlacher Forst, meine ich."

Susi ließ sich von seinem Überschwang anstecken. „In der Leichenhalle zu liegen wäre tatsächlich ein guter Grund, die Schnitzeljagd zu verpassen!" Sie schnippte mit Daumen und Mittelfinger.

Mausi tippte schon eifrig auf der Tastatur. „Hier haben wir es: Verkehrsunfall mit Personenschaden auf der Grünwalder Straße. Zwei Tote, ein Leichtverletzter – offensichtlich der Fahrer. War als einziger angeschnallt." Er sah auf. „Das muss gleich beim Grünwalder Stadion passiert sein. Laut Unfallgutachten ist das Auto, ein Sportwagen, aus ungeklärter Ursache mit hoher Geschwindigkeit auf Höhe der Südtiroler Straße von der vierspurigen Fahrbahn abgekommen, über die Sicherheitsschwellen hinweg auf die mittig verlaufenden Straßenbahnschienen gedonnert, von dort wieder zurück in die parkenden Autos am Straßenrand, wurde dann vom Aufprall über die stehenden Hindernisse hinweggeschleudert, hat sich mehrfach überschlagen und ist schließlich verkehrt herum halb im und halb über einem Zaun am Fußballstadion gelandet. Hier sind auch Fotos."

„Krass", kommentierte Schorsch mit Blick auf den Flatscreen an der Wand. „Der arme Porsche."

„Ein Wunder, dass keine Passanten verletzt wurden", sagte Branntwein.

„Darüber stand gar nichts in der Zeitung, nicht wahr?", stellte Daniel fest.

„Das kann ich dir erklären", sagte Mausi. „Am Steuer saß kein geringerer als Luca Alexander von Bornstein."

„Dieser stinkreiche Privatbankier?", fragte Susi

„Sein Sohn. Laut Geburtsdatum war er am Tag des Unfalls gerade einundzwanzig Jahre alt geworden und hat ein nigelnagelneues Einhunderttausend-Euro-Auto geschrottet – das wurde nämlich am Freitag erst zuge-lassen." Seine Finger huschten über die Tastatur.

„Und Papas Anwälte haben dafür gesorgt, dass alles schön unterm Deckel bleibt und nichts an die Öffent-lichkeit dringt", ergänzte die Kriminalassistentin.

„Was sagt die Blutanalyse?", fragte Branntwein.

Mausi schüttelte den Kopf. „Darüber gibt es keine Informationen. So wie ich das sehe, wurde Luca von Bornstein nicht einmal in ein Krankenhaus eingeliefert. Er muss direkt vom Unfallort abgeholt worden sein."

„Wahrscheinlich haben diese Leute ihre Leibärzte, nicht wahr?"

„Sowieso."

„Trotzdem muss doch jemand überprüft haben, ob der Junge Alkohol im Blut hatte!" Branntwein konnte auch nach jahrzehntelanger Berufserfahrung kaum glauben, was mit Geld und Einfluss alles zu bewerk-stelligen war. „Schließlich gab es zwei Tote!"

„Adrian Maria Herzog und Thomas Benedikt zu Grüneburg. Beide nicht älter als Luca", las Mausi vor.

„Und ebenfalls in der Münchener High Society ange-siedelt", ergänzte Susi. „Alle drei zählen – oder zählten – zu den beliebtesten Junggesellen Bayerns. – Ihr braucht gar nicht so zu gucken, das habe ich in einer Zeitschrift beim Friseur gelesen. Allerdings ging das Gerücht um, dass sie auch dem männlichen Geschlecht gegenüber nicht ...", sie machte große Augen, „ ...abge-neigt waren! Mensch, das würde passen!", stieß sie aus.

„Fall gelöst", meinte Schorsch. „Was war das dann? Unterlassene Hilfeleistung mit Todesfolge?"

„Das muss ein Richter entscheiden", antwortete Branntwein entschlossen.

„Wie stellst du dir das vor, Chef? Wir werden Bornstein kaum nachweisen können, dass er mit seinen Kumpels auf dem Weg zu einer Schnitzel-Menschen-Jagd war, als sie verunglückt sind", wandte Susi ein.

„Obwohl die Fahrtrichtung gestimmt hätte", sagte Mausi.

„Ich ruf' mal bei Elisabeth an. Immerhin hatte sie Herzog und zu Grüneburg auf dem Tisch liegen." Branntwein ging zu seinem Schreibtisch und griff nach dem Hörer. „Kannst du inzwischen nachschauen, ob wegen des Unfalls eine Ermittlung gegen von Bornstein junior läuft, Mausi?"

„Wird erledigt."

Die Rechtsmedizinerin nahm beim zweiten Läuten ab. „Servus Franz! Schön, dass du anrufst, stell' dir vor, ich habe Nachwuchs bekommen!"

Ihre Worte brachten den Kommissar aus dem Konzept. „Äh – servus Sissi! Du hast was?"

„Nachwuchs!", wiederholte sie fröhlich. „Heute Morgen tummelten sich plötzlich zwei Schnecken statt einer im Aquarium. Ich werde sie *Trödel* und *Bummel* nennen, wie findest du das?"

„Super", entgegnete Branntwein schmunzelnd. „Falls noch eine auftauchen sollte, kannst du sie dann *Schleichi* taufen."

Schneider lachte. „Möchtest du mich für das versäumte Biergartentreffen zu einem Mittagessen einladen?", fragte sie. „Ich hätte Zeit."

„Schön wär's", seufzte Branntwein. „Mein Anruf ist leider dienstlich. – Du erinnerst dich sicher noch an die Verkehrstoten vom vergangenen Samstag. Adrian Herzog und ..."

„ ...Thomas zu Grüneburg", beendete Schneider den Satz. „Natürlich erinnere ich mich. Tragisch, sie waren noch so jung."

„Kannst du mir sagen, ob die beiden alkoholisiert waren, als sie starben?"

„Nein."

„Waren sie nicht, oder kannst du nicht?"

„Ich kann nicht."

Branntwein grunzte erstaunt. „Und warum nicht?"

„Weil eine Nachrichtensperre verhängt wurde. Anscheinend waren die jungen Männer Sprösslinge einflussreicher Familien."

„Das ist mir bekannt."

„Die Obduktionsergebnisse dürfen nur an die Staatsanwaltschaft weitergegeben werden", erklärte Schneider.

„Ach komm' schon, Sissi, mir kannst du es doch sagen", gurrte Branntwein und überlegte, ob er Mausi bitten sollte, Elisabeths Computer zu hacken. Andererseits würde sie ihm das nie verzeihen. „Der Fahrer des Wagens, Luca von Bornstein, hat den Unfall leicht verletzt überlebt, wurde aber keinem Bluttest unterzogen", sagte er deshalb.

„Und du denkst, falls seine Begleiter alkoholisiert waren, er das ebenfalls gewesen sein könnte", stellte

Schneider fest. „Soweit kann ich dir folgen, aber was hat das mit der Leiche im Wald zu tun, oder ist das nicht mehr dein Fall?"

„Doch, gerade deshalb. Wir vermuten einen Zusammenhang. Genauer gesagt denken wir, dass das Trio auf dem Weg zum Perlacher Forst war, als der Unfall passierte, und Heiko Bohnenschäfer deshalb verdursten musste", erklärte Branntwein.

„Aber du hast doch gerade gesagt, dass der Fahrer nur leicht verletzt war. Er hätte doch jemandem Bescheid geben müssen!"

„Eben", sagte Branntwein und wartete ab.

Wenige Sekunden später zeigte sich, dass er seine Freundin richtig eingeschätzt hatte: „Sie haben zum Zeitpunkt ihres Todes unter deutlichem, ich wiederhole: deutlichem! Alkohol- und Kokaineinfluss gestanden", flüsterte Schneider. „Alle beide. Wobei das Kokain die Wirkung des Alkohols subjektiv abgeschwächt haben dürfte."

„Du meinst, dass ihnen das Koks Nüchternheit vorgegaukelt hat?"

„Vermutlich schon, ja."

„Danke, Sissi, du hast uns sehr geholfen. Das ist mindestens einen Biergartenbesuch und ein Mittagessen wert."

„Ich würde sogar sagen, das ist ein Candlelight-Dinner auf dem Fernsehturm wert", widersprach die Rechtsmedizinerin. „Und zwar in Anzug und Krawatte."

„Argh!" Branntwein fasste sich instinktiv an den Hals. „Na gut. Einverstanden", überwand er sich zu sa-

gen. „Sobald der Fall abgeschlossen ist. – Ich meld'
mich heute Abend noch mal, wenn das okay ist."

„Gerne Franz. Bis später dann, Bussi!"

„Bussi!"

Susi, Daniel und Schorsch hatten währenddessen da-
mit begonnen, die Berichte über den Besuch bei Heiko
Bohnenschäfers Eltern und das Verschwinden von
Klaus Janssen zu schreiben. Jetzt blickten sie erwar-
tungsvoll auf. Auch Mausi unterbrach seine
Recherchen und hob den Kopf.

„Die Staatsanwaltschaft hat den Schleier des Schwei-
gens über die Obduktionsergebnisse gelegt",
informierte Branntwein sein Team. „Das bedeutet, dass
ihr alles, was ich euch jetzt sagen werde, nie gehört
habt und keinem Anderen gegenüber jemals erwähnen
werdet, auch nicht gegenüber Angestellten der Rechtsmedizin", betonte er und sah dabei direkt Susi an.

„Geht klar", nickte sie und wurde ein wenig rot.

„Herzog und zu Grüneburg waren zum Zeitpunkt
ihres Todes voll wie die Haubitzen und bis untern Kra-
genknopf mit Koks zugedröhnt", formulierte er
Schneiders Aussage mit eigenen Worten. „Es ist natürlich nur eine Vermutung, aber wenn ich mir den
Bericht und die Fotos vom Unfall ansehe, würde ich
annehmen, dass für Bornstein das gleiche gilt. So, wie
der über die Straße gebrettert sein muss ..."

„Jedenfalls erklärt das, warum es die Familien nicht
an die große Glocke hängen wollen", sagte Daniel. „Es
muss sie ein Vermögen gekostet haben, die ganze Jour-
naille zu bestechen, nicht wahr?"

„Du kannst ja mal bei der BLIND anrufen und die Schmierfink fragen, wie viel sie dem Blatt gezahlt haben", feixte Schorsch.

Branntwein hob abwehrend die Hand. „Ich glaube, das will ich gar nicht wissen, da wird mir nur schlecht."

„Mir auch", sagte Susi. „Aber wie geht's denn nun weiter, Chef? Wir haben nichts in der Hand."

Branntwein holte tief Luft. „Ich weiß es nicht", gab er zu. „Aber ich kann so einen Verdacht auch nicht einfach ignorieren. – Mausi, hast du schon herausgefunden, ob gegen Luca von Bornstein ermittelt wird?"

Der Computerexperte druckste ein wenig herum. „Die Kollegen Rieger und Franke sind zuständig für den Fall."

„Rieger und Franke!", rief Branntwein ungläubig. „Da könnten sie ja auch gleich Trödel und Bummel hinschicken!"

„Wen?", fragte Mausi.

„Ach, nix! Aber ausgerechnet die beiden Deppen, Zefix. Warum eigentlich? Sind die nicht mehr beim Einbruch? Weshalb ermitteln die plötzlich in einem Unfall mit Todesfolge?"

„Ähm – sie ermitteln wegen grober Sachbeschädigung."

„Sachbeschädigung! Ja, ich glaub's ja nicht!"

„Denk' an dein Herz, Chef, du wirst schon ganz rot im Gesicht, nicht wahr?"

„Soll ich mich vielleicht nicht aufregen bei so viel Mauschelei und Vetternwirtschaft?! Ich hasse das! Ihr glaubt gar nicht, wie sehr ich das hasse! Am liebsten würde ich alles hinschmeißen!", regte Branntwein sich auf.

„Bevor du das machst, trinkst du erst mal deinen Kaffee aus und ziehst die Jacke an. Wir fahren da jetzt hin und sprechen mit Bornstein", schlug Susi vor. Es klang mehr wie ein Befehl.

„Und wir beide besuchen Timo Bauer, nicht wahr? Mal sehen, was der zum Ableben seines Freundes zu sagen hat."

„Sowieso." Schorsch stand auf. „Hinschmeißen ist jedenfalls keine Option."

Franz Branntwein hatte nicht erwartet, mit ausgebreiteten Armen auf dem von Bornstein'schen Anwesen willkommen geheißen zu werden. Im Gegenteil. Ein verkniffen lächelnder Butler mit schütterem weißen Haar und leicht gebeugt, der sie schon an der Pforte hochnäsig würde zurückweisen wollen, deckte sich eher mit seinen Vorstellungen. Entsprechend kämpferisch eingestellt griff der Hauptkommissar nach dem gusseisernen Ring im Maul des Löwenkopfes und schlug damit energisch gegen das Holz.

Sie mussten nicht lange warten, und die Tür schwang auf. Vor ihnen stand eine jugendliche Frau im weißen Tennisdress. Den passenden Schläger hielt sie in der Hand. Ein überraschter Zug huschte über ihr Gesicht, ganz ähnlich dem des Ermittlers, machte jedoch schnell einem aufgesetzt gelangweilten Ausdruck Platz.

„Sie sind nicht der Tennislehrer", stellte sie fest. Ihr Blick huschte von Branntwein zu Susi und blieb dann mit abfälliger Miene an deren bunter Patchworkhose hängen. „Wenn Sie Spenden sammeln wollen: Meine Eltern sind nicht da." Sie machte Anstalten, die Tür zu schließen.

„Das ist Kriminalhauptkommissar Franz Branntwein", ließ sich Susi schnell vernehmen, „und ich bin Susanne Nowak. Wir hätten ein paar Fragen an Luca von Bornstein." Die beiden Ermittler zeigten ihre Ausweise.

„Ach!" In den Augen der jungen Frau funkelte neu erwachtes Interesse. Und noch etwas anderes. Branntwein konnte es nicht genau einschätzen. „Geht es um den Unfall?"

„Ja", übernahm er das Gespräch. „Und Sie sind ...?"

„Anne von Bornstein. Lucas Schwester."

„Sehr erfreut. Ist Ihr Bruder denn zu sprechen?"

„Bis vor 'ner Stunde hat er oben gelegen und geheult." Sie lehnte sich mit der Schulter an den Türrahmen und stieß verächtlich die Luft aus. „Wenn er nicht gerade Sachen durch die Gegend geschleudert oder kaputt geschlagen hat."

Branntwein und Susi tauschten einen Blick.

„Es geht ihm psychisch also nicht so gut?", hakte die Kriminalassistentin vorsichtig nach.

Anne von Bornstein schnaubte. „Es geht ihm so, wie es einem eben geht, wenn man seine zwei besten Freunde auf dem Gewissen hat", bemerkte sie ohne jeden Anflug von Mitgefühl. Sie wollte gerade fortfahren, als etwas hinter den beiden Ermittlern ihre Aufmerksamkeit erregte.

Susi und Branntwein drehten sich um. Ein braungebrannter, durchtrainierter Mittdreißiger in weißen Shorts und Polohemd näherte sich per Fahrrad. Die blaue Tasche in Tennisschlägerform auf dem Gepäckträger machte die letzten Zweifel zunichte, um wen es sich bei dem Ankömmling handelte.

„Sie sind entlassen!", rief ihm die junge von Bornstein entgegen.

„Was? Aber ich ..." Der Trainer trat noch ein paarmal in die Pedale, dann setzte er einen Fuß auf den Boden und wischte sich mit dem Frotteearmband an seinem Handgelenk den Schweiß von der Stirn.

Anne musterte ihn kühl. „Wer zu spät kommt, den bestraft das Leben."

Unschlüssig verharrte der Mann noch einige Sekunden. Sein Mund öffnete und schloss sich lautlos.

„Na los! Worauf warten Sie noch? Hauen Sie ab!"

„Ich ... ich werde das mit Ihrem Vater besprechen", brachte er schließlich hervor. „Immerhin haben wir einen Vertrag!"

„Ja, tun Sie das." Die junge Frau wedelte ungeduldig mit der Hand, als würde sie eine lästige Fliege vertreiben. „Aber jetzt verpissen Sie sich!" Ohne den Tennislehrer noch weiter zu beachten, wandte sie sich wieder den Ermittlern zu, die die Szene stumm beobachtet hatten. „Wo waren wir? – Ach ja. Luca. Erst hat er Adrian und Thomas getötet und jetzt macht er einen auf hysterische Diva."

Susi fand als erste die Sprache wieder. Das leise Knirschen von Fahrradreifen auf Kies untermalte ihre Worte. „Sie sprechen wiederholt davon, dass Ihr Bruder seine Freunde getötet haben soll. Warum? Glauben Sie denn nicht, dass es ein Unfall war?"

„Was ich denke, ist denen doch völlig egal. Hauptsache kein Skandal. Das sehen die Herzogs und die zu

Grüneburgs genauso. – Und was Sie denken, Herr Kommissar", sie lächelte spöttisch, „ist ihnen übrigens auch Wurst."

Plötzlich wusste Branntwein, was er in den Gesichtszügen Anne von Bornsteins gesehen hatte und immer noch sah: Eifersucht. Ihre nächsten Worte bestätigten seine Vermutung.

„Luca denkt immer, er sei besser als ich. Weil er älter ist. Und ein Junge. Und der Kronerbe, sozusagen." Sie warf den Tennisschläger achtlos hinter sich in die Halle, wo er nach kurzem Poltern liegen blieb. Die Arme fest vor der Brust verschränkt, fuhr sie fort: „Aber ich weiß viel mehr über das, was er treibt, als er ahnt. Ich habe ihm das auch gesagt, aber er glaubt mir nicht."

„Zum Beispiel?", fragte Branntwein nach.

Annes Augenbraue zuckte in die Höhe. „Zum Beispiel, dass er kifft." Pause. „Und kokst."

Die Ermittler reagierten noch immer nicht.

Ihre Stimme wurde lauter, der Tonfall verzweifelter. „Er surft im Darknet! Hat sich das Zeug einfach übers Internet bestellt! Er ist eben nicht der brave Prinz, für den unser Vater ihn hält! Und außerdem ...", sie holte tief Luft. „ ...und außerdem fickt er mit Männern!", spielte sie den ihrer Ansicht nach höchsten Trumpf aus. „Ganz bestimmt hatte das was mit diesem komischen Ausflug zu tun, den die drei an seinem Geburtstag geplant hatten. Deshalb wollte er mich auch nicht mitnehmen. "

„Am Tag des Unfalls? Wie darf ich mir das vorstellen?", fragte Branntwein, dem einige Gründe einfielen, weshalb Luca seinen Geburtstag lieber ohne diese unangenehme Person hatte feiern wollen. „Hatte er denn einen – hm – festen Freund? Vielleicht sogar Thomas? Oder Adrian?"

Anne von Bornstein verzog hämisch die Lippen. „Natürlich nicht! Luca ist eine verkappte Schwuchtel. Die von Bornsteins haben hetero zu sein. Da ist kein Spielraum für Individualität."

Branntwein und Susi nickten scheinbar verständnisvoll.

„Jedenfalls hab' ich ihn an dem Tag beobachtet. Er ist gleich nach den offiziellen Geburtstagsfeierlichkeiten in seine Suite zurück und hat sich umgezogen. Sicher nicht für irgendeinen Klub oder so, sondern ganz bequemes Zeug. Außerdem hat er einen Rucksack mitgenommen. Und die Taschenlampe aus der Abstellkammer."

Der Adrenalinspiegel der Ermittler stieg. „Wissen Sie denn auch, wo er hin wollte?", fragte Susi bemüht nonchalant.

„Nee, keine Ahnung. Erst mal zu Thomas und Adrian, nehme ich an. Sie waren ja dann zu dritt im Auto." Anne zuckte die Schultern und stieß sich vom Türrahmen ab.

„Dann würden wir jetzt gerne Ihren Bruder sprechen", sagte Branntwein, bemüht, sich die Enttäuschung nicht anmerken zu lassen.

„Ach! Hatte ich das gar nicht erwähnt?" Anne von Bornstein gab sich übertrieben zerknirscht „Er ist nicht da. Meine Eltern haben beschlossen, dass er erst mal in ein Sanatorium in der Schweiz soll. Therapeutisches Berge Anjodeln wahrscheinlich – einen schönen Tag noch!"

Mit diesen Worten drehte sie sich schwungvoll um und warf den verdutzten Ermittlern die Tür vor der Nase zu.

***

Der Durst, die Kälte und die Angst krochen in jeden Winkel ihres Körpers. Das Denken fiel immer schwerer.

„Bitte sei mir nicht böse", wandte sie sich stumm an ihr ungeborenes Kind, „aber ich kann nicht anders. Ich muss es versuchen. Ich dreh' sonst durch."

Unter großer Kraftanstrengung löste sie das Handrad des Ventils Millimeter für Millimeter.

Trotz der niedrigen Temperaturen trat Jenny der Schweiß auf die Stirn. Bald hörte sie es tropfen. Wenig später ein leises Rauschen, das schnell anschwoll. Doch es kam nicht von einer Stelle über ihrem Kopf. Das Wasser spritzte über den Rand der Springerstiefel an ihre nackten Unterschenkel. Und es schien zu steigen.

„Höchstens eine halbe Stunde", hatte Timo versichert.

Wie lange war das nun her?

SIEBENUNDZWANZIG

Timo Bauer saß in seinem Arbeitszimmer in der Villa an der Isar und starrte auf die langen Reihen aus Zahlen, Buchstaben und Sonderzeichen, die sein Bruder ihm überlassen hatte. Es war dem Dom letztendlich natürlich doch gelungen, seinen verschollenen Hacker ausfindig zu machen. Timo machte sich keine Illusionen darüber, was es bedeutete, dass nun er und nicht Chris die Websites löschen sollte, über die die Fänge hatten gebucht werden können: Chris war Geschichte.

Seufzend wechselte Timo zum TOR-Browser, um ins Darknet zu gelangen, und gab den ersten Code ein. Der Trailer startete sofort:

Ein vermummter Mann rannte durch den Wald. Der Kerl wirkte durchtrainiert, seine Körpersprache drückte Entschlossenheit aus. Chris hatte bewusst auf Hintergrundmusik verzichtet: Die stampfenden, raschelnden und knackenden Geräusche, mit denen die wuchtigen Stiefel durchs Unterholz brachen, und der stoßweise Atem des Läufers bildeten eine spannungsgeladene phonetische Kulisse.

Die Kameraeinstellung veränderte sich. Der Zuschauer hatte nun das Gefühl, selbst durch die Bäume zu hetzen, Zweige und Äste vor sich aus dem Weg schlagend. Plötzlich lichtete sich der Wald, es wurde heller, das Bild hörte auf zu wackeln, die Kamera stand still. Eine junge Frau tanzte im Sonnenlicht, die Strahlen durchdrangen ihr unschuldig-weißes Kleid, umschmeichelten die schlanke Silhouette ihres Körpers. Der Zoom richtete sich auf den kleinen Po und die Brüste des Mädchens, deren erigierte Warzen sich unter dem dünnen Stoff ebenso deutlich abzeichneten wie der schmale Streifen Haare auf ihrem Venushügel. Nun war wieder der keuchende Atem des Läufers zu hören. Unvermittelt bemerkte das Mädchen den heimlichen Beobachter, unterbrach seinen Tanz und legte erschrocken die Fingerspitzen beider Hände an den Mund. Mit großen Augen starrte es in die Kamera. Das Bild gefror.

Du willst mich? Dann hol' mich doch!

Die rote Schrift blitzte auf, blieb für ein paar Sekunden sichtbar und verschwand wieder. Nun konnte der User zwischen *Spiel buchen* und *Video erneut abspielen* wählen.

Es gab die Seite auch in einer zweiten Version, mit einem adonisgleichen Jüngling in hautengen Pants statt der Frau im dünnen Kleid. Auch bei den Auswahlkriterien zur Ausstattung im Nest und den körperlichen Attributen des Fangs gab es Unterschiede. Er würde beide Web-Auftritte endgültig und unwiderruflich löschen und danach noch einmal in den Perlacher Forst fahren. Egal was Nicki sagte – Timo wollte die merkwürdige Hure nicht einfach da unten sterben lassen. Auch wenn ihre Leiche sowieso nie jemand finden würde. Irgendwie fühlte es sich so an, als würde er durch das heimliche Aufbegehren auch Heikos Qualen ein wenig sühnen können. Natürlich durfte der Dom niemals etwas davon erfahren. Timo wusste: Das wäre sein direkter Weg in den Himmel.

Daniel Baumann und Georg Hinterhuber waren indessen nicht einmal in die Nähe eines Mitglieds der Familie Bauer gekommen.

Der Zugang zum Anwesen war durch ein hohes Eisentor samt Pförtnerloge versperrt, das Schorsch eher an den Sicherheitsbereich einer Rüstungsfirma erinnerte als an die Einfahrt zu einem Privathaus. „Des wird nix", hatte er geunkt, und prompt war ihnen die Zufahrt verwehrt worden.

Auch das Zücken der Dienstausweise hatte die beiden Kriminaloberkommissare nicht weiter gebracht. Eher im Gegenteil. Einer der beiden bewaffneten Sicherheitsleute hatte mit einer Routine, die klarmachte, dass sie nicht die ersten und auch nicht die letzten Staatsdiener sein würden, die an dieser Stelle scheiterten, und den knappen Worten: „Nur mit Termin oder Vorladung" die Visitenkarte einer renommierten Münchener Anwaltskanzlei mit Sitz in der Maximilianstraße durchs Seitenfenster gereicht und eine deutliche Handbewegung zur öffentlichen Straße hin gemacht. „Wenn die Herren dann so freundlich wären ..."

Nun saßen die sich gar nicht so freundlich fühlenden Herren der Villa gegenüber in ihrem Auto und hielten Kriegsrat. Schorsch hatte so geparkt, dass sie zwar das Tor im Blick hatten, selbst aber vermutlich nicht auffallen würden.

„Und jetzt?", wandte er sich fragend an Daniel.

„Warten wir, bis einer herausfährt und hängen uns dran, nicht wahr?", antwortete der Schleswig-Holsteiner.

„Und wenn's dann nur die Nanny ist, die die Kleinen zum Bonzen-Spielplatz kutschiert?", wandte Schorsch zweifelnd ein.

„Dann ... Moment, warte! Das werden wir gleich sehen!" Daniel deutete aufgeregt mit dem Finger zum Tor, das gerade zur Seite glitt. „Ein dunkler SUV mit getönten Scheiben! Könnte glatt der aus dem Wald sein, nicht wahr?"

„Ja, könnte. Oder auch nicht. Davon gibt's doch so viele wie Mücken am Lerchenauer See", antwortete Schorsch, legte aber den Gang ein und folgte dem Wagen. „Ruf' mal Mausi an und gib ihm das Nummernschild durch."

Der Computerexperte ging beim ersten Läuten ran. „Halterüberprüfung? Das trifft sich gut", sagte er. „Da bin ich sowieso im richtigen Programm. Die Kollegen von der Abteilung *abgängige Personen* haben mir ein paar Fotos mit Nummernschildern der Freier von der Friedenstraße zur Überprüfung geschickt, ich wollte gerade damit anfangen. – Sie suchen ja immer noch nach Franz' Nachbarin, dieser Jenny Heinrich, sind aber mal wieder komplett überlastet – im Gegensatz zu mir, der ich ja den ganzen Tag nur in der Nase bohre", fügte er feixend hinzu.

„Du bist eben schneller und besser als die, nicht wahr?", stimmte Daniel friedfertig zu. „Aber ob die Männer dort wissen, dass sie nicht anonym sind?", überlegte er weiter. „Ist das denn vom Datenschutz her und so weiter überhaupt legal?"

„Du, das ist mir eigentlich Wurst. Ich finde es gut und richtig, dass die Damen sich gegenseitig schützen.

Allerdings hat mir der Kurt von der Abteilung für vermisste Personen erzählt, dass sich die Prostituierten ihre Fotos ganz gut haben bezahlen lassen."

„Bezahlen lassen?", wunderte sich Daniel.

„Na, einen Beschluss zur Beschlagnahme der Handys hatten der Kurt und sein Kollege nicht dabei. Meiner Ansicht nach auch der Grund, weshalb es nicht nur ein oder zwei Aufnahmen waren. Merkwürdigerweise konnten sich die Damen nämlich nicht daran erinnern, ob und wann die Vermisste zu einem Freier ins Auto gestiegen ist. Und schon gar nicht, in welches genau. – Aber jetzt schieß los, Daniel, ich hab nicht den ganzen Tag Zeit. Wie lautet das Nummernschild?"

Schorsch grummelte zustimmend. „Ja, schickts euch mal ich glaub', der Wagen könnt' glatt zum Perlacher Forst wollen."

Nachdem Daniel die einprägsame Buchstaben- und Zahlenkombination genannt hatte, war es einige Sekunden still in der Leitung. Dann pfiff Mausi leise durch die gespitzten Lippen. „Das ist interessant", meinte er.

„Was denn? Spuck's schon aus!", herrschte Schorsch ihn an, der gerade noch zwei Autos hinter dem Verfolgten über eine gelbe Ampel hatte huschen können.

„Das ist ein Firmenwagen. Gehört zum Fuhrpark von Im- und Export Bauer. Dominik Bauer", fügte er bedeutsam hinzu. „Und wisst ihr, von wo mir dieses Autokennzeichen gerade noch ins Auge springt?"

„Von deinem zweiten Computerbildschirm mit den Fotos aus der Friedenstraße?", fragte Daniel auf gut Glück.

„Bingo. Der Kandidat hat hundert Punkte! – Leute, ich muss dem Chef Bescheid sagen. Bis später!"

„Das ist ja merkwürdig, nicht wahr?" Daniel unterbrach die Verbindung, behielt das Smartphone aber in der Hand. Er sah zu Schorsch. „Was hat denn jetzt das eine mit dem anderen zu tun?"

„Hoffentlich nix", antwortete sein Freund.

„Aber dass eine Nanny mit dem Nachwuchs in dem Wagen vor uns sitzt, können wir jetzt zumindest ausschließen, nicht wahr?"

„Sowieso", stimmte Schorsch zu und setzte den Blinker. Er hoffte, dass sich entweder Mausi oder der Chef selbst bald wieder mit neuen Instruktionen melden würden. Alles sah danach aus, dass sie tatsächlich auf dem Weg ins Waldgebiet waren.

Kriminalhauptkommissar Branntwein war mit seiner Assistentin nach dem zwar sehr informativen, aber dennoch nicht zufriedenstellenden Besuch bei den von Bornsteins auf dem Weg zurück ins Präsidium, als sein Smartphone die Hymne des TSV 1860 intonierte. Selbstredend befand sich das Gerät nicht in der dafür vorgesehenen Halteeinrichtung mit Freisprechfunktion, sondern in der rechten Brusttasche seiner Jeansjacke, aus der es Susi nun umständlich herausfummeln musste.

Ihr Chef hatte seine Schimpftirade auf die Münchner Oberschicht im Allgemeinen und deren pubertierende Abkömmlinge im Besonderen unterbrochen und meldete sich knapp: „Branntwein!"

„Franz?!" Dirk Sommers Stimme drang aufgeregt aus dem Lautsprecher.

„Ja?! Dirk, bist du das?!"

„Franz, hör' zu, ich hab' mich getäuscht! Die Klamotten, ich meine, die, die du mir da gezeigt hast, da im Präsidium, beziehungsweise die Fotos, also nicht in echt ..." Er verhaspelte sich.

„Ganz ruhig, Dirk. Atme mal tief ein. – So ist's gut. – Ich weiß schon, was du meinst. Also, nochmal von vorn. Was ist mit den Sachen?"

Sommer stieß die Luft aus. „Ich hab' mich geirrt. Sie sind doch von Jenny." Sein Schluchzen hallte durchs Auto, gefolgt vom Geräusch einer verschnupften Nase, für die kein Taschentuch zur Hand war. „Was bedeutet das jetzt? Wie kann das sein? Ich hab' das Gefühl, dass etwas Schreckliches passiert ist!"

„Jetzt mal ganz ruhig", intervenierte Branntwein erneut, während er selbst einen ganz und gar beunruhigten Blick mit seiner Assistentin tauschte. „Wie kommst du denn darauf?"

„Über ihren Email-Account!" Dirk schniefte. „Ich dachte halt, ich guck' da mal nach, ob ich irgendwas finde. Keine Ahnung was, ich wollte halt einfach mal nachsehen. Ihr Passwort ist ja gespeichert. Normalerweise würde ich nie ...."

„Ja, ist schon gut, Dirk", unterbrach Branntwein den Redefluss. „Niemand macht dir einen Vorwurf. Und was hast du denn da jetzt entdeckt, in den Emails?"

„Die Aufforderung von einem Secondhand-Auktionshaus, dass sie ihre Einkäufe dort bewerten soll. Das sind genau die Sachen, die du mir gezeigt hast! Bis auf die Strumpfhose. Und die Unterhose. Die waren nicht dabei", schränkte er ein.

„Und du bist dir sicher?", hakte Branntwein nach, der den Mercedes mittlerweile in eine Parkbucht gesteuert und den Motor abgestellt hatte.

„Ja!" Dirks Stimme klang verzagt. „Ganz sicher! – Franz, sag mir die Wahrheit! Ist ihr was zugestoßen? Woher habt ihr die Kleidung, ich ..."

„Wart mal bitte kurz, Dirk, ich krieg' einen zweiten Anruf rein", musste der Kommissar erneut unterbrechen. „Ja, Mausi? Was gibt's?", meldete er sich dann.

Die neuen Informationen, die ihnen der Computerexperte mitteilte, veranlassten Branntwein, den verzweifelten Dirk Sommer erst mal aus der Leitung zu werfen; nicht ohne ihm zu versichern, dass er sich wieder melden würde, sobald es etwas Neues gäbe. Dann bat er Mausi um eine Konferenzschaltung mit Daniel und Schorsch.

„Wo seid ihr gerade?", fragte er als erstes.

„Wir sind im Wald. Ungefähr einhundert Meter vom Auto des Verdächtigen entfernt", antwortete Daniel leise. „Unser Wagen steht vorne an dieser Zufahrt von der Autobahnmeisterei. Wir mussten zu Fuß weiter, sonst hätte er uns entdeckt, nicht wahr?"

„Mausi, hast du ihre genauen Standortdaten?"

„Natürlich."

„Und wo ist der Verdächtige jetzt?", wandte sich Branntwein wieder an Daniel.

„Er sitzt noch im Auto", wisperte der Schleswig-Holsteiner. „Hier ist es unter den Bäumen so dunkel, dass wir die Innenbeleuchtung sehen würden, wenn er die Tür aufmacht, nicht wahr?"

„Und warum flüsterst du dann?"

„Ich flüstre doch nicht!"

Branntwein räusperte sich. „Egal. Jetzt hört mal zu: So wie's aussieht, müssen wir mal wieder ein wenig spekulieren und die Zeit drängt. Also, die Kleidung, die wir im Zirkuswagen gefunden haben, gehört meiner vermissten Nachbarin, Jenny Heinrich."

„Aber ...", fiel ihm Daniel ins Wort.

„Was genau hast du jetzt an *die Zeit drängt* nicht verstanden?", blaffte Branntwein ihn an. „Okay, also weiter", sagte er ins beleidigte Schweigen hinein. „Die Kleidung war sauber, Bett und Toilette im Anhänger unbenutzt. Dafür lagen fünfhundert Euro rum und Jenny hatte sich als Prostituierte ausgegeben." Er holte Luft. „Die Tatsache, dass Heiko Bohnenschäfer an einen Baum gekettet im Wald gefunden wurde, mit Koordinaten im Hintern, die zu der Stelle führen, an der Jennys Kleidung lag, und dass Jenny jetzt verschwunden ist, lässt nichts Gutes ahnen."

„Wir glauben, dass sie ebenfalls irgendwo festsitzt und auf jemanden wartet, der nicht kommen wird", präzisierte Susi. „Weil wir ja dabei aufgenommen wurden, wie wir den Zirkuswagen durchsucht haben."

„Und jetzt ist das gleiche Auto, das gestern auch an der Friedenstraße war, bei euch im Wald", ergänzte Mausi. „Vielleicht kommt sie also doch jemand holen. Zufall ist das jedenfalls keiner! – Soll ich eigentlich den Kollegen von der Vermisstenabteilung Bescheid geben?", wandte er sich dann fragend an seinen Vorgesetzten. „Obwohl ja eigentlich schon wir zuständig sind, falls das Ganze mit dem ungeklärten Todesfall zusammenhängt."

„Nö, lass' mal", beschied Branntwein. „Die sollen ruhig weitersuchen. Die Hoffnung stirbt zuletzt. Hm. Das war jetzt vielleicht etwas unglücklich formuliert", fiel ihm selbst auf. Er räusperte sich. „Aber das fehlte mir gerade noch, dass da jetzt mehr Idioten als nötig durch den Wald stapfen."

„Wie bitte?", ließ sich der Schleswig-Holsteiner pikiert vernehmen.

Branntwein ignorierte ihn. „Also, Daniel und Schorsch: Ihr haltet die Stellung. Wenn der Fahrer sein Auto verlässt, sagt ihr Bescheid. Susi und ich kommen so schnell wie möglich zu euch, aber 'ne gute halbe Stunde wird's mindestens dauern. Handys bleiben alle auf Empfang. Mausi, du behältst ihren Standort im Auge."

„Alles klar, Franz."

„Machen wir Chef, nicht wahr?"

„Sowieso."

Timo Bauer starrte auf den Siegelring mit dem Familienwappen, den er am kleinen Finger trug. Auch so eine völlig überzogene, blödsinnige Idee seines Bruders. Ein Siegelring mit Familienwappen! Aber solche Dinge waren dem Dom eben wichtig. Mehr Schein als Sein. Eigentlich nur Schein, wenn Timo es recht bedachte.

Heikos Tod hatte etwas in ihm verändert. Er, der immer loyal, meist sogar kriecherisch und unterwürfig gewesen war, wie er sich eingestehen musste, war jetzt drauf und dran, sich über die Wünsche – ach was,

Wünsche! – Befehle! – seines Bruders hinwegzusetzen und einer jungen Frau das Leben zu retten, die er eigentlich sterben lassen sollte. Vorsichtshalber. Die er eigentlich vorsichtshalber sterben lassen sollte.

Auch das fand Timo völlig überzogen. Das Versteck lag zwar wie immer nicht besonders weit vom Nest entfernt, aber der Wald lag trotzdem ruhig vor ihm. Von wegen, es würde nur so vor Bullen wimmeln. Denen war Heiko doch genauso egal wie allen anderen. Allen anderen außer ihm. Und vielleicht noch Heikos Mutter. Heiko hatte ihm von ihr erzählt. Hatte sie ihm sogar vorstellen wollen. Irgendwann. Bald.

Zu spät. Eine Träne löste sich aus Timos Wimpern und rollte die Wange hinab. Energisch wischte er sie fort, schnappte sich den Rucksack der kleinen Nutte, in der ihre Hose und Jacke steckten, und stieg aus. Bestimmt war ihr ein wenig kalt geworden über Nacht. Timo hoffte, dass sie keine Zicken machen würde. Wäre schade, wenn er sie letztendlich doch töten müsste. „Nicht so ganz Sinn der Sache", dachte er mit einem Anflug schwarzen Humors, dann machte er sich auf den Weg.

***

Das Wasser reichte Jenny bis zur Brust. Das Ventil klemmte, ließ sich nicht mehr schließen. Bei den zahllosen Versuchen hatte sie ihre letzten Kräfte verbraucht.

Sie spürte ihre Beine nicht mehr. Hände und Finger waren ebenfalls taub.

Es war nur noch eine Frage der Zeit, bis sie das Bewusstsein verlieren und in ihr nasses Grab hinabrutschen würde.

„Höchstens eine halbe Stunde", hatte Timo versichert.

Wie lange war das nun her?

Die Antwort war einfach: Zu lange.

ACHTUNDZWANZIG

„Chef?" Diesmal hatte Daniel Baumann allen Grund zu flüstern. „Der Fahrer ist ausgestiegen. Wir konnten leider nicht erkennen, wer es ist. Aber er hat einen glitzernden Rucksack dabei. Rosafarben. Nicht gerade das typische Accessoire für einen Mann, nicht wahr?"

„Wenn du das sagst", antwortete Branntwein.

Dass Daniel diese Provokation überging, war ausschließlich seiner Anspannung geschuldet. „Sollen wir ihm folgen?"

„Ja. Aber seid vorsichtig. Vermutlich ist er bewaffnet. Das gehört ja quasi zum guten Ton, wenn man mit der Mafia zu tun hat", warnte der Hauptkommissar.

„Das sind wir auch", murmelte Schorsch.

Timo Bauer stapfte zielsicher quer durchs Gehölz. Die Bäume verschluckten zwar aus der Entfernung betrachtet die Helligkeit, vor allem vom lichten Waldrand aus in den Forst hinein, doch wenn man sich zwischen ihnen befand, bereitete die Orientierung dank des sommerlichen Tageslichts keinerlei Probleme. Bauer bemühte sich nicht darum, besonders leise zu sein, war aber auf der Hut.

Daniel und Schorsch hatten zu ihrer Zielperson aufgeschlossen und sich ihr bis auf circa fünfzig Meter genähert. Mittlerweile hatten sie den Mann erkannt. Sein Foto war erst am Tag zuvor auf Mausis Flatscreen erschienen, zusammen mit dem seines Bruders.

„Es ist Timo Bauer." Schorsch flüsterte ebenfalls.

Schon nach wenigen Minuten wurde der Wald dichter. Die Dornen der allgegenwärtigen Sträucher zerrten an den Hosenbeinen der Kriminalbeamten, die, im Gegensatz zum Verfolgten, nicht einfach drum herum gehen konnten, sondern auf ihre Deckung achten mussten. Auch moosbewachsenes Felsgestein und Totholz machten das Vorankommen jetzt schwieriger.

Timo Bauer hatte gerade die Kuppe eines kleinen Hügels erreicht. Er blieb stehen, um kurz zu verschnaufen. Das Gelände hinter ihm fiel steil ab. Der Hang schien Opfer eines Erdrutsches geworden zu sein. Die abgerissenen Wurzeln zweier umgeworfener Jungfichten stachen wie bleiche Arme aus der steinigen Erde hervor.

„Egal", dachte Timo. Er hatte sein Ziel fast erreicht. Dann eben noch zehn Meter auf dem Grat entlang, von dort aus ging es in sanftem Bogen nach unten. Er hatte sich gerade abgewandt und die Träger von Jennys ehemaligem Schulrucksack zurechtgerückt, als er aus dem Augenwinkel zwischen den Bäumen unter sich eine Reflektion bemerkte. Etwas war im Sonnenlicht aufgeblitzt. Er verharrte mitten in der Bewegung. „Hallo? Ist da jemand?"

„Scheiße", schimpfte Schorsch. Er hatte selbst gemerkt, dass sich ein Sonnenstrahl aufs Gehäuse seiner Armbanduhr verirrt hatte. „Saudumm, dass sich der Depp grad jetzt umdreh'n muss", dachte er noch. Ein Blick zu Daniel, ein knappes Nicken, und die beiden Ermittler traten zeitgleich aus ihrer Deckung.

„Herr Bauer, mein Name ist Georg Hinterhuber. Wir sind von der Polizei."

„Wir möchten Ihnen nur ein paar Fragen stellen, nicht wahr?", ließ sich Daniel betont ruhig vernehmen.

Timo konnte es kaum glauben. Sollte der Dom doch noch recht behalten? Aber ... – Wieso kannten die Bullen seinen Namen? Hatten sie ihn etwa verfolgt? Das konnte eigentlich nur eins bedeuten: Sie wussten Bescheid. Verdammt! Instinktiv griff er zum Schulterholster, um seinen Revolver zu ziehen, hielt aber gleich wieder inne. Beide würde er nicht abknallen können, ohne selbst dran zu glauben.

Daniel war die Bewegung nicht entgangen. Er hatte seine Dienstwaffe schon in der Hand, den Lauf allerdings zu Boden gerichtet. „Halten Sie Ihre Hände so, dass wir sie sehen können."

„Leck' mich!", rief Timo Bauer zurück, fuhr herum und ergriff den kürzesten Fluchtweg: senkrecht den abgerutschten Hang hinab.

„Halt! Bleiben Sie stehen!", brüllte Schorsch, zog ebenfalls seine Pistole und nahm zusammen mit Daniel die Verfolgung auf.

Die drei Ohrzeugen an den Smartphones lauschten dem Geschehen im Wald, ohne selbst eingreifen zu können.

Der alte Mercedes Diesel jagte röhrend über die Zufahrtsstraße der Autobahnmeisterei, am verlassenen BMW der Kollegen vorbei, um kurz darauf mit quietschenden Bremsen am Waldrand zum Stehen zu kommen. Branntwein sprang aus dem Wagen; seine Assistentin folgte sogleich. Hektisch zuckte das aufgesetzte Blaulicht über die Nadeln und Blätter der umstehenden Bäume.

„Hundertzwanzig Meter geradeaus Richtung elf Uhr", informierte der Computerexperte.

„Danke Mausi. – Daniel? Schorsch?", rief Branntwein ins Mikrofon seines Headsets „Wir sind jetzt da. Versucht einfach ..."

Plötzlich ein markerschütternder Schrei.
Dann Stille.

Susi fasste sich reflexartig an die Kehle. „Um Gotteswillen, was ist los bei denen?"

Schorschs schwerer Atem vermischte sich mit dem Geräusch von loser Erde und Kies unter festen Sohlen. „Wir haben ihn." Seine Stimme klang seltsam tonlos. „Mausi, schick' 'nen Sanka her. Schnell."

Der Anblick, der sich Franz Branntwein und Susanne Nowak bei ihrem Eintreffen an der kleinen Anhöhe bot, würde noch lange in ihrem Gedächtnis verankert bleiben.

Offensichtlich war Timo Bauer bei seinem Fluchtversuch an einer der vielen Brombeerranken hängengeblieben, gestolpert und Kopf voran bäuchlings die Senke hinab gerutscht. Erst die Wurzel eines umgestürzten Baumes hatte ihn stoppen können. Sie steckte tief in seiner rechten Schläfe. Durch den abrupten Aufprall war der restliche Körper noch ein Stückchen nach unten geglitten, weshalb der Mann nun seltsam verdreht auf der Erde lag.

„Punktlandung", kommentierte Schorsch im Versuch, seine Erschütterung mit Sarkasmus zu überspielen. „Lebt aber noch." Er hatte neben dem Ohnmächtigen am Boden gekniet und stand nun langsam auf. Bedächtig klopfte er sich den Schmutz von den Knien.

Viel hilfloser als jetzt gerade hätten sich die Vier kaum fühlen können. Auch wenn die Stelle, an der die geschätzt vier Zentimeter dicke Fichtenwurzel in den Schädel eingedrungen war, kaum blutete, ließ der Winkel, in dem der Kopf auf dem Hals saß, nichts Gutes ahnen. Keinesfalls durften sie den Schwerverletzten bewegen. Niemand sagte etwas.

„Krankenwagen ist in drei Minuten da", ertönte schließlich Mausis Stimme an den Ohren der Kollegen.

Susi räusperte sich. „Ich laufe mal an den Waldrand. Damit sie wissen, wo sie hin müssen."

„Mach' das." Der Kriminalhauptkommissar hob den Kopf und nickte ihr zu. Die Starre löste sich. „Schorsch, hol' mal bitte den Rucksack her, er liegt da drüben unter dem Farn. Mal sehen, ob Dirk Sommer ihn auf einem Foto identifizieren kann. Und dann brauchen wir hier jetzt endlich ein paar Suchhunde, zefix nochmal! Ist mir schnurzpiepegal, was die Frau Staatsanwältin davon hält."

„Ich tu' mein Bestes", versprach Mausi.

Noch während der Notarzt mit Hilfe einer akkubetriebenen Knochensäge die Wurzel vorsichtig ein gutes Stück über der Eintrittswunde durchtrennte, bestätigte Dirk Sommer, dass es sich bei dem in Timo Bauers Besitz befindlichen Rucksack um den seiner Freundin

Jenny Heinrich handelte. Auch die Cordhose, das Handy, der Schminkbeutel und die Sweatshirt-Jacke wurden von ihm eindeutig wiedererkannt.

Es gelang Branntwein nur schwer, den aufgeregten Mann einigermaßen zu beruhigen. Er schien mit den Nerven am Ende zu sein. „Und nicht zu Unrecht", dachte der Kommissar. Für ihn stand fest, dass es für Timo Bauer nur einen Grund gegeben haben konnte, mit dem Eigentum der Vermissten durch den Wald zu laufen: Er wollte zu ihr. Ansonsten hätte er die Sachen längst anderweitig entsorgen oder vernichten können.

„Den hatte er in der Hosentasche." Einer der Rettungssanitäter reichte Branntwein Jennys Personalausweis, bevor er sich zu der Trage umdrehte, auf der der Verletzte mittlerweile lag.

Das herausstehende Wurzelstück war mit viel Leukoplast gesichert, die Halswirbelsäule durch eine steife Zervicalstütze geschützt worden. Die Nase schien ebenfalls etwas abbekommen zu haben. In einer Vene von Bauers linkem Arm steckte ein Infusionszugang. Der Notarzt nahm den Beutel mit der Kochsalzlösung und den darin aufgelösten Medikamenten zur Kreislaufstabilisierung, der auf dem Bauch des immer noch Ohnmächtigen lag, und hielt ihn in die Höhe, damit die Flüssigkeit in die Blutbahn gelangen konnte. Die beiden Sanitäter hoben die Trage an; der Trupp schickte sich an zu gehen.

„Einen Moment noch, Herr Doktor!", rief Branntwein. „Was denken Sie, wann er vernehmungsfähig sein wird?"

Der Angesprochene blickte über die Schulter: „Das lässt sich unmöglich sagen. Erst mal muss er die Operation überstehen."

„Wo bringt ihr ihn denn hin?", erkundigte sich Daniel. „Unser Kollege im Büro muss sich drum kümmern, dass er unter polizeilicher Beobachtung bleibt, nicht wahr?"

„Ins Perlacher", lautete die knappe Antwort. „Los jetzt", wandte sich der Notarzt an die Träger. „Und immer schön waagrecht halten."

Nachdem das Rettungsteam abgezogen war, blieben die vier Ermittler ein wenig ratlos zurück. Branntwein ging unruhig auf und ab. Warten war noch nie seine Stärke gewesen. „Was ist denn jetzt mit den Hunden?", fragte er niemand bestimmten. „Das kann doch nicht sein, dass wir hier wie die Deppen rumsteh'n, während Jenny irgendwo festsitzt und tausend Tode stirbt vor Angst!"

„Weit weg kann sie eigentlich nicht sein", überlegte Susi. „Da war doch so ein Plan am Kühlschrank. Erinnert ihr euch? In dem Zirkuswagen meine ich. Das Gebiet, das da drauf war ..., wie groß wird das gewesen sein? Fünfhundert Quadratmeter? Sechshundert?"

Branntwein war stehengeblieben. „Mehr nicht", stimmte er seiner Assistentin zu. „Und der Anhänger steht ... Moment ... ähm .... in dieser Richtung?" Es hörte sich mehr nach einer Frage an. Sein Finger zeigte nach Westen.

„Des hamma gleich", sagte Schorsch und griff nach dem Smartphone. „Mausi? – Ja, als sie weg sind, hat er noch gelebt", antwortete er auf eine Frage, die der

Computerexperte offensichtlich gestellt hatte. „Kannst du einen Kollegen ins Perlacher schicken? – Prima. – Du, weshalb ich anruf' ...." Er schilderte die These des nahe gelegenen Aufenthaltsortes von Jenny Heinrich. „Oh-oh", sagte er dann, und „Ah ...! – Mhm ..."

Branntwein und Susi verdrehten die Augen.

„Lautsprecher", formte Daniel mit den Lippen, wurde von seinem Lebensgefährten aber nicht erhört.

Kurz bevor einem der drei der Kragen platzte, beendete Schorsch das Telefonat, hob mit Blick auf das Display die Hand zum Zeichen, dass die anderen noch kurz warten sollten, und wandte sich endlich seinen Kollegen zu.

„Ich hab' eine gute und eine schlechte Nachricht", sagte er dann. „Zuerst die schlechte: Die Suchhunde sind abgelehnt. Werden angeblich alle am Flughafen gebraucht. Irgendeine Bombenwarnung oder so. – Aber", fuhr er ansatzlos fort und zog das Wort dabei künstlich in die Länge, „Mausi hatte auch schon die Idee, dass Timo Bauer sicher nicht kilometerweit weg von der Stelle geparkt hätte, wo er – oder wer auch immer – Jenny zurückgelassen hat."

„Und?", hakte Branntwein ungeduldig nach.

„Und ... er denkt auch, dass wir den Bereich zwischen hier und dem Zirkuswagen großräumig absuchen sollten. Der steht übrigens ungefähr zweihundertfünfzig Meter in dieser Richtung." Er zeigte nach Osten.

„Wenn wir davon ausgehen, dass Timo Bauer sein Auto möglichst nah abgestellt hat und zwischen dem Ort, an dem Jenny ist, und dem Zirkuswagen ein Abstand von sagen wir mal mindestens hundert Metern sein muss – und das wäre schon sehr wenig –, müssen wir eigentlich nur den halben Radius von einhundertfünfzig Metern absuchen, nicht wahr?", trug Daniel zum allgemeinen Überlegen bei. „Und wenn wir weiter davon ausgehen, dass die Fläche A gleich dem Radius r im Quadrat mal Pi ist, dann ...."

„Stehen wir morgen auch noch da", unterbrach Branntwein ihn trocken. „Also, wer ist dafür, dass wir einfach mal anfangen zu suchen?"

Susi hob die Hand. Daniel schwieg beleidigt. Schorsch nickte. „Sowieso."

„Wir gehen nebeneinander", beschloss Branntwein. „Abstand höchstens zwanzig Meter. Erst mal zweihundert Schritt geradeaus."

„Die kann er aber selber zählen, die Schritte, nicht wahr?", flüsterte Daniel.

Schorsch grinste aufmunternd.

„Und ausgerechnet heute habe ich die Cola im Auto gelassen", seufzte Susi. „Dabei komme ich um vor Durst. Denkt ihr, dass man das Wasser hier trinken kann? Wohl eher nicht, oder?"

„Hä? Welches Wasser denn?", fragte Branntwein.

„Na, hier ist doch irgendwo ein Bach. Hörst du das denn nicht?"

„Was soll ich hören?"

„Na, das Gluckern!"

„Ich hör' nix. Ihr etwa?", wandte er sich fragend an Daniel und Schorsch.

Der Schleswig-Holsteiner verschränkte demonstrativ die Arme vor der Brust und sah in die andere Richtung.

Schorsch blickte ein paar Sekunden konzentriert lauschend ins Nichts. „Doch, schon", sagte er dann. „Da gluckert was. Ich glaub', das kommt von da drüben. Unterhalb vom Hügel, wo der Bauer runter wollte."

Branntwein reckte den Hals. „Aber da ist nichts. Und überhaupt bin ich mir ziemlich sicher, dass es im Perlacher Forst zwar Amphibienteiche gibt, die natürlich auch irgendeinen Zulauf haben müssen, aber die sind in einer ganz anderen Gegend. Mit Fahrradwegen, Picknickbänken, Trinkbrunnen und so weiter. Nicht so am Arsch der Welt wie hier."

„Ich schau' trotzdem mal nach", beschloss die Kriminalassistentin. „Mehr als täuschen kann ich mich ja nicht."

Wenig später stand das Team vor einer circa zwei Meter breiten und eineinhalb Meter tiefen, hüfthohen Einfassung aus alten Steinziegeln. Moose und Flechten bedeckten das halb unter Farnen und Jungbäumen versteckte Konstrukt.

Susi beugte sich neugierig vor. „Da liegt eine Art Deckel drüber." Sie zerrte an dem Riegel, der im verwitterten Holz verankert war. „Aber da drunter ist Wasser. Definitiv!"

„Ja, jetzt hör' ich's auch", räumte Branntwein ein. „Das ist eine alte Brunnenstube. Dürfte aber eigentlich nicht mehr in Betrieb sein."

„Dürfte nicht, ist sie aber", sagte Susi. „Du hörst es doch."

„Dann hat sie vielleicht jemand wieder flott gemacht, oder was auch immer man mit Brunnenstuben so anstellt, nicht wahr?" Daniel hatte sich ebenfalls über die Mauer gebeugt und half Susi, die Klappe zu öffnen. Es quietschte schauerlich. "Uh-hu-hu! Dort unten möchte man nicht mal tot begraben sein, nicht wahr?"

Just in der Sekunde, in der Daniel den Gedanken aussprach, ging ein Ruck durch die Gruppe.

„Ach du Scheiße!", rief Schorsch

„Du meinst ..." Susi riss die Augen auf.

„Zefix!", kam es von Branntwein.

Daniel fuchtelte mit der linken Hand, während die rechte den Deckel hielt. „Gib mal dein Handy, Schorsch, schnell, ich brauche eine Taschenlampe!"

Die Luft, die aus dem Loch entwich, roch modrig und frisch zugleich. Der Lichtstrahl von Schorschs Smartphone huschte über von Schimmel geschwärzte Mauerziegel, zwischen denen Moospolster ein karges Dasein fristeten, fiel zunächst auf fünf untereinander in den Stein gemauerte Bügel aus Metall, um schließlich auf die bewegte Wasseroberfläche zu treffen, an deren Rand der scheinbar leblose Körper von Jenny Heinrich trieb. Gebogen wie eine Galionsfigur, doch mit gesenktem Kopf, reichte ihr das Wasser bis zu den Schultern.

Branntwein zögerte keinen Augenblick. Er warf seine Jacke auf den Waldboden und schwang sich mit einem Satz, den dem Mittfünfziger niemand zugetraut hätte, auf die steinerne Einfassung. Ohne die Steigbügel zu beachten, ließ er sich von dort aus direkt in den Schacht fallen. Das eisige Wasser trieb ihm für einen Moment die Luft aus den Lungen.

„Jenny?! Jenny, hörst du mich?" Er schob seiner Nachbarin einen Finger unters Kinn und hob den Kopf an. „Ich brauch' hier unten mehr Licht, verdammt!" Im Schein zweier weiterer Handylampen sah der Kommissar, dass seine Bemühungen mit einem nur marginal wahrnehmbaren Zucken der blaugeäderten Augenlider belohnt wurden. „Sie lebt!", rief er erleichtert. „Aber sie ist kaum bei Bewusstsein! Außerdem ist sie eiskalt." In einer skurrilen Umarmung löste Branntwein die Karabinerhaken der Klettmanschetten, mit denen Jennys Hände ans Rohr gekettet waren, hielt die junge Frau so gut es ging aufrecht und holte tief Luft. Um ihren Körper in den Gamstragegriff zu wuchten, musste er sich hinknien und ihren Oberkörper über seine Schulter beugen. Beim Eintauchen in das kühle Nass verstummten schlagartig alle Geräusche um ihn herum. Seine Kopfhaut kribbelte, als trüge er eine Badekappe aus Zitteraal; Wasser drang ihm in Ohren und Nase. Einen verzweifelten Moment lang dachte er, es nicht zu schaffen, doch dann half ihm der Auftrieb. Eine Hand fest unter Jennys Oberschenkel gepresst, mit der anderen ihren Arm haltend, richtete er sich auf und torkelte zu den Metallbügeln.

Schorsch und Daniel beugten sich ihm mit ausgestreckten Armen soweit entgegen, wie es ihr Schwerpunkt zuließ. Gemeinsam gelang es ihnen, die Studentin aus dem Schacht zu hieven und auf dem Waldboden abzulegen.

Susi entfernte so sanft als möglich das Klebeband von den Lippen. Trotzdem begann es zu bluten. Jenny stöhnte leise. Das Geräusch klang in Branntweins Ohren schöner als jedes Saxofonkonzert.

Als die Mannschaft des Rettungswagens eintraf – es war eine andere als vor einer guten halben Stunde –, bot sich den Helfern ein seltsamer Anblick. Die Patientin lag, in zwei Hemden und eine Jeansjacke gewickelt, eng zusammengepfercht zwischen zwei halbnackten Männern auf dem Boden. Die Strümpfe an ihren Füßen waren mindestens zwei Nummern zu groß, den Kopf zierte ein Baumwolltuch mit Batikmuster.

Nachdem die Kleidung der Ermittler gegen eine goldene Rettungsdecke ausgetauscht sowie eine Infusion mit Ringer-Lösung angehängt und eine Sauerstoffmaske angelegt worden waren, gab der Arzt eine erste Einschätzung ab: „Sie ist hypotherm und dehydriert, scheint aber sonst ganz gut beieinander zu sein."

„Ich nehme an, ihr bringt sie ins Perlacher Krankenhaus?", erkundigte sich Branntwein, ebenfalls mit knisternder Goldfolie über den Schultern. Er hatte Dirk Sommer in der Leitung, dessen Emotionen zwischen Erleichterung, Fassungslosigkeit und Sorge schwankten und der sich nichts mehr wünschte, als endlich bei seiner Freundin sein zu können.

„Genau", antwortete der Mediziner. „Ich spritz' ihr nur noch schnell etwas, das den Herzschlag ein wenig anregt, dann ..."

Jenny Heinrich versuchte, sich die Sauerstoffmaske vom bläulich-blassen Gesicht zu ziehen.

„Na, da sind wir ja wieder. Ein gutes Zeichen", kommentierte der Notarzt freundlich. „Die müssen wir aber schön aufbehalten. Wir verbrauchen gerade ein zigfaches an Sauerstoff, weil wir so ausgekühlt sind." Er drückte die Maske an ihren Platz zurück.

Jenny stöhnte unwillig. Der Doktor blieb hart.

„Jetzt warten Sie doch mal!", bat Daniel. „Ich glaube, sie will uns etwas sagen, nicht wahr? – Was ist denn los, meine Liebe?"

„Mein Baby", hauchte Jenny erschöpft.

„Baby?" Der Doktor hob die Augenbrauen. „Wir sind schwanger? Das hätten Sie mir sagen müssen!" Er runzelte verärgert sie Stirn und legte die Ampulle mit dem kardiovaskulären Medikament ungeöffnet in den Koffer zurück.

„Schwanger?!", echote es fassungslos an Branntweins Ohr.

„Ähm ... ja ... Scheint so, Dirk. Herzlichen Glückwunsch auch", stotterte der Kommissar unbeholfen und beendete die Verbindung.

Der Notarzt gab den Sanitätern das Zeichen zum Abtransport. Noch auf dem Weg durch den Wald sorgte er telefonisch dafür, dass im Krankenhaus warmer Sauerstoff und erwärmte Kochsalzlösung bereitgestellt werden würden und organisierte ein gynäkologisches Konsil.

Je leiser die Schritte des abziehenden Trios wurden, desto schwerer schien die Müdigkeit zu wiegen, die sich über das Waldgebiet im Münchner Süden legte. Sogar die Vögel schienen von den Vorkommnissen erschöpft zu sein. Es war kein Gesang zu hören. Die vier Ermittler saßen im lockeren Kreis auf dem Boden, teils im Schneidersitz, teils mit ausgestreckten Beinen, die Arme nach hinten aufgestützt

„Gute Arbeit", lobte Branntwein nach einer Weile.

„Oder einfach viel Glück", meinte Schorsch.

„Oder beides, nicht wahr?"

Einvernehmliches Schweigen.

Susi, die auch das zweite Notfall-Team durch den Wald gelotst hatte, raffte sich auf und verteilte Energieriegel aus ihrer mitgebrachten Umhängetasche an die Kollegen. Den Inhalt zweier Coladosen mussten sie sich teilen.

Die Spurensicherung war auf dem Weg hierher, sie würden also noch ein wenig ausharren müssen, doch das ging in Ordnung. Die Kleidung würde trocknen. Und sie hatten ein Menschenleben gerettet. Mindestens! Vermutlich sogar zwei.

Das Wetter hätte nicht schöner sein können, als – nun, als es eben war. Die Sonne strahlte vom weiß-blauen Himmel, es war warm, aber nicht zu heiß. Kaiserwetter! Fröhlich plätschernd bahnte sich die Isar ihren Weg in Richtung Donau.

Im Flussbett aus Kies ließen sich wunderbar Flaschen kühlen, ohne dass man Gefahr lief, ihnen nachjagen zu müssen oder gar – Gott bewahre – sie in den Fluten zu verlieren.

Auch die Geburtstagsgruppe um Franz Branntwein hatte einige Getränkekisten fest in den Schotter gedrückt, wo sie von Münchens Lebensader umspült wurden. Es war seit Jahren Tradition, das Wiegenfest des gebürtigen Löwen an diesem Ort zu feiern. Die Rechtsmedizinerin Elisabeth Schneider und Susi Nowak waren allerdings erst zum zweiten Mal dabei, was vor allem Antonia freute, die sich die Zuständigkeit fürs Salatbuffet nun mit den anderen Frauen teilen konnte. Dieses Jahr gab es noch einmal zwei Neuzugänge: Bruno Martinez, seines Zeichens Schneiders Sektions- und Präparationsassistent, und Elias, den Partner von Antonia. Wobei es schien, als würde Bruno ebenfalls bald jemandes Partner sein; nämlich der von Kriminalassistentin Susanne Nowak.

„Und so schließt sich der Kreis", sinnierte Branntwein, ohne selbst recht zu wissen, was er eigentlich damit meinte.

Das Fest war schon im Gange. Die Bierbänke waren aufgebaut, Grillkartoffeln für neun Personen von Elias und Antonia unter viel Gelächter und albernen Spritzeinlagen gewaschen und danach in Alufolie gewickelt worden. Schorsch und Mausi standen am Grill und kontrollierten mit Argusaugen den Bräunungsgrad der T-Bone-Steaks und – etwas weniger ambitioniert – den der Maiskolben, Paprikahälften und Zucchinischeiben.

Elisabeth Schneider ließ sich mit wohligem Seufzen neben Branntwein auf einen der Campingstühle fallen, die rund um die von Conni und Daniel bereits aufgeschichtete Feuerstelle standen. Hier würde die Festgemeinschaft in einigen Stunden im Schein der bis dahin lodernden Flammen den Tag in den Abend übergehen lassen. Wohlgesättigt und vermutlich auch ein wenig beschwipst. Zumindest die, die nicht mehr fahren mussten.

„Ist das nicht herrlich?", gab Schneider ihrer Zufriedenheit Ausdruck. „Das Wetter, der Fluss, unsere Freunde ..."

„ ...der Geruch nach gegrilltem Rind und ein kühles Weißbier!", ergänzte Branntwein.

„Ja, das auch", stimmte Elisabeth lächelnd zu und hob ihr Glas. „Prost!"

„Zum Wohlsein", antwortete Branntwein.

„Ich bin froh, dass du dich wieder ein wenig besser fühlst", tastete Schneider sich vorsichtig heran.

Branntwein wehrte ab. „Ach, die paar Nieserer! So schnell hol' ich mir keinen Schnupfen."

„Das meinte ich eigentlich auch gar nicht." Elisabeth beugte sich zu ihm und legte eine Hand auf sein Knie. „Ich meinte eher so ... emotional."

„Ach so." Das Geburtstagskind seufzte. „Ja mei ... geht schon wieder ... Muss ja! Aber ist halt schon blöd, wie das alles gelaufen ist."

„Du meinst, dass für Bohnenschäfers Tod niemand zur Rechenschaft gezogen werden konnte?", vergewisserte sich Schneider.

„Ja. Aber wer denn auch? – Timo Bauer ist noch auf dem Weg ins Krankenhaus gestorben, und Jenny erinnert sich angeblich weder daran, wer sie ins Auto gezerrt hat, noch wie sie in den Brunnenschacht gekommen ist."

„Oder woher sie die teure Reizwäsche hatte", ergänzte Elisabeth. „Ja, ich weiß."

Branntwein suchte sich eine bequemere Sitzhaltung. „Aber irgendwie nehme ich ihr das nicht ab", sagte er nachdenklich.

Schneider öffnete den Mund, doch der Kommissar winkte ab. „Schon klar, Sissi. Nur weil keine K.O.-Tropfen in ihrem Blut feststellbar waren, heißt das nicht, dass sie keine bekommen hat. Ich weiß, dass die nicht so lange nachweisbar sind. Aber trotzdem ... Immerhin hatte Timo Bauer ihren Ausweis in der Tasche! Mir kommt es eher so vor, als hätte sie Angst vor irgendetwas. Oder irgendwem."

„Mhm, kann schon sein", stimmte Elisabeth zu. „Vor allem, wenn man bedenkt, in welchem Milieu sich dieser Timo Bauer bewegt hat. Von seinem Bruder ganz zu schweigen. Und wie du schon sagtest: Er hatte ihren Ausweis. – Ist denn dieser dubiose Förster inzwischen gefasst worden?"

Branntwein schüttelte den Kopf. „Nein. Janssen ist wie vom Erdboden verschluckt. Als hätte er sich einfach in Rauch aufgelöst." Er rieb sich mit der Hand über die Augen. „Das ist es ja! Wir haben einfach keine Zeugen! Nur ein paar Indizien."

Schweigend hing jeder seinen eigenen Gedanken nach. Die Weizengläser leerten sich.

„Aber von den von Bornsteins hast du doch wenigstens noch etwas gehört, oder?", erkundigte sich Elisabeth nach einer Weile.

„Die mauern. Genau wie die zu Grüneburgs und die Herzogs. Verstecken sich hinter einem Geschwader von Anwälten. Da kommen wir nicht ran. Aber selbst wenn", er zuckte mit den Schultern, „was soll das bringen? Mehr als unterlassene Hilfeleistung könnten wir dem Elitenachwuchs sowieso nicht anlasten, nicht mal dann, wenn es sich beweisen ließe, dass sie mit dem Heiseren Heiko Human-Caching spielen wollten."

„Da seid ihr euch inzwischen sicher?", fragte Schneider. „Dass er im Wald ausgesetzt wurde als eine Art … Beute?"

„Spätestens seit ein sehr irritierter Gynäkologe des Perlacher Krankenhauses ein Plastikröhrchen mit Glöckchen und Koordinaten aus Jennys Vagina gezogen hat", antwortete Branntwein mit schiefem Grinsen.

Er schlug sich mit beiden Händen auf die Oberschenkel. „Wenigstens scheint mit dem Baby alles in Ordnung zu sein. Ich freu' mich schon auf das Geplärre durchs ganze Haus." Der Kommissar stand auf und nickte seiner Freundin auffordernd zu. „Aber jetzt komm', lass' uns mal zu den anderen rübergehen. Genug von der Arbeit! Schließlich feiern wir eine Party!"

Elisabeth Schneider lachte. „Wenn ich mir Antonia und Elias so ansehe, kannst du dich vielleicht bald auf noch mehr Babygeschrei einstellen."

„Was? Du meinst ...?" Franz Branntwein griff sich mit der Rechten theatralisch ans Herz. Mit der Linken tastete er nach Elisabeths Hand.

„Aber eigentlich hört sich *Opa Franz* doch ganz gut an", fand Elisabeth. „Sieht bestimmt auch als Schriftzug auf einem T-Shirt hübsch aus", sagte sie schmunzelnd.

Einträchtig schlenderte das Paar Hand in Hand über die Kiesbank.

„Und glaub' bloß nicht, dass du um das Candlelight-Dinner auf dem Fernsehturm herumkommst, nur weil ihr den Fall nicht offiziell gelöst habt!"

DANKE

Mein besonderer Dank gilt Sabine Lier-Belli, die auch im fünften Fall der Reihe „Franz Branntwein ermittelt" mit beispielloser Effizienz dafür gesorgt hat, dass Sie, liebe Leserinnen und Leser, nicht von einem Komma-fehler zum nächsten hüpfen oder sich mit haarsträubenden Wortschöpfungen, erfindungsreicher Grammatik und Rechtschreibfehlern konfrontiert sehen müssen, die zum Fremdschämen einladen.

Auch meinem Mann danke ich an dieser Stelle so-wohl für die kreativen Einfälle beim Brainstorming als auch für seine Geduld mit mir, wenn aus: „Nur noch zehn Minuten, Schatz!", mal wieder drei oder vier Stunden wurden, während derer ich am Laptop saß und die Zeit völlig vergessen hatte.

Und – nicht zuletzt – bedanke ich mich bei Ihnen. Ich schreibe, wie Sie sich vermutlich schon gedacht haben, weil es mir super viel Spaß macht in eine Fantasiewelt abzutauchen und diese Bilder, Gedanken und Emotio-nen auszuformulieren. Aber, wie bei so vielem, das wir gerne tun, potenzieren sich Bedeutung und Freude, wenn wir sie teilen können. Und hier kommen Sie ins Spiel, liebe Leserinnen und Leser. Vielen Dank, dass ich meine Geschichten mit Ihnen teilen darf.

Herzliche Grüße
Sabine Schumacher

 Sabine Schumacher wurde im Sommer 1969 in München-Schwabing geboren. Mittlerweile lebt die zweifache Mutter mit ihrem Mann in Isny im Allgäu.

Neben der Krimireihe „Franz Branntwein ermittelt" hat sie mit „Pfirsiche im Spätsommer" einen witzig-spritzigen Roadtrip-Roman für Frauen Ü40 veröffentlicht, der 2021 als BoD-Bestseller gelistet war.

Ihre Devise lautet: „Sei schlau und hab' dich lieb. Du wirst dein ganzes Leben mit dir verbringen."

Kontakt: www.facebook.com/psychokrimi

Taschenbuch ISBN 9783752641066
eBook ISBN 9783753447018

Taschenbuch ISBN 9783753403847
eBook ISBN 9783753486604

Taschenbuch ISBN 9783753482668
eBook ISBN 9783753434094

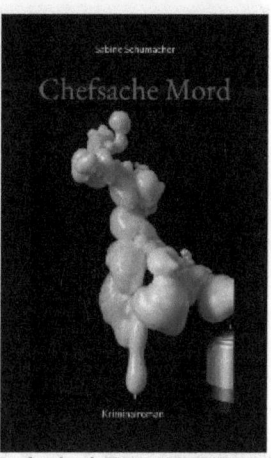

Taschenbuch ISBN 9783755731047
eBook ISBN 9783755794295

Sind Sie bereit für einen Ausflug in die Münchner Unterwelt? Dann ist diese Mafiadilogie von Lucia Bolsani genau das Richtige für Sie! Begleiten Sie die junge Anwältin Mayra dabei, wie ihr erster Mandant sie nicht nur beruflich an ihre Grenzen bringt.

Taschenbuch ISBN 978-3755757702 Taschenbuch ISBN 978-3754339268

eBook ISBN 978-3754919729 eBook ISBN 978-3754939451

ASIN B099KQPFPZ ASIN B09GVZYT4X

Mehr Infos finden Sie unter www.bolsani.de.